ANNE McCAFFREY

DRACHENSINGER

Science Fiction-Roman

Deutsche Erstveröffentlichung

WILHELM HEYNE VERLAG
MÜNCHEN

HEYNE SCIENCE FICTION UND FANTASY
Nr. 06/3849

Titel der englischen Originalausgabe
DRAGONSINGER
Deutsche Übersetzung von Birgit Reß-Bohusch
Das Umschlagbild schuf Vicente Segrelles/Norma
Die Illustrationen im Text zeichnete Johann Peterka
Die Karte auf Seite 6/7 zeichneten Erhard Ringer und Johann Peterka

5. Auflage

Redaktion: E. Senftbauer

Printed in Germany 1990
Umschlaggestaltung: Atelier Ingrid Schütz, München
Gesamtherstellung: Elsnerdruck, Berlin

ISBN 3-453-30778-X

PERSONEN

In der Harfner-Gilde:
Robinton, Meisterharfner – Bronze-Echse Zair

Meister Jerint, Instrumentenbauer
Domick, Komposition
Morshal, Musiktheorie
Shonagar, Stimmausbildung
Arnor, Archivar
Oldive, Heiler

Gesellen Sebell – Goldechse Kimi
Brudegan
Talmor
Dermently

Lehrlinge Piemur
Ranly
Timiny
Brolly
Bonz

Menolly – neun Feuerechsen:
Goldechse Prinzessin
Bronze-Echsen Rocky und Taucher
Braune Echsen Faulpelz, Spiegel und Brownie
Blaue Echse Onkelchen
Grüne Echsen Tantchen Eins und Tantchen Zwei

Gastschülerinnen Amania
Audiva
Pona
Briala
Silvina, Wirtschafterin
Abuna, Köchin
Camo, schwachsinniger Küchenhelfer
Dunca, Verwalterin des Mädchenhauses

Zeichnung: Peterka · Ringer · 1980
High Reaches
Weyr
Cron Hold
high
reaches
Ruatha Hold
Nabol Hold
fort
Tillek Hold
tillek
Fort Weyr
Ista
boll
Südl. Boll Hold

bitra
Bitra Hold
Benden Weyr
lemos
Lemos Hold
benden
Igen Weyr
Keroon Hold
igen
keroon
Seehold
nerat
Nerat Hold
ista
Südweyr

Auf der Burg Fort:
Baron Groghe – Goldechse Merga
Benis, Sohn von Groghe
Viderian, Pflegesohn
Ligand, Gerber-Geselle
Palim, Bäcker
T'ledon, Drachenreiter

Auf der Burg in der Halbkreis-Bucht:
Yanus, See-Baron
Mavi, seine Frau
Alemi, Sohn von Yanus
Petiron, alter Harfner
Elgion, neuer Harfner

Im Benden-Weyr:
F'lar, Weyrführer
Lessa, Weyrherrin
T'gellan, Bronzereiter
F'nor, Brauner Reiter – Goldechse Grall
Brekke, Königinreiterin – Bronze-Echse Berd
Manora, Gesinde-Aufseherin
Felena, ihre Stellvertreterin
Merrim, Pflegetochter von Brekke – drei Feuerechsen

1

Die Königin klein und golden
Droht schrill der weiten See.
Tod bringt die Flut
Der jungen Brut.
Sie schreit hinaus ihr Weh.

Ein junger Fischer kam des Wegs,
Als sie die Wogen schalt.
Nach Muscheln sucht
Er in der Bucht,
Doch plötzlich macht er halt.

Er konnte es nicht glauben,
Was seine Augen sahn:
War's Fantasie?
Geschöpfe wie sie
Galten als Spuk und Wahn.

Das Weh der kleinen Echse
Trieb rasch zum Handeln ihn.
Am Klippenrand
Eine Höhle er fand,
Und brachte die Eier hin.

Die Königin klein und golden
Auf seine Schulter flog.
Ein strahlender Blick
Verriet ihr Glück,
Eh dankbar von dannen sie zog.

Als Menolly, die Tochter des See-Barons Yanus, in der Gildehalle Einzug hielt, kam sie stilgerecht per Drachenschwingen. Sie saß auf Monarths Rücken zwischen dem Bronzereiter T'gellan und Robinton, dem Meisterharfner von Pern. Wenn man bedachte, daß man ihr eingehämmert hatte, Mädchen könnten nie und nimmer den Harfnerberuf erlernen; wenn man bedachte, daß sie von daheim fortgelaufen war und in der Wildnis gelebt hatte, weil sie ein Leben ohne Musik nicht ertrug — dann war ihre Ankunft hier ein gewaltiger Triumph.

Und doch hatte sie Angst vor dem, was sie erwartete. Sicher, die Musik würde ihr in der Harfner-Gilde keiner verwehren. Und sie hatte auch einige Balladen geschrieben, die dem Meisterharfner zu Ohren gekommen waren und ihm gefielen. Aber das betrachtete sie als Spielerei, als nutzloses Zeug. Was konnte schon ein Mädchen, selbst wenn es den Kindern auf der Burg Unterricht in den alten Lehrgesängen erteilt hatte, hier in der Gildehalle, dem Ursprung aller Balladen, arbeiten? Besonders ein Mädchen, das unbeabsichtigt neun Feuerechsen an sich gebunden hatte — wo jeder auf Pern seinen linken Arm dafür geben würde, nur eine einzige zu besitzen! Was hatte Meister Robinton mit ihr im Sinn?

Sie konnte nicht mehr denken, sie war zu müde. Sie hatte einen langen, aufregenden Tag im Benden-Weyr hinter sich, auf der anderen Seite des Kontinents, wo jetzt tiefe Nacht herrschte. Hier in Fort dagegen setzte erst die Abenddämmerung ein.

»Noch ein paar Minuten«, flüsterte ihr Robinton zu. Sie hörte ihn lachen, weil genau in diesem Moment Monarth hell lostrompetete, um den Wachdrachen der Burg zu begrüßen. »Halt durch, Menolly! Ich weiß, du mußt völlig am Ende sein. Sobald wir landen, hole ich Silvina; die wird dich pflegen. Schau . . .!« Er deutete auf ein erleuchtetes Gebäudeviereck am Fuße der Burgklippe. »Das ist die Harfnerhalle.«

Ein Zittern durchlief sie, weil sie müde war, weil sie von dem Ritt durchs *Dazwischen* fror — und weil sie Angst hatte. Monarth kreiste jetzt über den Dächern, und Gestalten strömten aus den Toren in den Hof. Sie winkten begeistert nach oben. Irgendwie hatte Menolly nicht erwartet, so viele Leute in der Gildehalle anzutreffen.

Sie hielten einen Respektabstand ein, als der große Bronzedrache mit seinen weiten Schwingen landete.

»Ich habe zwei Feuerechsen-Eier!« rief Meister Robinton. Die Tongefäße mit dem kostbaren Inhalt fest an die Brust gedrückt, glitt er von Monarths Schulter in die Tiefe. Man merkte seinen Bewegungen an, daß er Drachenritte gewohnt war. »Zwei Feuerechsen-Eier!« wiederholte er strahlend und eilte mit raschen Schritten davon, um seinen neuen Besitz herumzuzeigen.

»Meine Echsen!« Besorgt schaute Menolly sich um. »Sind sie

uns gefolgt, T'gellan? Oder haben sie sich im *Dazwischen* verirrt?«

»Bestimmt nicht, Menolly!« erwiderte T'gellan und deutete auf das Schieferdach im Hintergrund. »Aber Monarth hat ihnen auf meinen Rat hin befohlen, sich erst mal dort niederzulassen.«

Mit einem Seufzer der Erleichterung betrachtete Menolly die vertrauten Silhouetten ihrer Feuerechsen, die sich gegen das Dämmerlicht vom Dachfirst abhoben.

»Wenn sie sich nur nicht so aufführen wie in Benden . . .«

»Das glaube ich kaum«, beruhigte T'gellan sie leichthin. »Du hast sie gut im Griff — besser als F'nor seine kleine Königin. Dabei ist F'nor ein ausgebildeter Drachenreiter.« Er schwang sein rechtes Bein über Monarths Nackenwulst und ließ sich zu Boden gleiten. Dann streckte er beide Arme aus. »Mach das nach! Ich fang dich auf, damit deine wunden Sohlen keinen Stoß abbekommen.« Und geschickt hielt er sie, als sie von Monarths Rücken rutschte. »So ist es gut — und damit wären wir wohlbehalten in der Harfnerhalle angelangt.« Er machte eine weitausholende Geste, als sei die Ankunft einzig und allein sein Werk.

Menolly warf einen Blick über den Hof, wo die hochgewachsene Gestalt des Meisterharfners alle anderen überragte. Befand sich Silvina unter seinen Zuhörern? Menolly hoffte nur, daß Robinton sie bald abholte. T'gellans Beteuerungen, daß ihre Echsen brav sein würden, traute sie nicht so recht. Die Tiere hatten sich eben erst an den Benden-Weyr und seine Bewohner gewöhnt — und die besaßen einige Erfahrung mit geflügelten Hausgenossen.

»Nun sorg dich doch nicht, Menolly!« meinte T'gellan und faßte sie ungeschickt an der Schulter. »Denk lieber daran, daß jeder Harfner von Pern verzweifelt nach Petirons verschwundenem Schützling gesucht hat . . .«

»Weil sie glaubten, ich sei ein Junge!«

»Meister Robinton fand den Unterschied unwichtig, sonst hätte er dich kaum gebeten, mit hierherzukommen. Die Zeiten ändern sich, Menolly, und auch die anderen werden nichts dabei finden, daß du ein Mädchen bist — ganz sicher nicht! Paß nur auf, in einer Siebenspanne wirst du vergessen haben, daß du je anderswo warst.« Der Bronzereiter lachte leise. »Beim Großen Ei, Mädchen, du hast in der Wildnis gelebt, du hast einen Wettlauf mit den Fäden gewagt und neun Feuerechsen für dich gewonnen! Und da fürchtest du dich vor den Harfnern?«

»Wo steckt denn Silvina?« Die Stimme des Meisterharfners übertönte den Lärm der anderen. Einen Moment lang herrschte Schweigen, und jemand lief los, um die Frau zu suchen. »Und jetzt bitte keine Fragen mehr! Ihr wißt das Wichtigste — Einzelheiten erzähle ich euch später. Laß mir diese Tongefäße nicht fallen, Sebell! Aber eine gute Nachricht habe ich noch für euch: Petirons verschwundener Schützling ist gefunden!«

Robinton achtete nicht auf die erstaunten Ausrufe, sondern löste sich von der Menge und winkte T'gellan, Menolly zu ihm zu bringen. Eine Sekunde lang kämpfte das Mädchen gegen den Wunsch an, kehrtzumachen und davonzulaufen, so unmöglich das auch mit ihren zerfetzten Sohlen war. T'gellan legte ihr fest den Arm um die Schulter, als spürte er ihre Unsicherheit.

»Du hast von den Harfnern nichts zu befürchten«, wiederholte er leise, als er sie über den Hof führte.

Robinton kam ihnen auf halbem Wege entgegen. Er strahlte vor Freude, als er ihre rechte Hand nahm. Dann befahl er mit einem Wink Stille.

»Das hier ist Menolly, die Tochter des See-Barons Yanus aus der Burg in der Halbkreis-Bucht — und Petirons Schützling!«

Wie immer die Harfner diese Eröffnung aufnahmen, man verstand kein Wort, denn mit einemmal vollführten die Feuerechsen auf dem Dachfirst einen Höllenspektakel. Ergriffen von der Furcht, der ganze Schwarm könne sich auf die Harfner stürzen, wirbelte Menolly herum — und wirklich, sie spreizten bereits angriffslustig die Schwingen. Streng befahl ihnen das Mädchen, auf dem Dach sitzenzubleiben. Dann aber blieb ihr keine Ausflucht mehr; sie mußte sich dem Meer von Gesichtern zuwenden, die einen lächelnd, die anderen verblüfft über ihre Feuerechsen — aber insgesamt einfach viel zu viele.

»Ja, und diese Feuerechsen gehören Menolly«, fuhr Robinton fort. Sein mächtiger Baß übertönte mit Leichtigkeit das Gemurmel der Menge. »Genauso wie die schöne Ballade von der Echsenkönigin Menollys Werk ist. Nur daß es kein Fischer war, der die Eier vor dem Hochwasser rettete, sondern sie selbst. Und als man ihr nach dem Tod des alten Petiron daheim in der Halbkreis-Bucht das Singen und Musizieren verbot, lief sie fort und fand Unterschlupf in der Höhle der Echsenkönigin; dort erlebte sie mit, wie die Jungtiere schlüpften, und gewann neun von ihnen für sich, ohne zu wissen, was sie tat.« Applaus brandete auf, und Robinton mußte schreien, um sich verständlich zu machen. »Außerdem hat sie ein zweites Gelege am Strand gefunden, und ich — ich bekam zwei von den Eiern!«

Der Jubel, der jetzt erklang, hallte von den Mauern wider; die Echsen fielen mit schrillem Geschrei ein. »Na, was habe ich gesagt!« flüsterte T'gellan dem Mädchen zu.

»Wo steckt denn Silvina?« fragte der Harfner von neuem, diesmal mit einem ungeduldigen Unterton.

»Hier — und du solltest dich schämen, Robinton!« entgegnete eine Frau, die sich durch die dichtgedrängte Menschentraube schob. Menolly erblickte flüchtig ein sehr hellhäutiges Gesicht mit großen, ausdrucksvollen Augen und hohen Wangenknochen, eingerahmt von dunklem Haar. Dann zogen kräftige, aber sanfte Hände sie von Robinton fort. »Wie kann man ein Kind solchen Strapazen aussetzen! Schsch — Ruhe jetzt! Ihr bringt mit eurem Geschrei die armen kleinen Geschöpfe da droben halb um den Verstand. Bist du denn von allen guten Geistern verlassen, Robinton? Los — verschwindet jetzt alle! Meinetwegen könnt ihr die ganze Nacht im Saal durchfeiern, wenn ihr die Energie dazu aufbringt, aber die Kleine schaffe ich jetzt erst mal ins Bett. T'gellan, wenn du mir helfen könntest . . .«

Gutmütig machten die Leute ihr eine Gasse frei.

»Es ist heute schon zu spät, sie in Duncas Pension bei den anderen Mädchen unterzubringen«, sagte Silvina zu T'gellan. »Wir legen sie einfach in eines der Gästezimmer.«

Menolly, die im Halbdunkel des Korridors kaum etwas erkennen konnte, stieß mit den Zehen gegen eine Fliesenkante und schrie unwillkürlich auf.

»Was ist denn, Kind?« fragte Silvina besorgt.

»Meine Füße . . .« Menolly würgte die Tränen zurück. Silvina sollte sie nicht für weichlich halten.

»Moment, ich trage sie«, sagte T'gellan, und ehe Menolly widersprechen konnte, hatte er sie hochgehoben. »Geh voraus, Silvina!«

»Dieser verflixte Robinton!« schimpfte Silvina. »Er macht freilich Tag und Nacht ohne eine Spur von Müdigkeit durch, aber er vergißt, daß andere . . .«

»Aber nein, ich stehe tief in seiner Schuld«, verteidigte ihn Menolly. »Er hat so viel für mich getan.«

»Pah, im Gegenteil, er steht in *deiner* Schuld, Menolly«, meinte der Drachenreiter mit einem rätselhaften Lachen. »Du wirst den Heiler holen müssen, Silvina, damit er sich um ihre Füße kümmert«, fuhr er fort, während er das Mädchen die breite Treppe nach oben trug. »Wir haben sie so gefunden. Sie lief vor den Sporen davon.«

»Was?« Silvina drehte sich um und starrte Menolly mit weit aufgerissenen Augen an.

»Beinahe hätte sie es auch geschafft. Lief sich natürlich die Sohlen wund. Ein Reiter aus meinem Geschwader entdeckte sie und brachte sie zum Benden-Weyr.«

»In dieses Zimmer, T'gellan. Das Bett steht links. Ich mache gleich Licht.«

»Keine Angst, ich sehe gut genug.« T'gellan legte Menolly vorsichtig auf das Bett. »Ich öffne erst mal die Läden, Silvina, damit ihre Echsen herein können. Die Biester halten bestimmt nicht mehr lange still.«

Menolly hatte sich auf den weichen, duftenden Strohsack sinken lassen. Nun löste sie den Riemen, mit dem sie das winzige Bündel ihrer Habseligkeiten festgeschnallt hatte, aber sie fand nicht mehr die Kraft, nach der Felldecke zu greifen, die zusammengerollt am Fußende des Bettes lag. Sobald T'gellan die Läden aufgestoßen hatte, rief sie ihre Freunde.

»Ich habe schon viel von diesen Feuerechsen gehört«, plauderte Silvina. »Aber bisher bekam ich nur kurz die kleine Königin von Baron Groghe zu Gesicht . . . beim Ei, was ist denn das?«

Silvinas erschreckter Aufschrei ließ Menolly hochfahren. Sie sah, daß ihre Echsen die Wirtschafterin in engen Kreisen umflogen.

»Wie viele von den Biestern hast du denn, Menolly?«

»Nur neun«, lachte T'gellan, belustigt über Silvinas Verwirrung. Sie reckte den Hals und bemühte sich, die eine oder andere der kreisenden Echsen genauer zu betrachten.

Menolly befahl ihnen, auf der Stelle das wilde Geflatter zu lassen. Rocky und Taucher landeten auf dem Tisch nahe der Wand, während Prinzessin, wie immer die Mutigste, sich auf Menollys Schulter setzte. Die anderen kauerten sich auf die Fenstersimse. Ihre schillernden Augen sprühten orangerote Funken; das verriet ihre Angst und ihr Mißtrauen.

»Also, das sind die schönsten Geschöpfe, die ich je gesehen

habe«, meinte Silvina und musterte aufmerksam die beiden Bronze-Echsen auf dem Tisch. Rocky begann zu zetern, als er merkte, daß die Rede von ihm war. Er faltete die Schwingen eng an den Körper, hielt den Kopf schräg und starrte Silvina an. »Guten Abend, mein kleiner Bronze-Freund!«

»Der freche Kerl heißt Rocky«, erklärte T'gellan, »und die zweite Bronze-Echse ist Taucher, stimmt's, Menolly?« Sie nickte, froh darüber, daß der Drachenreiter ihr das Reden abnahm. »Die Grünen werden Tantchen Eins und Zwei genannt . . .« Die beiden begannen zu keifen wie alte Weiber, und Silvina lachte hellauf. »Der Blaue ist Onkelchen, aber die Braunen kenne ich immer noch nicht auseinander . . .«

Er schaute Menolly fragend an.

»Faulpelz, Spiegel und Brownie«, stellte Menolly die drei Echsen der Reihe nach vor. »Und das hier ist meine Prinzessin, Silvina.« Sie sprach den Namen der Wirtschafterin scheu aus, weil sie ihren Rang in der Harfner-Gilde nicht genau kannte.

»Der Name paßt zu ihr. Wie eine kleine Drachenkönigin sieht sie aus. Und scheint genauso stolz zu sein.« Dann warf Silvina Menolly einen hoffnungsvollen Blick zu. »Wäre es möglich, daß aus einem der Eier, die Robinton mitgebracht hat, eine kleine Goldechse schlüpft?«

»Ich würde es mir so sehr wünschen!« rief Menolly leidenschaftlich. »Aber bei Echsen-Gelegen kann man nur schwer erkennen, welches das Königinnen-Ei ist.«

»Na, ich glaube, ihm kommt es auf die Farbe nicht an.« Silvina wandte sich dem Drachenreiter zu. »Aber da wir gerade beim Thema sind — hat Brekke nun die Jungkönigin für sich gewonnen oder nicht? Wir machen uns solche Sorgen um das Mädchen, seit ihre Drachenkönigin umkam.«

»Nein, Brekke ging leer aus.« T'gellan setzte rasch ein Lächeln auf, um Silvina zu beruhigen. »Ihre Feuerechse vereitelte die Gegenüberstellung.«

»Das ist nicht möglich!«

»Doch. Du hättest dabeisein sollen, Silvina. Das winzige Bronze-Kerlchen schoß auf die Drachenkönigin zu und kreischte sie an wie ein Wher. Ließ das Mädchen nicht in die Nähe der neuen Königin. Aber Brekke löste sich durch den Schock aus ihrer Trance, und F'nor meint, sie sei nun über dem Berg. Der kleine Berd hat sie gerettet.«

»Einfach unglaublich.« Silvina betrachtete die beiden Bronze-Echsen mit neuem Respekt. »Das heißt ja, daß sie Verstand besitzen . . .«

»Sieht so aus«, bestätigte T'gellan. »F'nor setzt seine kleine Königin Grall für Botenflüge zu den anderen Drachen-Weyrn ein. Leider . . .« — T'gellan lachte nachsichtig — »kehrt sie nicht immer so prompt zurück, wie sie fortfliegt. Menolly hat ihre Schar besser erzogen, du wirst schon sehen.« Der Drachenreiter wandte sich zum Gehen; auf der Schwelle gähnte er mit weit aufgerissenem Mund. »Tut mir leid . . .«

»Ach was«, fiel Silvina ihm ins Wort. »Die Schuld liegt bei mir. Ich bedränge euch da mit meiner Neugier, obwohl ihr euch kaum noch auf den Beinen halten könnt. Sieh zu, daß du jetzt heimkommst, T'gellan! Und vielen Dank für deine Hilfe.«

»Alles Gute, Menolly — einen gesunden Schlaf brauche ich dir wohl nicht zu wünschen.« T'gellan verabschiedete sich mit einem Blinzeln und war im Korridor verschwunden, ehe sie ihm danken konnte.

»So, und jetzt sehen wir uns mal deine Füße an . . .« Silvina streifte vorsichtig Menollys Pantoffeln ab. »Hmm. So gut wie verheilt — kein Wunder bei Manoras Pflege. Aber Meister Oldive soll die Sohlen morgen noch einmal untersuchen. Was ist in dem Packen da?«

»Meine Sachen. Ich habe nicht viel mitgebracht . . .«

»Da, ihr beiden, paßt auf das Bündel auf, dann könnt ihr keinen Unfug treiben.« Silvina legte die Sachen zwischen Rocky und Taucher auf den Tisch. »Und jetzt mach es dir bequem, Menolly. Der Schlaf bringt alles wieder in Ordnung. Du hast ganz dunkle Ringe unter den Augen.«

»Ich fühle mich hier aber wohl . . .«

»Das hoffe ich auch. Wo hast du bisher gelebt? In einer Höhle? Weißt du auch, daß die Harfner von Pern in allen Höfen und Gildehallen nach dir suchten?« Silvina half ihr geschickt beim Ausziehen. »Und nur, weil der alte Petiron zu erwähnen vergaß, daß du ein Mädchen bist!«

»Ich glaube nicht, daß er es vergaß«, sagte Menolly langsam; ihr kam wieder der erbitterte Kampf in den Sinn, den ihre Eltern gegen sie geführt hatten. »Er erklärte mir, daß Mädchen niemals Harfner werden dürften.«

Silvina musterte sie lange und aufmerksam. »Das galt vielleicht früher. Oder unter einem anderen Meisterharfner. Aber Petiron hätte seinen Sohn gut genug kennen müssen . . .«

»Petiron war Meister Robintons Vater?«

»Hat er dir das nie erzählt?« Silvina schwieg, während sie die Felldecke über Menolly ausbreitete. »Der alte Sturkopf! Fest entschlossen, sich aus der Wahl seines Sohnes zum Meisterharfner nur ja keine Vorteile zu verschaffen! Deshalb verkroch er sich auch in dieser Klitsche am anderen Ende der Welt . . . oh — entschuldige, Menolly!«

»Aber die Halbkreis-Bucht liegt nun mal ganz schön abseits.«

»Nicht, wenn Petiron *dich* dort fand«, erklärte Silvina mit großer Entschiedenheit, »und in seinen Künsten unterrichtete.« Sie deckte die Leuchte ab. »Aber jetzt ist genug geredet. Ich lasse die Läden offen, wenn du mir versprichst, daß du morgen früh ausschläfst.«

Das Mädchen murmelte eine Antwort und seufzte tief, als sich die Tür hinter Silvina schloß. Prinzessin kuschelte sich sofort an ihr Ohr, und gleich darauf suchten auch die anderen Echsen Zuflucht in dem weichen Bett. Menolly rollte sich behaglich zusammen; sie war todmüde, aber sie konnte keinen Schlaf finden. Die schier unglaublichen Ereignisse des Tages wirbelten in ihren Gedanken umher.

Sie spürte den schwachen Duft von Prinzeßchen, die süßen Kräuter des Strohsacks und den Erdgeruch der Felder, den der Nachtwind hereintrug, hin und wieder vermischt mit Torfgeruch. Das Frühjahr hatte eben erst begonnen, und man kam abends noch nicht ohne Feuer aus.

Seltsam, daß sie nicht mehr den Salzgeschmack der See spürte, denn Meer und Fischgeruch hatten, von der letzten Siebenspanne abgesehen, die fünfzehn Planetenumläufe ihres Lebens bestimmt. Wie schön zu wissen, daß sie für immer mit der See gebrochen hatte. Sie würde nie mehr im Leben einen Stachelschwanz ausnehmen müssen, nie wieder einen Schnitt oder eine Infektion riskieren. Noch konnte sie ihre beschädigte Hand nicht voll einsetzen, aber eines Tages würde sie auch das schaffen. Nichts war unmöglich, jetzt, da sie allen Schwierigkeiten zum Trotz in der Harfnergilde Zuflucht gefunden hatte. Manora hatte ihr versichert, daß die Finger nach und nach ihre alte Gelenkigkeit wiederbekämen. Und ihre Füße heilten bereits jetzt. Der Gedanke, daß sie versucht hatte, vor der Sporenfront davonzurennen, belustigte Menolly nun fast. Dieser Wahnsinnslauf hatte sie nicht nur vor den ätzenden Fäden gerettet; er hatte sie zum Benden-Weyr gebracht, wo sie dem Meisterharfner von Pern begegnet war. Ein ganz neues Leben lag vor ihr.

Und ihr heißgeliebter Lehrer Petiron war Meister Robintons Vater gewesen? Sie hatte gewußt, daß der alte Harfner eine Menge von seinem Handwerk verstand, aber ihr war nie der Gedanke gekommen, was ein so hochbegabter Mann in der verlassenen Halbkreis-Bucht tat, wo keiner außer ihr seine Musik zu schätzen wußte. Wenn nur Yanus, ihr Vater, zugelassen hätte, daß sie bei der Ankunft des neuen Harfners die Gitarre spielte ... aber man hatte so sehr befürchtet, daß sie Schande über die Burg am Meer bringen könnte. Eines Tages würden ihr Vater und auch ihre Mutter einsehen, daß sie Menolly Unrecht getan hatten.

Menolly spann die Triumphgedanken weiter, bis Lärm ihre Überlegungen durchdrang. Dunkles Männerlachen und Gesprächsfetzen hingen in der klaren Nachtluft. Harfnerstimmen — Tenor, Baß und Bariton in gutmütigem Wettstreit; dazwischen ein quengeliger Tonfall, wie von einem schlechtgelaunten Greis. Beschwichtigend hob sich ein leichter, samtweicher Bariton über das Gezeter, suchte es zu besänftigen. Dann beherrschte die dunklere Stimme des Meisterharfners alle anderen und brachte sie zum Schweigen. Obwohl Menolly nicht verstand, was er sagte, wiegten seine Worte sie in den Schlaf.

2

Harfner, wohin führt der Weg,
Der von der Burg sich windet?
Sag, endet er im Hügelland?
Sag, schlängelt weiter er sein Band,
Bis die Abendsonne er findet?

Menolly schreckte kurz hoch, aufgescheucht von einem inneren Ruf, der nichts mit dem Sonnenaufgang auf dieser Seite von Pern zu tun hatte. Sie sah schwarze Nacht und Sterne durch das Fenster, spürte die Feuerechsen, die sich an sie schmiegten, und schlief dankbar wieder ein. Sie war so müde.

Als die Sonne die Außenfassade des Gebäudevierecks hochgekrochen war, schien sie direkt in Menollys Fenster, die nach Osten hin schauten. Nach und nach erfüllte Helligkeit den Raum, und das Licht und die Wärme weckten sie.

Sie lag da, immer noch schlaftrunken, und überlegte, wo sie war. Als es ihr wieder in den Sinn kam, wußte sie nicht so recht, was sie nun anfangen sollte. Hatte sie irgendeine allgemeine Weckzeit versäumt? Nein, Silvina hatte ausdrücklich betont, sie solle ausschlafen.

Als sie die Felldecke zurückschob, hörte sie von draußen einen vielstimmigen Chor. Der Rhythmus war ihr vertraut. Sie lächelte, als sie eine der langen Sagas erkannte, die sie den Kindern in der Burg damals eingebleut hatte. Die Lehrlinge mußten den schwierigen Takt auch immer wiederholen. Das beruhigte sie. Ihre Unterrichtsmethode war also nicht die schlechteste gewesen.

Als sie die Beine aus dem Bett schwang, biß sie die Zähne zusammen. Sie hatte Angst vor dem Moment, da ihre Sohlen den kalten, harten Steinboden berühren würden. Aber zu ihrem Staunen fühlten sich die Füße nur steif und überhaupt nicht mehr wund an. Menolly warf einen Blick aus dem Fenster. Die Sonne stand schon hoch am Himmel; offenbar hatte sie lange geschlafen. Dann lachte sie sich selbst aus. Und ob sie lange geschlafen hatte! Sie befand sich jetzt auf der anderen Hälfte von Pern; immerhin gab es zwischen dem Benden-Weyr und der Gildehalle eine Zeitverschiebung von sechs Stunden. Zum Glück waren die

Echsen genauso erschöpft gewesen wie sie, sonst hätte das Hungergeschrei der Kleinen sie längst geweckt.

Sie streckte sich, schüttelte das Haar aus und humpelte vorsichtig zum Waschkrug. Nachdem sie sich mit Kleie geschrubbt hatte, zog sie sich an und bürstete gründlich ihr Haar.

Prinzessin begann ungeduldig zu schimpfen. Sie war wach. Und *sehr* hungrig. Rocky und Taucher unterstützten ihre Beschwerde.

Menolly mußte versuchen, Nahrung für ihre Schar aufzutreiben — und das rasch. Es reichte schon, daß sie mit neun Echsen hier aufkreuzte. Wenn die Biester, durch leere Mägen gereizt, auch noch allerhand Unfug anstellten, war die Geduld der Bewohner sicher bald erschöpft.

Entschlossen öffnete Menolly die Tür. Vor ihr lag ein verlassener Gang. Der würzige Duft von *Klah*, frischem Brot und Bratengebrutzel erfüllte die Luft. Menolly beschloß, einfach ihrer Nase zu folgen.

Zu beiden Seiten des Korridors befanden sich Türen; die entlang der Außenfassade standen offen, um Sonne und Luft hereinzulassen. Sie stieg vom oberen Stockwerk zur breiten Eingangshalle hinunter. Jenseits des Treppenschachtes entdeckte sie drachenhohe Metalltüren mit einem seltsamen Schließmechanismus; an der Rückseite der Portale waren Kurbeln angebracht, die allem Anschein nach dazu dienten, schwere Riegel in Decke und Boden zu treiben. In der Halbkreis-Bucht hatte man nur Bolzen und dicke Querstangen benutzt, um die Burgtore zu sichern; dieser Mechanismus hier wirkte sicherer und ließ sich bestimmt leichter bedienen.

Zur Linken befand sich eine Flügeltür, die in den Großen Saal führte — vermutlich der Raum, aus dem sie nachts die Stimmen der Harfner vernommen hatte. Rechts sah sie den Speisesaal, beinahe ebenso lang wie der Große Saal, mit drei langgestreckten Tischen, die parallel zu den Fenstern standen. Ebenfalls zu ihrer Rechten, neben dem Treppenschacht, war ein offener Durchgang, der zu niedrigen Stufen führte. Dahinter lag — den herrlichen Düften nach zu schließen — das Küchengewölbe.

Die Feuerechsen kreischten vor Hunger, aber Menolly konnte nicht zulassen, daß der ganze Schwarm über die Küche herfiel und das Gesinde in Aufruhr brachte. Sie befahl den Tieren, sich auf den hohen Türleisten niederzulassen, die halb im Schatten lagen, und versprach, daß sie ihnen Futter bringen würde, wenn sie sich brav und leise verhielten. Prinzessin zeterte, bis die anderen nachgaben und gehorchten. Nur die glitzernden Facettenaugen verrieten, wo sie sich befanden. Dann nahm Prinzessin ihren Lieblingsplatz auf Menollys Schulter ein — den Kopf halb im dichten Haar ihrer Herrin vergraben, den Schwanz wie eine goldene Kette um ihren Hals geschlungen.

Menolly erreichte die Küche, und der Anblick der Mägde und Köche, die hin und her flitzten, um das Mittagsmahl zu bereiten, weckte flüchtige Erinnerungen an glücklichere Tage in der Halbkreis-Bucht. Aber hier kam ihr Silvina lächelnd entgegen, was Mavi, ihre eigene Mutter, nie getan hatte.

»Du bist wach? Und ausgeruht?« Silvina winkte gebieterisch einem plumpen Mann mit wirrem Gesichtsausdruck, der neben dem Herd kauerte. »*Klah,* Camo! Gieß einen Becher *Klah* für Menolly ein! Du mußt halbverhungert sein, Kind. Was machen deine Füße?«

»Oh, sie schmerzen überhaupt nicht. Aber ich möchte niemanden stören . . .«

»Stören? Was heißt da stören! Camo, gieß einen Becher *Klah* ein!«

»Ich komme auch nicht meinetwegen . . .«

»Aber du mußt etwas essen, Kind!«

»Bitte, es ist wegen der Echsen. Wenn ich vielleicht ein paar Reste oder Abfälle haben könnte . . .«

Silvina preßte eine Hand an den Mund. Sie schaute umher, als erwartete sie jeden Moment den Echsenschwarm in der Küche.

»Nein, ich habe ihnen befohlen, draußen zu warten«, beruhigte Menolly sie rasch. »Sie kommen nicht hier herein.«

»Du bist aber ein rücksichtsvolles Kind«, sagte Silvina so entschieden, daß Menolly ganz verwirrt war. Dann erst bemerkte sie, daß sie Mittelpunkt einer verstohlenen Neugier war. »Camo, Vorsicht! Gib her — komm!« Silvina streckte die Hand nach dem Becher aus, den der Mann mit übertriebener Sorgfalt trug. »Und nun hol die große blaue Schüssel aus dem Kühlraum! Die große blaue Schüssel, Camo, aus dem Kühlraum. Bring sie mir!« Silvina reichte Menolly den randvollen Becher, ohne einen Tropfen zu verschütten. »Im Kühlraum, Camo, die große blaue Schüssel.« Sie nahm den Mann an den Schultern und gab ihm einen sanften Schubs in die angegebene Richtung. »Abuna, du stehst gerade am Herd. Richte bitte eine Schale Weizenbrei her — mit viel Zucker! Die Kleine besteht ja nur aus Haut und Knochen.« Silvina lächelte Menolly zu. »Es wäre nicht sehr sinnvoll, die Tiere zu mästen und die Herrin hungern zu lassen. Ich habe ein paar Fleischbrocken für deine Echsen auf die Seite gelegt, als wir den Rostbraten vorbereiteten . . .« Und Silvina deutete zum Hauptherd hin, wo große Fleischkeulen auf Spießen rotierten. »So, wo ist der günstigste Platz . . .« Sie blickte unentschlossen umher, aber Menolly hatte bereits eine niedere Tür entdeckt, von der ein paar Stufen in eine Ecke des Innenhofes führten.

»Würde ich da draußen jemand stören?«

»Ganz und gar nicht. Du bist wirklich ein kluges Mädchen. Gut gemacht, Camo, vielen Dank.« Silvina tätschelte freundlich den Arm des halbblöden Knechtes, und er strahlte vor Freude, weil er den Auftrag richtig ausgeführt hatte. Silvina hielt die Schüssel Menolly entgegen. »Ist das genug? Ich habe noch mehr draußen . . .«

»Oh, fast zuviel, Silvina!«

»Camo, das hier ist Menolly. Trag ihr die Schüssel nach. Sie kann nicht ihr Frühstück *und* das Futter für die Echsen schleppen. Das hier ist Menolly, Camo, trag ihr die Schüssel nach! Geh ruhig los, Liebes, er macht das recht geschickt . . .«

Silvina wandte sich ab und fauchte zwei Küchenmägde an, lieber Rüben zu schneiden, anstatt andere Leute anzugaffen. Menolly war sich des Aufsehens bewußt, das sie erregte, und verlegen ging sie auf die Stufen zu, ihren *Klah*-Becher in einer, den Weizenbrei in der anderen Hand. Camo schlurfte hinter ihr drein. Prinzessin, die sich in ihrem Haar verkrochen hatte, reckte nun den Hals, weil sie das rohe Fleisch roch, das Camo in der Schüssel trug.

»Schön, schön«, mauschelte der Mann, als er die Feuerechse entdeckte. »Schöner kleiner Drachen?« Er tippte Menolly auf die Schulter. »Schöner kleiner Drachen?« Er wartete so angespannt auf ihre Antwort, daß er um ein Haar über die Stufen gestolpert wäre.

»Ja, sie ist wie ein kleiner Drachen, und sie ist schön«, pflichtete Menolly ihm lächelnd bei. »Sie heißt Prinzessin.«

»Heißt Prinzessin.« Camo war wie gebannt. »Heißt Prinzessin. Schöner kleiner Drachen.« Strahlend verkündete er sein neues Wissen.

Menolly legte den Finger auf den Mund. Sie wollte Silvinas Mägde weder ablenken noch beunruhigen. Draußen angelangt, stellte sie ihren Becher und die Schale ab und griff nach dem Fleisch.

»Schöner kleiner Drachen Prinzessin«, murmelte Camo und merkte nicht, daß sie an der Schüssel zerrte.

»Geh du jetzt wieder zu Silvina! Geh zu Silvina!«

Camo blieb stehen, wo er war. Sein schwerer Kopf pendelte hin und her, und der feuchte schlaffe Mund war zu einer seligen Grimasse verzogen. Menollys Worte drangen überhaupt nicht bis zu ihm durch.

Prinzessin kreischte jetzt gebieterisch, und Menolly packte eine Handvoll Fleischbrocken, um sie zu beruhigen. Aber ihr Geschrei hatte die anderen auf den Plan gerufen. Sie kamen angeflattert, einige durch die offenen Fenster des Speisesaals über Menollys Kopf, andere, der allgemeinen Aufregung nach zu urteilen, quer durch die Küche.

»Schön, schön!« rief Camo. »Alle schön.« Er drehte den Kopf heftig hin und her, weil er alle gleichzeitig sehen wollte.

Aber er hielt sich ganz still, als Tantchen Eins und Zwei auf seine Arme flogen und ihre Fleischbrocken selbst aus der Schüssel schnappten. Onkelchen krallte sich auf Camos Schulter fest und kämpfte mit Flügelschlagen um seinen Anteil. Brownie, Spiegel und Faulpelz umflatterten Menolly, die sich alle Mühe gab, das Futter gerecht zu verteilen.

Verlegen, weil sich ihre Freunde so schlecht benahmen, und zugleich dankbar über Camos Hilfe, merkte Menolly mit einemmal, daß in der Küche jede Arbeit ruhte. Das Gesinde beobachtete das ungewohnte Schauspiel. Einen Moment lang fürchtete sie, Silvina könnte den Knecht schelten und an seinen Platz zurückrufen, aber sie hörte nur das Gewisper der Mägde.

»Wie viele sind das denn?« erkundigte sich jemand.

»Neun«, entgegnete Silvina ungerührt. »Und wenn die zwei Eier, die der Harfner bekam, gedeihen, haben wir insgesamt elf in der Gildehalle.« Das klang beinahe eitel. Das Stimmengewirr verstärkte sich. »Abuna, der Brotteig ist lange genug aufgegangen. Du kannst jetzt mit Kayla Laibe daraus formen.«

Die Feuerechsen hatten die letzten Fleischfasern gefressen, und Camo starrte mit betrübten Grimassen in die leere Schüssel.

»Alles fort? Meine schönen Kleinen hungrig?«

»Nein, Camo. Sie haben wirklich genug bekommen. Sie sind nicht mehr hungrig.« Im Gegenteil, ihre Bäuche spannten sich prall, so unmäßig hatten sie das Futter verschlungen. »Du gehst jetzt zu Silvina. Silvina braucht dich, Camo!« Sie folgte dem Beispiel der Wirtschafterin, nahm ihn an den Schultern, drehte ihn zur Küche hin und gab ihm einen sanften Schubs.

Menolly trank den Becher mit heißem *Klah* und dachte nach. Sie hatte den Eindruck, daß Silvina sie betont freundlich behandelte. Oder war das Unsinn? Silvina ging mit allen Leuten nett und rücksichtsvoll um; sie war die Geduld selbst, wenn sie etwa mit dem schwachsinnigen Camo redete. Dennoch, Silvina befehligte das Gesinde in der Gildehalle und besaß damit zweifellos eine ähnliche Machtposition wie Manora im Benden-Weyr. Wenn Silvina sie mit offenen Armen aufnahm, würden die anderen ihrem Beispiel folgen.

Menolly begann sich in der warmen Sonne zu entspannen. Ihre Träume letzte Nacht waren bedrohlich gewesen, aber in der Morgenhelle konnte sie sich an Einzelheiten nicht mehr erinnern. Nur ein Gefühl des Unbehagens und der Hilflosigkeit war geblieben. Aber Silvina hatte viel dazu beigetragen, ihre dummen Zweifel zu zerstreuen.

Über den Hof klangen frische junge Stimmen, die noch einmal die lange Saga einübten. Die Feuerechsen stoben bei dem Gesang hoch und nahmen erst wieder Platz, als Menolly sie lachend beruhigte.

Dann erhob sich unvermittelt ein heller, glockenklarer Diskant über die dunkleren Stimmen der Harfner-Lehrlinge. Prinzessin sang die Gegenmelodie. Rocky und Taucher stimmten ein, die Schwingen halb gespreizt, damit sie ihre Lungen besser mit Luft füllen konnten. Spiegel und Brownie flatterten von ihrem Fenstersims herunter und sangen ebenfalls mit. Faulpelz mochte sich nicht anstrengen, und die beiden Tantchen sowie die blaue Echse Onkelchen waren allenfalls mäßige Sänger. Aber sie hielten die Köpfchen schräg und horchten zu; ihre glitzernden Augen kreisten. Die fünf Sänger saßen da, die Kehlen gebläht, die Augen halb geschlossen und völlig konzentriert auf ihren süßen Gesang.

Sie sind hier glücklich, dachte Menolly erleichtert und begann die Gegenstimme mitzusingen.

Sie waren bei den letzten beiden Takten des Chors angelangt, als Menolly plötzlich merkte, daß nur sie und die Echsen sangen, während die Stimmen der Lehrlinge verstummt waren. Verwirrt schaute sie auf und sah, daß an den Fenstern des Innenhofs ganze Trauben von Neugierigen hingen. Nur in dem Saal, aus dem der Gesang erschollen war, rührte sich nichts.

»He, wer hat da eben gesungen?« fragte ein quengeliger Tenor, und ein Männerkopf erschien an einem der leeren Saalfenster.

»Also, das war ein herrlicher Weckruf, Brudegan!« entgegnete der schöne Bariton des Meisterharfners von irgendwo hoch droben. Menolly hob den Kopf und erkannte Robinton im obersten Stockwerk zu ihrer Linken.

»Ich wünsche einen guten Morgen, Meisterharfner«, sagte Brudegan höflich, doch sein Ton verriet, daß ihn Robintons Eingreifen verärgert hatte.

Menolly versuchte sich ganz klein zu machen; am liebsten wäre sie im *Dazwischen* verschwunden.

»Ich wußte gar nicht, daß deine Feuerechsen singen können!« Silvina war neben Menolly aufgetaucht und räumte geistesabwesend Becher und Schale von den Stufen. »Eine schöne Ergänzung für deinen Chor, Brudegan, was?« fügte sie lauter hinzu. Dann hob sie den Kopf. »Nun, Robinton — ein Becher *Klah* gefällig?«

»Gern, Silvina.« Er beugte sich weit aus dem Fenster, um einen Blick auf Menolly werfen zu können. »Ein Schwarm singender Feuerechsen! Etwas Schöneres kann man sich zum Aufstehen gar nicht wünschen. Guten Morgen, Menolly!« Ehe das Mädchen antworten konnte, verzog er plötzlich das Gesicht zu einer Grimasse. »Mein Feuerechsen-Ei! Mein Ei!« Und er verschwand vom Fenster.

Silvina lachte leise und nickte Menolly zu. »Der ist zu nichts mehr zu gebrauchen, bis er selbst eine kleine Echse besitzt.«

In diesem Moment begannen Brudegans Sänger von neuem ihr Lied. Prinzessin zirpte fragend.

»Schsch, Prinzessin! Jetzt ist Schluß mit dem Gesang.«

»*Die dort* brauchen die Übung!« Silvina deutete zum Saal hinauf. »Aber nun muß ich das Frühstück des Harfners richten und dir ein Quartier verschaffen ...« Sie unterbrach sich und betrachtete die Feuerechsen. »Was fangen wir nur mit denen an?«

»Wenn sie so satt sind wie jetzt, schlafen sie meist.«

»Gut, gut — aber wo? Ach, du liebe Güte ...«

Menolly bemühte sich, ernst zu bleiben, als sie Silvinas Verwirrung sah, denn alle Echsen bis auf Prinzessin, die wie gewohnt auf ihrer Schulter saß, waren verschwunden. Sie deutete auf das gegenüberliegende Dach, wo die kleinen Geschöpfe jetzt aus dem Nichts landeten.

»Sie — sie gehen ins *Dazwischen*?« staunte Silvina. »Der Harfner deutete schon an, daß sie viel Ähnlichkeit mit Drachen besitzen.«

»Ich kenne die Eigenheiten der Drachen nicht, aber es stimmt, daß Echsen ins *Dazwischen* tauchen. Gestern nacht folgte mir mein Schwarm vom Benden-Weyr hierher.«

»Und sie gehorchen aufs Wort! Ich wollte, das könnte man auch von den Lehrlingen behaupten.« Dann zog Silvina das Mädchen mit in die Küche. »Camo, dreh den Spieß! Camo, dreh jetzt den Spieß! Und ihr anderen habt wohl in den Hof hinaus gegafft, anstatt hier weiterzuarbeiten!« Die Wirtschafterin sah sich mit gerunzelter Stirn um. Sofort nahmen die Mägde und Köche ihre verschiedenen Tätigkeiten wieder auf. »Ich habe eine Idee, Menolly. *Du* bringst Meister Robinton das Frühstück nach oben, dann kannst du gleich einen Blick auf dieses verflixte Ei werfen. Anschließend will ich Meister Oldive bitten, daß er sich deine Sohlen ansieht, obwohl ich volles Vertrauen in Manoras Heilkunst habe. Und . . .« Silvina hielt Menollys linke Hand fest und betrachtete düster die rote Narbe. »Sag, Kind, wo hast du dir diese gräßliche Wunde geholt? Und welcher Heiler hat sie so stümperhaft behandelt? Kannst du überhaupt richtig damit greifen?« Während Silvina sprach, hatte sie das Frühstück des Harfners auf ein Tablett gestellt, das sie nun Menolly in die Hände drückte. »Hier. Sein Zimmer befindet sich zwei Türen rechts von deinem. Du sollst den Spieß drehen, Camo, und dich nicht einfach nur daran festhalten! Menollys Feuerechsen sind satt und schlafen. Du darfst sie später wieder anschauen. Dreh den Spieß jetzt!«

Menolly verließ die Küche so rasch, wie sie es mit ihren steifen Füßen vermochte, und ging die breite Treppe zum zweiten Stock hinauf. Prinzessin summte an ihrem Ohr, einen trotzigen kleinen Diskant zu der Saga, die Brudegans Schüler übten.

Meister Robinton hatte ihr das Morgenlied nicht verübelt, dachte Menolly. Aber sie würde sich bei Brudegan entschuldigen, sobald sie die Gelegenheit dazu fand. Sie hatte einfach nicht daran gedacht, daß sie seine Schüler ablenken könnte. Die

Freude, daß ihre Schützlinge satt und zufrieden vor sich hin sangen, war zu groß gewesen.

Zweite Tür rechts von der ihren. Menolly klopfte. Nichts rührte sich. Erst als sie mit der Faust gegen das Holz schlug, bekam sie Antwort.

»Nur herein! Paß auf, Silvina . . . ach, du bist es, Menolly! Das ist ja großartig«, rief der Harfner, als er die Tür öffnete. »Einen schönen guten Morgen, Prinzeßchen«, fügte er lachend hinzu, und die kleine Königin zirpte eine Antwort. Robinton nahm Menolly das Tablett ab. »Immer errät Silvina meine Gedanken. Könntest du bitte einen Blick auf das Ei werfen? Es ist im Nebenzimmer, dicht beim Herd. Ich finde, daß es sich schon viel härter anfühlt . . .« Das klang ängstlich.

Menolly betrat gehorsam den Nebenraum, und er folgte ihr, nachdem er das Tablett auf dem Sandtisch neben dem Fenster abgestellt und sich einen Becher *Klah* eingeschenkt hatte. Am Kamin brannte ein freundliches kleines Feuer; das Tongefäß mit dem Echsenei hatte einen Platz auf dem Sims gefunden.

Menolly öffnete es und buddelte mit den Fingerspitzen vorsichtig den warmen Sand beiseite, der das kostbare Ei bedeckte. Es war härter, aber höchstens um eine Spur; schließlich hatte sie es dem Harfner erst am Vorabend überreicht.

»Alles in Ordnung, Meister Robinton. Und das Gefäß hat genau die richtige Wärme«, versicherte sie ihm. Sie schob den Sand wieder über das Ei und legte den Deckel auf. »Als wir das Gelege vor zwei Tagen zum Benden-Weyr brachten, meinte die Weyrherrin, daß die Jungen etwa in einer Siebenspanne schlüpfen würden. Wir haben also noch fünf Tage Zeit.«

Der Harfner seufzte erleichtert. »Hast du gut geschlafen, Menolly? Und dich richtig erholt? Oder bist du schon lange wach?«

»Lange genug!«

Der Harfner lachte schallend, als er ihre betrübte Miene sah.

»Lange genug, um ein paar Leute hochzubringen, was? Mein liebes Kind, hast du nicht den Unterschied gehört, als die Jungen die Saga das zweitemal sangen? Die Feuerechsen waren eine Herausforderung für sie. Und daß Brudegan lospolterte, kam einfach von seiner Verwirrung. Sag, können deine Echsen zu jeder Melodie Gegenstimmen erfinden?«

»Ich weiß es wirklich nicht, Meister Robinton.«

»Immer noch kein Selbstvertrauen, mein Kind?« In seiner

Stimme klang soviel Wärme mit, daß in Menollys Augen Tränen brannten.

»Ich will doch keinem zur Last fallen . . .«

»Und du glaubst, dies sei der Fall?« Der Meisterharfner schüttelte den Kopf und führte sie zurück in den Wohnraum, der im Gegensatz zu seinem ordentlich aufgeräumten Schlafzimmer überquoll von Arbeitsmaterial. Zwar hingen die Musikinstrumente ordentlich an der Wand oder waren in Regalen verstaut, aber ganze Stapel von Archiv-Pergamenten, Skizzen, Wachs- und Steintafeln türmten sich auf jeder freien Fläche und am Boden. An einer Wand befand sich eine genaue Karte des Pern-Kontinents mit kleineren Detailzeichnungen aller wichtigen Burgen und Gildehallen entlang der Ränder. Der langgestreckte Sandtisch am Fenster war bedeckt mit Musiknoten, einige durch Glasplatten vor dem Verwischen geschützt. Der Harfner hatte das Tablett auf die mittlere Bahn gestellt, welche den Sandtisch in zwei Hälften teilte. Nun klappte er eine Holzfläche heraus, um den Sand abzudecken, und verrutschte das Tablett so, daß er bequem Platz zum Frühstücken fand. Mit dem Löffel deutete er auf einen Hocker, und Menolly nahm Platz.

»Wir leben in einer Zeit der großen Veränderungen, Menolly«, sagte er. »Und du könntest dabei eine wichtige Rolle spielen. Gestern habe ich einen gewissen Druck auf dich ausgeübt, um dich in die Harfnergilde zu holen. Das war nicht fair, ich weiß, aber du gehörst einfach hierher.« Sein Zeigefinger stach auf die Tischplatte und deutete dann hinaus zum Hof. »Erstens«, fuhr er nach einem Schluck *Klah* fort, »müssen wir herausbringen, welche Grundkenntnisse unseres Handwerks dir Petiron beigebracht hat und was du noch brauchst, um deine Fertigkeiten zu vervollkommnen. Außerdem . . .« — er deutete auf ihre linke Hand — »wollen wir versuchen, diese Narbe zu behandeln. Ich habe nämlich die Hoffnung, daß du uns eines Tages die Balladen, die du schreibst, auch *vorspielst.*« Jetzt erst merkte Menolly, daß sie die ganze Zeit geistesabwesend ihre linke Handfläche massiert hatte. »Wenn einer das richten kann, dann Meister Oldive.«

»Silvina sagte, daß ich ihn heute noch aufsuchen sollte.«

»Wir bringen dich schon wieder so hin, daß du mehr Instrumente spielen kannst als deine Panflöte. Denn Leute, die wie du Balladen komponieren . . . ach ja, da ist noch etwas, das ich dir erklären wollte ...« Er strich sich über den Haaransatz im Nakken, und Menolly hatte den Eindruck, daß er verlegen war.

»Erklären?«

»Ja. Siehst du, dieses Lied über die Echsenkönigin, das du im Archivraum eurer Burg zurückgelassen hattest — es war noch nicht ganz fertig ...«

»Stimmt. Ich kam nicht mehr dazu ...« Menolly traute ihren Ohren kaum. Was mußte der Meisterharfner ihr *erklären*? Sie hatte doch nur ein paar Zeilen hingekritzelt, um ihr Erlebnis festzuhalten. Aber schon am Abend zuvor hatte er von der Ballade gesprochen, als sei sie allen Harfnern bekannt. »Hat Ihnen etwa Harfner Elgion das Zeug geschickt?«

»Wie sonst hätte ich es bekommen? Und wir konnten dich einfach nicht finden?« Robintons Stimme klang verärgert. »Wenn ich daran denke! Da lebt ein junges Mädchen allein in einer Höhle, mit einer verletzten Hand — weil man ihm *verboten* hat, diese herrliche Ballade fertigzuschreiben ... Versteh mich bitte nicht falsch — ich habe das Lied selbst vervollständigt.«

Er stand auf, wühlte in einem Stapel von Wachstafeln unter dem Fenster, zog eine hervor und reichte sie Menolly. Sie warf gehorsam einen Blick darauf, ohne jedoch die Melodie zu lesen.

»Ich benötigte dringend eine Ballade über Feuerechsen, da ich glaube, daß diese kleinen Geschöpfe bald eine viel größere Rolle spielen werden, als wir bisher ahnen. Und dieses Lied ...« Er deutete mit einer Geste der Anerkennung auf die Wachstafel. »Dieses Lied war genau das Richtige für mich. Ich mußte lediglich die Begleitung aufpolieren und die Lyrik etwas kompakter gestalten. Du hättest das wahrscheinlich selbst noch getan, wenn du dazugekommen wärst. An der Melodie dagegen habe ich keinen Ton verändert ... Was ist denn los, Menolly?«

Menolly hatte ihn ungläubig angestarrt. Ihr wollte nicht in den Kopf, daß er ein albernes Liedchen, das sie ganz nebenbei niedergekritzelt hatte, so sehr lobte. Schuldbewußt senkte sie den Blick auf die Wachstafel.

»Ich hatte nie Gelegenheit, es zu spielen ... ich durfte in der Burg meine eigenen Sachen nicht spielen. Das hatte mir mein Vater verboten. Deshalb — deshalb ...«

»Menolly!«

Verwirrt über seinen strengen Tonfall, schaute sie auf.

»Du bist ab jetzt mein Lehrling, und ich verlange, jawohl, ich

verlange, daß du jede Melodie, die dir in den Sinn kommt, aufschreibst. Und ich verlange ferner, daß du sie so oft spielst, bis sie den letzten Schliff hat ... Begreifst du mich? Deshalb habe ich dich nämlich hergeholt.« Er wies von neuem auf die Wachstafel. »Das hier war eine herrliche Komposition, noch ehe ich sie in die Finger bekam. Wir brauchen dringend Talente wie dich!

Was ich anfangs über die Veränderungen sagte, betrifft uns Harfner nämlich mehr als alle anderen Gilden, weil wir die Aufgabe haben, den Wechsel in die Wege zu leiten. Genauso, wie wir mit unseren Balladen das Wissen um die Vergangenheit aufrechterhalten, helfen wir den Leuten, neue Ideen anzunehmen und notwendige Wandlungen zu bejahen. Deshalb suchen wir Talente wie dich ...

Noch muß ich mich streng an die Grundsätze und Richtlinien unserer Gilde halten — ganz besonders in deinem Fall, der ohnehin nicht in den Rahmen des Gewohnten paßt. Sobald jedoch die Formalitäten überwunden sind, kannst du selbst das Tempo deiner Ausbildung bestimmen. Jedenfalls gehört ihr hierher, Menolly, du und deine singenden Feuerechsen. Es war ein Genuß heute morgen, euch anzuhören. Hallo, Silvina, einen guten Morgen — und da ist ja auch Meister Oldive ...«

Menolly wußte, daß es ungezogen war, andere Leute anzustarren, und so wandte sie sich rasch ab, als sie sich dabei ertappte, aber Meister Oldive zog wohl oft neugierige Blicke auf sich. Er war kleiner als sie, jedoch nur, weil sein Kopf schief auf dem Hals saß. Sie hatte den Eindruck eines großflächigen und doch hageren Gesichts, in dem riesige dunkle Augen brannten.

»Stören wir, Meister Robinton?« Silvina blieb zögernd auf der Schwelle stehen.

»Ja und nein. Ich fürchte, daß ich Menolly mit meinen Argumenten noch nicht ganz überzeugen konnte, aber so etwas braucht wohl seine Zeit.« Der Meisterharfner nickte dem Mädchen zu. »Geh jetzt mit Meister Oldive, Menolly! Er wird sein Bestes tun. Sie muß wieder spielen können, Oldive.« Seine Worte drückten großes Vertrauen zu dem Heiler aus. Mit einem Lächeln wandte er sich an die Wirtschafterin. »Paß auf, Silvina! Menolly schätzt zwar, daß mein Echsen-Ei erst in vier oder fünf Tagen soweit ist, aber könntest du vielleicht doch jemand ...«

»Warum nicht Sebell? Er muß sein Echsen-Ei ja auch im Auge behalten, oder? Und wenn das Mädchen bei uns bleibt ...« Mehr hörte Menolly nicht, denn Meister Oldive schob sie aus dem Zimmer und schloß die Tür.

»Ich will mir mal deine Füße ansehen«, meinte der Mann und gab Menolly durch einen Wink zu verstehen, daß sie in ihr Zimmer vorausgehen solle. Die Stimme des Heilers war unerwartet dunkel. Und trotz des verwachsenen Rumpfes hielt er leicht Schritt mit ihren langen Beinen.

»Bei meinem Leben!« rief Oldive aus, als Menolly die Tür öffnete und plötzlich im Sonnenlicht stand. »Im ersten Moment dachte ich, du wärst mit dem gleichen Buckel geschlagen wie ich. Das ist eine Feuerechse, nicht wahr?« Er lachte leise. »Da hast du mich aber schön hereingelegt. Ist die Kleine friedlich?« Er blinzelte zu Prinzessin hinauf, die sich angesprochen fühlte und zu schnalzen begann. »Aha, ich verstehe — du tust mir nichts, solange ich nett zu deiner Herrin bin, was? Menolly, du wirst deiner Feuerechsen-Ballade noch einen Vers anfügen müssen, der die sanfte Natur dieser kleinen Geschöpfe beschreibt.« Der Heiler deutete auf das Kopfende des Bettes. Menolly setzte sich, und Oldive zog einen Hocker heran.

»Oh, das ist nicht meine Ballade«, widersprach sie, während sie aus den Pantoffeln schlüpfte.

Meister Oldive zog die Stirn kraus. »Nein? Robinton nennt dich aber stets als Urheberin.«

»Er hat das Lied umgeschrieben ... das erzählte er mir eben selbst.«

»Das ist normal«, tat Meister Oldive ihren Widerspruch ab. Dann betrachtete er nachdenklich ihre Sohlen. »Die hast du ja schön zugerichtet«, sagte er mit einem Kopfschütteln. »Wie eine Irre gelaufen, was?«

Menolly spürte einen leisen Tadel in seiner Stimme. »Mir blieb gar nichts anderes übrig. Der Sporenregen erwischte mich im Freien, weit entfernt von meiner Höhle — autsch!«

»Habe ich dir weh getan? Die Haut ist sehr empfindlich — und wird es wohl noch eine Weile bleiben.«

Er begann eine scharfriechende Salbe aufzustreichen, und sie konnte ihren Fuß nicht stillhalten. Der Heiler packte sie fest am Knöchel und entgegnete auf ihre verlegene Entschuldigung, das Muskelzucken bedeute nur, daß die Nerven keinen Schaden erlitten hätten.

»Im Moment solltest du die Sohlen so wenig wie möglich belasten. Ich werde auch Silvina Bescheid sagen. Und massiere die Salbe hier ein, morgens und abends. Das beschleunigt die Heilung und mindert den Juckreiz.« Er schob ihr die Pantoffeln hin. »Und nun werfen wir noch einen Blick auf deine Hand!«

Sie zögerte, weil sie befürchtete, daß er wie Manora und Silvina von Pfuscherei sprechen würde. Und sie empfand eine merkwürdige Loyalität ihrer Mutter gegenüber.

Oldive musterte sie aufmerksam, und sie hatte das Gefühl, daß er den Grund ihres Zögerns erriet. Es war, als übte sein ruhiger Blick einen Zwang auf sie aus, und so streckte sie ihm die Hand entgegen. Zu ihrem Erstaunen las sie in seiner Miene weder Mißbilligung noch Mitleid, sondern einzig und allein Interesse an dem medizinischen Problem des dicken Narbenwulstes. Er stach mit dem Finger in das Gewebe und räusperte sich nachdenklich.

»Mach eine Faust!«

Das schaffte sie gerade noch, aber als er sie bat, die Finger auszustrecken, zerrte die Narbe einfach zu stark.

»Nicht so schlimm, wie ich anfangs befürchtete. Eine Infektion, nehme ich an . . .«

»Stachelschwanz-Schleim . . .«

»Hmm, ja. Heimtückisches Zeug.« Er drehte ihre Handfläche nach oben. »Aber die Narbe ist noch nicht lang verheilt, und das Gewebe läßt sich bestimmt ein wenig strecken. Ein paar Monate später, und alles wäre verhärtet gewesen. Du mußt jetzt erst mal Fingerübungen machen — einen harten kleinen Ball umfassen und wieder loslassen.« Er zeigte ihr, was er meinte, und sie stieß unwillkürlich einen Schrei aus, als er ihre Finger zusammenpreßte. »Wenn du dich zwingst, bis an die Schmerzgrenze zu gehen, dann machst du es richtig. Wir müssen die Haut zwischen den Fingern und die versteiften Sehnen wieder geschmeidig bekommen. Ich besorge dir obendrein eine Salbe, die das Narbengewebe weicher und lockerer werden läßt. Je mehr du übst, desto rascher geht es voran. An der Motivation wird es dir ja nicht fehlen.«

Ehe Menolly einen Dank stammeln konnte, hatte der erstaunliche Mann das Zimmer verlassen und die Tür hinter sich geschlossen. Prinzessin tschilpte halb fragend, halb bewundernd hinter ihm drein. Sie war von Menollys Schulter heruntergeflattert und hatte die Behandlung von einer Kuhle in der Bettdecke aus beobachtet. Nun kam sie zu Menolly und schmiegte das Köpfchen in ihren Arm.

Aus dem Saal der Lehrlinge scholl ein vielstimmiger Chor herüber, kraftvoll und laut. Prinzessin hielt den Kopf schräg und summte entzückt mit. Als Menolly sie zum Schweigen mahnte, schaute sie wehmütig auf.

»Ich glaube nicht, daß wir mitsingen dürfen, aber das klingt wunderbar, findest du nicht auch?«

Sie saß da, lauschte der Musik und streichelte Prinzessin. Nur geübte und hochbegabte Sänger verfügten über eine solche Harmonie.

»Hörst du?« meinte Silvina, als sie mit raschen Schritten das Zimmer betrat. »Du scheinst den Ehrgeiz dieser Faulpelze geweckt zu haben. Es ist schön, wenn dieses alte Lied mal mit Schwung gesungen wird.«

Menolly fand keine Zeit, sich über Silvinas Rede zu wundern, denn die Wirtschafterin deutete auf ihr Bündel, das auf dem Tisch lag, und zupfte die Schlafdecke glatt.

»Ich bringe dich jetzt in Duncas Pension unter«, fuhr Silvina fort. »Zum Glück steht eines der äußeren Zimmer leer . . .« Die Wirtschafterin rümpfte verächtlich die Nase. »Diese Mädchen von den Burgen haben eine heillose Angst von Fenstern, die ins Freie führen. Dir macht das sicher nichts aus.« Sie lächelte Menolly zu. »Oldive sagte mir, daß du deine Füße noch schonen sollst, aber den einen oder anderen Weg kann ich dir leider nicht ersparen. Nun, von der Hausarbeit bist du im Moment freigestellt — noch ein guter Grund, dich bei Dunca einzuquartieren . . .« Silvina runzelte die Stirn und warf einen Blick auf Menollys winziges Bündel. »Ist das alles, was du mitgebracht hast?«

»Ja — außer neun Feuerechsen.«

Silvina lachte. »Allerdings — ein reicher Schatz.« Sie trat ans Fenster und warf einen Blick zur anderen Seite des Hofes, wo sich die Feuerechsen immer noch auf dem Dach sonnten. »Sie tun wirklich, was du ihnen sagst?«

»Meistens. Bei ungewohntem Lärm allerdings oder großen Menschenansammlungen kann ich für nichts garantieren.«

»Oder bei Situationen, die sie faszinieren . . .« Silvina lächelte Menolly zu und deutete zu den Fenstern des Übungssaales, aus denen immer noch Musik scholl.

»Sie haben oft mit mir gesungen . . . ich wußte doch nicht, daß so etwas hier nicht erlaubt ist . . .«

»Woher auch? Nun mach dir keine Gedanken, Menolly. Du wirst dich hier großartig einleben. So, nun packen wir deine Sachen und bringen dich zu Dunca. Dann möchte Robinton, daß du dir eine Gitarre besorgst. Meister Jerint hat sicher in seiner Werkstatt eine für dich übrig. Du wirst dir später selbst eine bauen müssen, hast du das gewußt? Außer du hast bereits eine bei Petiron in der Halbkreis-Bucht angefertigt . . .«

»Ich besaß keine eigene.« Menolly war erleichtert, daß ihre Stimme ruhig blieb.

»Aber Petiron nahm seine doch mit. Sicher . . .«

»Ich durfte eine benutzen, ja.« Schmerzhafte Erinnerungen stiegen in ihr auf. Sie dachte an die Prügel, die sie von ihrem Vater bezogen hatte, weil sie eigene Kompositionen darauf spielte. »Aber ich kann Flöten schnitzen . . .« fügte sie hinzu und lenkte Silvina von weiteren Fragen ab. Sie wühlte in ihrem Bündel und zog die Panflöte hervor, die sie in ihrer Höhle am Meer gemacht hatte.

»Aus Rohr? Und mit dem Gürtelmesser geschnitten?« Silvina ging ans Fenster, um das Instrument kritisch bei Licht zu betrachten. »Nicht schlecht.« Sie nickte anerkennend. »Petiron war ein ausgezeichneter Lehrer.«

»Kannten Sie ihn gut?« Menolly befiel wie immer, wenn sie an den alten Harfner dachte, eine dumpfe Trauer. Er war ihr einziger Vertrauter auf der Burg in der Halbkreis-Bucht gewesen.

»Und ob!« Silvina schaute Menolly mit gerunzelter Stirn an. »Hat er mit dir nie von der Harfnerhalle gesprochen?«

»Nein. Weshalb sollte er?«

»Weshalb sollte er nicht? Du warst seine Schülerin, oder? Er ermutigte dich zum Schreiben . . . schickte Robinton diese Balladen . . .« Silvina starrte das Mädchen lange Zeit verblüfft an, dann zuckte sie die Achseln und lachte leise. »Nun, Petiron hatte immer seine eigenen Gründe für alles, was er tat. Aber er war ein guter Mann.«

Menolly nickte stumm.

»Ehe ich es vergesse«, fuhr Silvina fort, »wie oft brauchen deine Feuerechsen Futter?«

»Morgens sind sie am hungrigsten, obwohl sie zu jeder Zeit fressen — aber das kommt vielleicht daher, daß ich am Strand immer erst stundenlang Futter für sie suchen mußte. Die wilden Echsen gingen selbst auf die Jagd . . .«

»Ich verstehe. Wenn man die Biester einmal füttert, wollen sie es immer so bequem haben.« Silvina lächelte. »Die Köche werfen alle Fleischabfälle in eine große Tonschüssel, die im Kühlraum steht . . . das meiste bekommen die Wachwhere, aber ich werde Bescheid sagen, daß du davon nehmen kannst, was du brauchst.«

»Ich möchte doch keinem zur Last fallen . . .«

Die Wirtschafterin warf ihr einen Blick zu, der sie verstummen ließ. »Keine Sorge, ich sage dir Bescheid, wenn du mir *wirklich* zur Last fällst.« Silvina lachte. »Die Lehrlinge wissen ein Lied davon zu singen.«

Während sie sprach, war Silvina die Treppe hinunter und ins Freie gegangen. Nun wandte sie sich, gefolgt von Menolly, einem breiten Torbogen zu, der in einer gepflasterten Straße mündete. Kein Grashalm und kein Moosstengel wuchsen in den Ritzen. Zum erstenmal bekam Menolly eine Ahnung von der Größe der Burg Fort. Sie hatte zwar gewußt, daß es sich um die älteste und größte Burg des Kontinents handelte, aber der Anblick war doch überwältigend.

In den Klippen und Hütten entlang der Fels-Palisade mußten Tausende von Menschen leben. Menolly verlangsamte ihre Schritte und starrte die breite Rampe hinauf, die zum Hof und Haupteingang der eigentlichen Burg führte. Sie lag höher als die Gildehalle; Fensterreihen, in den Fels gehauen, reichten in schwindelnde Höhen, bis fast hinauf zu den Wachfeuern. In der Halbkreis-Bucht hatten sich alle Räume im Innern der Klippen befunden; hier dagegen ragten gemauerte Gebäudeflügel aus den Felsen und schlossen sich zu trotzigen Vierecken wie die Harfnerhalle. Zu beiden Seiten der Rampe und entlang der Straße reihten sich kleinere Hütten. Die Straße selbst war vielbefahren; sie führte nach Süden zu den Feldern und Wiesen, nach Osten in ein Tal und weiter ins Vorgebirge und nach Westen zu einem Paß in den Klippen, welcher den Zugang zum Zentral-Massiv von Fort bildete.

Silvina brachte Menolly zu einer größeren Hütte, die im oberen Geschoß fünf mit schweren Läden verriegelte Fenster besaß. Das Bauwerk schmiegte sich gegen den Hang der Rampe. Als sie näher kamen, merkte Menolly, daß die Hütte ein ehrwürdiges Alter hatte. Und die Tür war ganz aus Metall! Unglaublich! Silvina schob sie auf und rief nach Dunca. Menolly sah gerade noch, daß der Mechanismus der gleiche war wie in der Harfnerhalle — ein kleines Handrad, mit dessen Hilfe schwere Stäbe in Nuten entlang der Decke und des Bodens gekurbelt wurden.

»Menolly, darf ich dir Dunca vorstellen, die Hauswirtin unserer Gastschülerinnen?«

Menolly begrüßte pflichtschuldig die beleibte kleine Frau. Schwarze Augen blinzelten ihr aus den Speckfalten des Gesichts entgegen. Dunca warf dem Mädchen einen scharfen Blick zu, der gar nicht zu ihrem gemütlichen Aussehen passen wollte. Es schien, als messe sie Menolly an dem Klatsch, den sie bereits von ihr gehört hatte. Dann sah die Frau Prinzeßchen aus Menollys dichtem Haar hervorspitzen. Sie stieß einen schrillen Schrei aus und wich zurück.

»Was ist denn das?«

Menolly griff nach der Echse, die zu zischen begann und mit den Flügeln schlug.

»Aber, Dunca!« Silvinas Stimme klang tadelnd. »Sie wußten doch sicher, daß Menolly neun Feuerechsen besitzt.«

Menollys scharfes Ohr vernahm Silvinas unterdrückten Ärger; auch der kleinen Königin entging er nicht, denn ihre Augen kreisten wild. Menolly schickte der Echse ein paar beruhigende Gedanken zu.

»Ich hatte das eine oder andere Gerücht gehört«, sagte Dunca. »Aber darauf gebe ich im allgemeinen nichts.« Sie stand am Ende der Diele und trat keinen Schritt näher.

»Eine kluge Einstellung«, erwiderte Silvina. Ihr spöttischer Blick verriet, daß sie keine allzu hohe Meinung von der kleinen Pensionswirtin hatte. »Sie haben doch ein Zimmer mit Fenstern frei, nicht wahr? Ich halte es für das Beste, wenn wir Menolly da unterbringen.«

»Nein! Ich will nicht wieder so ein hysterisches Ding im Hause, das während der Sporenregen in Panik gerät und den anderen Mädchen einredet, die Fäden könnten ins Innere der Hütte gelangen!«

Silvinas Augen blitzten belustigt. »Da kann ich Sie beruhigen, Dunca. Menolly ist die jüngste Tochter von Yanus, dem See-Baron in der Halbkreis-Bucht. Das Leben am Meer härtet ab.«

Duncas scharfe Äuglein musterten Menolly von neuem. »Dann kanntest du Petiron, ja?«

Menolly nickte.

Die Pensionswirtin murmelte etwas und drehte sich so rasch um, daß ihr weiter Rock bei jedem Schritt wippte. Sie ging zu einer Steintreppe, die in die hintere Wand der Eingangsdiele gehauen war. Ächzend stieg sie nach oben.

Zwei schmale Gänge, an jedem Ende durch schwache Leuchten erhellt, führten rechts und links von den Stufen ab. Dunca wandte sich nach rechts, führte sie ganz nach hinten und öffnete die letzte Tür zur Außenfassade.

»Faule Schlampen«, murmelte sie schlecht gelaunt und trat an den Leuchtkorb heran. »Alles leer!«

»Wo verwahren Sie die Leuchten?« fragte Menolly, um der Pensionswirtin ihren guten Willen zu zeigen. Flüchtig überlegte sie, ob sie ihr Leben lang nicht davon loskommen würde, Leuchten durch enge Korridore zu schleppen und auszuwechseln.

»Wo ist Ihre Magd, Dunca? Sie hat für die Leuchten zu sorgen, nicht Menolly«, meinte Silvina, während sie an Dunca vorbeiging und die Fensterläden aufstieß. Helles Sonnenlicht durchflutete den Raum.

»Silvina! Was machen Sie da?«

»Nun seien Sie doch vernünftig, Dunca! Wir rechnen in frühestens zwei Tagen mit einem Sporenregen. Das Zimmer riecht muffig.«

Duncas Antwort war ein Kreischen, als die übrigen Feuerechsen durch das offene Fenster hereinschwirrten und aufgeregt im Zimmer umherflatterten. Da die Wände kahl und außer einem Bettrahmen kaum Möbel vorhanden waren, suchten sie vergeblich nach Landegelegenheiten. Die beiden Tantchen und Onkelchen kämpften um einen Platz auf dem Hocker, jagten aber wieder davon, erschreckt durch Duncas schrilles Geschrei. Die kleine Pensionswirtin kauerte in einer Ecke und hatte die Röcke über den Kopf geschlagen.

Menolly befahl den Braunen, ihre Sturzflüge einzustellen, sagte Tantchen Eins und Zwei sowie Onkelchen, daß sie auf dem Fenstersims bleiben sollten, und wies Rocky und Taucher einen Platz auf dem Bettrahmen zu. Inzwischen versuchte Silvina die Wirtin zu beruhigen. Als sich Dunca endlich dazu aufraffte, Faulpelz aus der Nähe zu betrachten — der Braune ließ sich von jedem streicheln, solange das von ihm keine Anstrengung erforderte —, hatte Menolly bereits erkannt, daß die Frau von nun an ihre unversöhnliche Feindin war. Die fette kleine Person würde es ihr nie verzeihen, daß sie ihre Blamage mitangesehen hatte. Einen Moment lang wünschte Menolly, sie wäre im Weyr geblieben, wo jeder die Feuerechsen akzeptierte.

Mit einem leisen Seufzer streichelte Menolly Prinzeßchen, während Silvina der Pensionswirtin immer wieder versicherte, daß die Feuerechsen weder ihr noch ihren Schützlingen gefährlich werden konnten — daß sie im Gegenteil jeder darum beneiden würde, neun Feuerechsen zu beherbergen . . .

»Neun?« quiekte Dunca erschreckt, und schon wollte sie sich wieder in ihre Ecke zurückziehen. »Neun dieser gespenstischen Biester in *meinem* Haus!«

»Sie sind tagsüber meist nicht da«, warf Menolly ein. »Da gehen sie ihre eigenen Wege.«

Dunca gab keine Antwort, sondern bedachte sie mit einem ängstlichen und zugleich haßerfüllten Blick.

»Wir können uns nicht länger aufhalten, Menolly. Du sollst dir eine Gitarre in der Werkstatt aussuchen«, sagte Silvina. »Wenn Sie einen frisch gefüllten Strohsack brauchen, Dunca, schicken Sie Ihre Magd zu mir.« Sie nahm Menolly am Arm und wandte sich zum Gehen. »Das Mädchen wird mehr in den Gilderäumen beschäftigt sein als Ihre übrigen Gastschülerinnen . . .«

»Wenn sie abends nicht zur festgesetzten Zeit heimkommt, bleibt die Tür verriegelt«, rief Dunca ihnen nach, als sie die Treppe hinunterstiegen.

»Sie ist streng mit den Mädchen«, stellte Silvina fest, als sie in die helle Mittagssonne hinaustraten und über den breiten, gepflasterten Platz gingen. »Aber das muß sie sein, bei all den jungen Burschen, die ihren Schützlingen nachstellen. Und nimm es nicht tragisch, wenn sie über Petiron schimpft. Sie hatte gehofft, er würde sie nach Merelans Tod heiraten. Ich glaube, daß Petiron die Gildehalle nicht nur verließ, um seinem Sohn Robinton den Weg freizumachen. Er floh auch vor Duncas hartnäckiger Aufmerksamkeit.«

»Die Halbkreis-Bucht liegt aber weit weg von Fort.«

Silvina lachte. »Und so abgeschieden, daß sogar Dunca die Lust verlor, ihm dorthin zu folgen, Kind. Als ob Petiron je eine zweite Frau genommen hätte! Merelan war ungewöhnlich schön, und sie hatte eine glockenreine Stimme. Wir denken alle gern an sie zurück.«

Inzwischen waren viele Leute unterwegs: Feldarbeiter kamen zum Mittagessen heim; eine Gruppe von Männern auf langbeinigen Rennern schob sich langsam durch die Menge. Ein Lehrling auf einem eiligen Botengang rempelte Menolly an und murmelte eine Entschuldigung. Prinzessin auf der Schulter des Mädchens richtete sich auf und zischte ihm empört entgegen. Mit einem erschreckten Ausruf wirbelte der Junge herum und rannte den Weg zurück, den er gekommen war.

Silvina schmunzelte. »Ich würde gern seinen Bericht hören, wenn er in die Halle zurückkehrt.«

»Silvina, ich . . .«

»Kein Wort, Menolly! Ich will es nicht haben, daß du dich ständig für deine Feuerechsen entschuldigst! Auch Meister Robinton teilt meine Ansicht. Es wird immer Narren wie Dunca auf der Welt geben, die sich vor allem Neuen oder Unbekannten fürchten.« Sie hatten den Torbogen der Gildehalle betreten. »Durch diese Tür, dann die Treppe hinauf, und du stehst vor Meister Jerints Werkstatt. Er wird dir ein Instrument geben, auf dem du später Meister Domick vorspielen kannst.« Mit einem ermutigenden kleinen Schubs ließ Silvina sie allein.

3

Sprecht sanft mit meiner Echsenschar,
Ihr Zorn ist rasch entbrannt.
Und rascher noch jagen sie herbei,
Erhebt gegen mich ihr die Hand.

Menolly wäre es lieber gewesen, wenn Silvina sie zu Meister Jerint gebracht und vorgestellt hätte; aber sie erkannte schuldbewußt, daß sie die kostbare Zeit der Wirtschafterin schon über Gebühr in Anspruch genommen hatte. So unterdrückte sie ihre Nervosität und ging auf die Tür zu, die in die Werkstatt führen mußte.

Sie hörte schon von draußen emsiges Hämmern, Sägen und Klopfen; aber sobald sie die Tür aufmachte, schlug ihr der Lärm voll entgegen. Prinzeßchen stieß einen schrillen Schrei aus und schoß blitzschnell hinauf zu den Stützbalken des hohen Saales. Ihr Kreischen und ihr Flug brachten auf der Stelle jede Tätigkeit zum Stillstand. Das plötzliche Schweigen und dann das Gewisper der jüngeren Arbeiter, die alle zu Menolly herüberstarrten, weckte die Aufmerksamkeit eines älteren Mannes, der sich tief über eine Gitarre auf seinem Schoß beugte und ein Stück Einlegeholz festleimte. Er schaute auf und bemerkte die gaffenden Lehrlinge.

»Na — was gibt es?«

Prinzeßchen stieß erneut einen Schrei aus und flatterte von der Decke zurück auf Menollys Schulter, nun, da der ungewohnte Lärm verstummt war.

»War das eben eine Stimme? So klingt doch kein Instrument?«

Mit einemmal erspähte Meister Jerint Menolly, die schüchtern an der Tür stehengeblieben war.

»Nun, mein Junge? Was suchst du hier? Und was hast du da für ein komisches Ding auf deiner Schulter sitzen? Du weißt genau, daß es nicht erlaubt ist, Haustiere durch die Gildehalle zu schleppen! He — bist du stumm?«

Leises Gekicher in den Werkstattwinkeln machte ihn auf seinen Irrtum aufmerksam.

»Entschuldigen Sie — Meister Jerint, nicht wahr? Ich heiße Menolly ...«

»Wenn du Menolly heißt, kannst du kein Junge sein.«
»Nein, Meister.«
»Außerdem habe ich dich erwartet.« Er starrte die Einlegearbeit auf seinem Schoß an, als trage sie die Schuld an seiner Geistesabwesenheit. »Und dieses winzige Biest hat so laut gekreischt?«
»Sie war erschrocken, Meister.«
»Kein Wunder bei dem Lärm, der hier drinnen herrscht«, sagte Jerint gutmütig und reckte den Hals, um Prinzessin näher zu betrachten. Sie begann leise zu zirpen, und er zuckte zurück. »Das ist also eine dieser legendären Feuerechsen?« Seine Stimme klang skeptisch.
»Ich nenne sie Prinzessin, Meister Jerint«, sagte Menolly, fest entschlossen, neue Freunde für ihre Echsen zu gewinnen. Sie lockte Prinzeßchen auf ihren Arm. »Hier! Sie mag es, wenn man sie zwischen den Augen streichelt . . .«
»Ja?« Jerint kraulte das winzige goldene Geschöpf. Prinzessin schloß die Innenlider ihrer glitzernden Augen und schmiegte sich an seine Hand. »Tatsächlich.«
»Sie ist im Grunde recht lieb — nur der Lärm und die vielen Menschen haben sie beunruhigt.«
»Also, ich finde sie entzückend«, erwiderte Jerint, und sein schwieliger Finger fuhr immer wieder über das Köpfchen der kleinen Echse, bis sie zufrieden summte. »Ganz entzückend. Ist die Haut der Drachen auch so weich?«
»Ja, Meister.«
»Ein schönes Geschöpf. Und handlicher als die Drachen.«
»Außerdem kann sie singen.« Aus dem Hintergrund schlenderte ein kräftiger Mann heran, der sich die Hände an einem Handtuch abtrocknete.
Als hätte der Neuankömmling die geheime Spannung gelöst, begannen die Lehrlinge in allen Ecken zu wispern und zu lachen. Der Mann nickte Menolly zu.
»Was sagen Sie da, Domick?« Einen Moment lang vergaß Jerint, Prinzessin zu streicheln; sie stupste ihn mit der Nase an, und er machte weiter. »Sie kann singen?«
»Haben Sie den Diskant heute morgen denn nicht gehört, Jerint?«
Der untersetzte Mann war Meister Domick, dem sie später vorspielen sollte? Zwar trug er einen alten Kittel mit dem Em-

blem der Gesellen, aber kein Geselle hätte es gewagt, einen Meister nur mit seinem Namen anzusprechen.

»Heute morgen?« Jerint schaute überrascht auf. »Ja, ich erinnere mich. Die Höhe war ungewöhnlich für Flöten, und zudem wird diese Saga traditionsgemäß ohne Begleitung gesungen, aber da Brudegan gern improvisiert . . .« Er spreizte hilflos die Hände. Prinzessin flatterte auf Menollys Arm hin und her, als sie das Gleichgewicht zu halten versuchte. Ihre Krallen gruben sich schmerzhaft durch den dünnen Stoff des Ärmels.

»Du warst doch nicht gemeint, du hübsches Ding«, entschuldigte sich Jerint und streichelte Prinzessin, bis sie sich wieder beruhigt hatte. »Aber daß so ein winziges Geschöpf einen ganzen Chor ersetzen kann . . .«

»Wie viele haben denn nun wirklich gesungen, Menolly?« fragte Meister Domick.

»Nur fünf«, antwortete sie schüchtern; sie erinnerte sich noch zu gut an Duncas Reaktion.

»Fünf!« Meister Jerint schaute sie verblüfft an. »*Du* . . . besitzt fünf Feuerechsen?«

»Also, um die Wahrheit zu sagen . . .«

»Es ist klüger, stets die Wahrheit zu sagen, Menolly«, warf Meister Domick ein, und sie merkte an seinem Lächeln, daß er sie neckte.

»Also, ich habe neun Feuerechsen für mich gewonnen«, stieß Menolly hervor. »Sehen Sie, ich befand mich in der Echsenhöhle, als die Eierschalen aufsprangen — weil draußen Sporen fielen — und ich konnte doch nicht zulassen, daß die Jungen auf Nahrungssuche ins Freie flatterten und getötet wurden — und deshalb fütterte ich sie eben und . . .«

». . . und so entstand die Bindung zwischen dir und ihnen«, ergänzte Meister Domick, als sie stockte. »Du wirst deiner Echsen-Ballade noch eine oder zwei Strophen anfügen müssen, Kind!«

»Der Meisterharfner hat das Lied schon umgeschrieben«, sagte sie ruhig und, wie sie hoffte, einigermaßen würdevoll.

Meister Domicks Lächeln vertiefte sich.

»Es ist klüger, stets die Wahrheit zu sagen, Menolly. Hast du nicht alle neun Feuerechsen zum Singen abgerichtet?«

»Nicht bewußt. Ich spielte einfach auf meiner Flöte, und sie summten mit . . .«

»Ach, weil wir gerade von der Flöte sprechen, Jerint — das Mädchen braucht ein Instrument, bis sie sich selbst eines bauen kann. Oder hatte Petiron nicht genug Holz, um dich in diese Kunst einzuweisen?«

»Er *erklärte* mir alles ...«, entgegnete Menolly. Glaubte Meister Domick im Ernst, der See-Baron Yanus hätte sein kostbares Holz geopfert, damit ein *Mädchen* das Harfnerhandwerk erlernen konnte?

»Wir werden sehen, wieviel du dir gemerkt hast. Inzwischen mußt du auf einem geliehenen Instrument spielen und *üben* ...« Er betonte das letzte Wort und warf einen strengen Blick in die Runde.

Mit einemmal huschten all die neugierigen Gaffer an ihre Arbeitsplätze. Das Hämmern, Sägen und Klopfen setzte mit solcher Lautstärke ein, daß Prinzessin die Flügel spreizte und empört loskreischte.

»Das kann man ihr kaum verübeln«, meinte Domick, während Menolly die Feuerechse beruhigte.

»Eine bemerkenswerte Klangspanne«, murmelte Meister Jerint.

»Eine Gitarre für Menolly!« erinnerte Domick den zerstreuten Instrumentenbauer.

»Ach ja«, meinte Jerint hastig. »Bei uns liegen genug Instrumente herum. Sie kann sich selbst eines aussuchen.« Und mit steifen Schritten ging er auf die Seite der L-förmigen Werkstatt, die dem Hof zugewandt war.

Menollys Augen weiteten sich, als sie all die verschieden großen Trommeln, Pfeifen, Harfen und Gitarren sah. Die Instrumente hingen von Wandhaken und Deckenschnüren oder lagen staubig in Regalen; je tiefer sie in den Raum vordrangen, desto dicker wurde die Staubschicht.

»Eine Gitarre, hast du gesagt?« Jerint schaute sich mit zusammengekniffenen Augen um und griff nach einer Gitarre, deren Holz nach frischem Firnis glänzte.

»Die nicht.« Die Worte waren Menolly entschlüpft, ehe sie merkte, was sie da sagte.

»Nein?« Jerint schaute sie an, ohne den ausgestreckten Arm zu senken. Das klang knurrig, aber er musterte Menolly aufmerksam. Seine Geistesabwesenheit von vorher war völlig verflogen.

»Sie ist viel zu grün, um einen vernünftigen Klang zu geben.«

»Und das siehst du auf den ersten Blick?«

Ah, ein Aufnahmetest, dachte Menolly.

»Ich würde kein Instrument vom bloßen Ansehen her wählen, Meister Jerint, sondern immer den Klang prüfen, aber ich erkenne von hier aus, daß sich das Holz dieser Gitarre verzogen hat und der Hals nicht gerade sitzt, auch wenn die Lackschicht das zu vertuschen sucht.«

Die Antwort gefiel ihm offensichtlich, denn er trat zur Seite und gab ihr mit einem Wink zu verstehen, daß sie selbst die Wahl treffen solle. Sie befingerte die Saiten einer Gitarre, die am Regal lehnte, und schüttelte leicht den Kopf. Weiter vorn sah sie eine Hülle aus Wherleder, abgenutzt, aber gut eingefettet. Sie schaute die beiden Männer fragend an, und als sie nickten, holte sie die Gitarre aus dem Futteral. Ihre Hände streichelten das glatte, dünne Holz, ihre Finger umspannten bewundernd den Hals. Sie strich mit dem Daumen über die Saiten, direkt am Schalloch. Der Klang entzückte nicht nur sie, sondern auch Prinzessin, die aufgeregt mitzusummen begann. Ehrfürchtig verstaute Menolly das Instrument wieder in seiner Hülle.

»Warum legst du sie zurück? Gefällt sie dir nicht?« fragte Meister Jerint scharf.

»O doch, Meister, aber diese Gitarre muß einem guten Musiker gehören. Sie ist viel zu schade zum Üben.«

Domick lachte schallend auf, und er klopfte Jerint auf die Schulter.

»Keiner hat ihr verraten können, daß es deine Gitarre ist, Jerint. Nur zu, Mädchen, such dir ein Instrument, das schlecht genug zum Üben, aber gut genug für dich ist!«

Sie versuchte es mit mehreren anderen; ihr war klar, daß sie eine gute Wahl treffen mußte. Eine hatte einen sanften Klang, aber die Stimmwirbel waren so abgenutzt, daß die Saiten ihre Spannung während einer langen Ballade kaum halten würden. Sie fürchtete schon, kein einziges brauchbares Instrument in der Sammlung zu finden, als sie im Schatten ganz hinten noch eines an einem Wandhaken entdeckte. Eine Saite war gerissen, aber als sie die anderen anschlug, klangen sie seidenweich und rein. Sie befühlte das dünne Holz des Resonanzbodens. Rund um das Schalloch hatte der Instrumentenbauer ein herrliches Ornament aus verschiedenfarbigen Hölzern geschaffen. Die Stimmwirbel waren aus neuerem Holz als die übrige Gitarre, aber, von der fehlenden Saite abgesehen, war es das beste Instrument, das sie bisher entdeckt hatte.

»Darf ich die hier nehmen?« Sie streckte die Gitarre Meister Jerint entgegen.

Der Meister nickte langsam und anerkennend, ohne auf Domick zu achten, der ihm wuchtig auf die Schulter hieb. »Ich besorge dir eine neue E-Saite . . .« Und Jerint ging zu einer Reihe von Schubladen am Ende der Regale, kramte in einer davon und holte eine sorgfältig aufgerollte Darmsaite heraus.

Da die Saite bereits eine Schlinge hatte, schob Menolly sie über den Haken, spannte sie entlang Steg und Hals bis zum Loch des Stimmwirbels. Sie merkte, daß die beiden Männer sie aufmerksam beobachteten, und versuchte das Zittern ihrer Finger zu verbergen. Zuerst stimmte sie den neuen Darm an der benachbarten Saite, dann an den übrigen, und griff einen Akkord; der weiche, volle Klang bestätigte ihr, daß sie richtig gewählt hatte.

»Nun, da du gezeigt hast, daß du etwas von Instrumenten verstehst, wollen wir auch sehen, wie du mit ihnen umgehen kannst«, meinte Domick. Er nahm sie am Ellbogen und führte sie aus der Werkstatt.

Sie hatte gerade noch Zeit, sich mit einem Kopfnicken bei Meister Jerint zu bedanken, ehe die Tür hinter ihr zuschlug. Ungerührt von Prinzeßchens Zischen dirigierte Domick sie die Treppe hinauf und in einen rechteckigen Raum oberhalb des Eingangstorbogens. Der Saal diente wohl zugleich als Büro und Unterrichtszimmer, denn Menolly sah neben einem Sandkasten und Archivrollen eine Wandtafel und ein Regal mit Instrumenten. Entlang der Wände standen Hocker, aber es gab auch drei lederbezogene Liegen, die ersten, die Menolly je zu Gesicht bekam, mit altersdunklen Arm- und Rückenlehnen, die an einigen Stellen geflickt waren. Zwei breite Fenster mit Faltjalousien aus Metall zeigten auf einer Seite zur breiten Burgstraße und auf der anderen zum Innenhof.

»Spiel mir vor!« sagte Domick zu ihr und deutete auf einen Hocker, während er selbst sich auf die Liege gegenüber dem Kamin plumpsen ließ.

Seine Stimme war ausdruckslos und seine Miene so zurückhaltend, daß Menolly den Eindruck gewann, er traute ihr nicht gerade viel zu. Das eben erst durch die richtige Wahl des Instruments gestärkte Selbstvertrauen bröckelte schon wieder ab. Sie tändelte an den Stimmwirbeln und überlegte, was sie spielen sollte, um ihr Können zu zeigen. Denn sie war fest entschlossen, diesen spöttischen Meister Domick, der sie ständig wegen ihrer neun Feuerechsen hänselte, zu überraschen.

»Sing nicht mit«, fügte Domick hinzu. »Und du auch nicht!« Er deutete auf Prinzessin, die immer noch auf Menollys Schulter saß. Dann faltete er die Hände über dem Bauch und wartete.

Sein Tonfall weckte Menollys Trotz. Ohne lange zu überlegen, schlug sie den Eröffnungsakkord von ›Moretas Ritt‹ an. Sie stellte befriedigt fest, daß Domick erstaunt die Augenbrauen hochzog. Das Stück war schwer genug, wenn Stimmen die Melodie trugen, aber Melodie und Begleitung gleichzeitig zu spielen, erhöhte den Schwierigkeitsgrad beträchtlich. Sie glitt auch einige Male ab, da ihre linke Hand die schnellen Griffwechsel nicht schaffte, aber der Rhythmus stimmte exakt, und die Finger der rechten Hand spielten die Melodie klar und rein.

Sie hatte erwartet, daß er sie nach der ersten Strophe und dem Chor unterbrechen würde, aber da er ihr kein Zeichen gab, machte sie weiter und wandelte die Begleitung an der Stelle ab, wo sie mit dem Greifen Probleme hatte. Als sie die dritte Strophe anstimmte, beugte er sich plötzlich vor und umfaßte ihr rechtes Handgelenk. »Genug jetzt mit der Gitarre«, sagte er. Seine Miene blieb undurchdringlich. Dann deutete er stumm auf ihre Linke. Menolly streckte zögernd die Finger aus. Die Narbe spannte. Er drehte die Handfläche nach oben und berührte ganz leicht den dicken Wulst. Sie spürte ein Kribbeln im Rücken, zwang sich aber, ganz still zu halten. Er knurrte, als er einen frischen kleinen Riß entdeckte. »Hat Oldive das schon gesehen?«

»Ja, Meister.«

»Und dir eine seiner gräßlichen Schmieren verordnet, was? Wenn das Zeug hilft, wirst du die Griffe meistern, die dir in der ersten Strophe mißlungen sind.«

»Ich hoffe es.«

»Ich auch, denn bei Lehrballaden sind Varianten fehl am Platze.«

»Das hat mir auch Periton beigebracht«, entgegnete sie ebenso ausdruckslos wie er. »Aber im Archiv der Halbkreis-Bucht ist die Begleitung, die ich gerade spielte, als erlaubte Variante verzeichnet.«

»Erlaubt, aber uralt. Heutzutage kennt und spielt man sie kaum noch.«

Menolly sagte nichts, aber sie erkannte an seiner schroffen Reaktion, daß sie ihn beeindruckt hatte. Er brachte es nur nicht übers Herz, ein Kompliment auszusprechen.

»Welche anderen Instrumente spielst du?«

»Nun, die Trommel natürlich . . .«

»Natürlich. Da hinter dir liegt ein kleines Tamburin.«

Sie führte die wichtigsten Schlagfolgen vor und spielte dann den Rhythmus eines schweren Tanzes, der besonders bei den Fischern beliebt war. Obwohl Domicks Miene ausdruckslos blieb, sah sie, wie seine Finger im Rhythmus mitzuckten, und freute sich innerlich über diese Reaktion. Als nächstes spielte sie ein einfaches Wiegenlied auf der Schoßharfe, das gut zu dem leichten, sanften Ton des Instruments paßte. Dann wollte sie die große Harfe nehmen, aber Domick wehrte ab und meinte, die Oktavgriffe seien zu anstrengend für ihre linke Hand. Er reichte ihr statt dessen eine Altflöte, nahm selbst ein Tenorinstrument und ließ sie die Harmonien zu seiner Melodie spielen. Das machte Spaß, und sie hätte endlos weitermachen können; sie spielte leidenschaftlich gern Duette.

»Gab es auch Blasinstrumente in der Burg am Meer?«

»Nur das einfache Horn, aber Petiron erklärte mir die Theorie der Klappen und Ventile, und er sagte, mit mehr Übung könnte ich eine gute Lippentechnik entwickeln.«

»Freut mich, daß er nichts vernachlässigt hat.« Domick stand auf. »Nun, ich weiß jetzt, wo ich dich etwa einstufen kann. Vielen Dank, Menolly. Du gehst jetzt am besten zum Mittagessen.«

Mit einem leisen Zögern griff Menolly nach der Gitarre. »Muß ich die jetzt Meister Jerint zurückgeben?«

»Aber nein.« Seine Miene war immer noch kühl, beinahe grimmig. »Du brauchst sie noch, Mädchen. Auch wenn du eine Menge weißt — ohne Übung geht es nicht.«

»Meister Domick, wem hat diese Gitarre gehört?« Sie stellte die Frage hastig, denn sie hatte plötzlich Angst, es könnte seine eigene gewesen sein. Das würde zumindest einen Teil seiner sonderbaren Feindseligkeit erklären.

»Das hier? Das war Robintons Gesellenstück.« Meister Domick grinste breit, als sie ihn entsetzt anstarrte, und verließ den Raum.

Menolly blieb, immer noch halb betäubt von ihrer Kühnheit, und preßte die nun doppelt kostbare Gitarre an sich. Ob sich auch Meister Robinton ärgerte, so wie es Meister Jerint zu tun schien, daß sie seine Gitarre gewählt hatte? Die Vernunft gewann wieder die Oberhand. Meister Robinton mußte inzwischen längst bessere Instrumente besitzen, sonst hätte er sein Gesellenstück kaum in Meister Jerints Lager zurückgelassen. Sie fuhr mit dem Finger leicht über die Saiten und lächelte, als sie den weichen Klang vernahm. Prinzessin zirpte anerkennend, und leise Echos im Raum verrieten Menolly, daß sich auch die übrigen Feuerechsen eingeschlichen hatten.

Doch sie ergriffen allesamt kreischend die Flucht, als eine laute Glocke irgendwo dicht über ihnen zu bimmeln begann. Die schrillen Töne leiteten einen Höllenlärm ein, der nun in den Gängen und im Hof ausbrach. Lehrlinge und Gesellen, entlassen vom Vormittagsunterricht, rannten ins Freie und zum Speisesaal. Dabei schoben und schubsten und schrien sie, daß Menolly das Treiben wie erstarrt beobachtete. Einige von ihnen zählten sicher schon zwanzig Planetenumläufe! Kein Küstenbewohner hätte sich je so kindisch benommen. In der Burg am Meer mußten Jungen in ihrem Alter bereits von früh bis spät auf den Booten arbeiten. Freilich, ein langer Tag an den Segelleinen und Netzen verbrauchte die Energie, so daß nicht mehr viel für Lachen und Toben übrigblieb. Vielleicht war das mit ein Grund, weshalb ihre Eltern nicht geduldet hatten, daß sie Musik machte — so etwas betrachteten sie kaum als vernünftige Arbeit. Menolly schüttelte die Hände aus. Ihre Gelenke schmerzten, und die Finger zitterten von der langen Anspannung beim Spiel. Nein, ihre Eltern würden nie begreifen, daß Musizieren ebenso hart sein konnte wie die Arbeit an Segeln oder Netzen.

Und sie war genauso hungrig, als hätte sie auf einem Kutter geschuftet. Sie zögerte, die Gitarre immer noch in der Hand. Ihr blieb sicher nicht mehr die Zeit, das Instrument zu ihrem Zimmer in der Pension zu bringen. Keiner im Hof schien ein Instrument zu tragen. So legte sie die Gitarre sorgfältig auf ein hohes Regalbrett und befahl Prinzessin mit ihrem Schwarm dazubleiben. Sie konnte sich gut vorstellen, was geschah, wenn sie ihre Feuerechsen mit in den Speisesaal brachte. Der Lärm draußen reichte schon . . .

Plötzlich war alles verlassen. Sie rannte die Treppe hinunter, so rasch sie es mit ihren wunden Füßen vermochte, und überquerte den Hof. Am breiten Portal zum Speisesaal blieb sie stehen. Der Raum schien vollgepfropft mit jungen Menschen, die in strammer Haltung an den langen Tischen standen. Die meisten schielten in die Ecke zu ihrer Rechten. Sie wollte sich eben umdrehen, als ein Zischeln sie ablenkte. Es war Camo, der ihr mit Gesten und Grimassen zu verstehen gab, daß sie zu einem der drei leeren Plätze am Fenstertisch gehen sollte. So rasch und unauffällig wie möglich befolgte sie seinen Wink.

»He«, flüsterte der kleine Junge neben ihr, ohne sie anzuschauen. »Eigentlich gehörst du nicht hierher, sondern zu denen dort drüben.« Er wies mit dem Daumen zu einem langen Tisch nahe dem Kamin.

Menolly streckte sich ein wenig und sah die Mädchen aus Duncas Pension dort sitzen, im Rücken das warme Feuer.

An einem Ende entdeckte sie einen freien Stuhl.

»Nein!« Der Junge packte sie an der Hand. »Nicht jetzt!«

Wie auf ein geheimes Kommando setzten sich in genau diesem Moment alle hin.

»Schöne Prinzessin! Wo ist schöne Prinzessin?« fragte eine besorgte Stimme neben ihr. »Prinzessin nicht hungrig?« Das war Camo, in jeder Hand eine schwere Platte, vollbeladen mit Bratenstücken.

»Nimm sie ihm rasch ab!« sagte der Junge neben ihr und stieß sie in die Rippen.

Menolly gehorchte.

»Na los, bedien dich und gib die Schüssel weiter!« fuhr der Junge fort.

»Sitz doch nicht da wie festgefroren!« setzte ein schwarzhaariger Bursche ihr gegenüber hinzu und runzelte finster die Stirn.

»He, wie lange dauert das noch?« wollte ein anderer am Ende des Tisches wissen.

Menolly murmelte etwas und, ehe lange nach ihrem Gürtelmesser zu greifen, packte sie die oberste Scheibe mit zwei Fingern und legte sie auf ihren Teller. Der Bursche ihr gegenüber spießte geschickt vier Stücke mit der Messerspitze auf und jonglierte sie zu sich herüber.

»*Darf* man denn soviel nehmen?« fragte sie. Das Staunen über seine Gier vertrieb ihre anfängliche Scheu.

»In der Harfnerhalle verhungert keiner«, erklärte er mit einem breiten Grinsen. Er schnitt das erste Stück in die Hälfte, klappte es auf der Gabel zusammen und schob es in den Mund. Der Saft tropfte ihm über das Kinn.

Seine Worte wurden unterstrichen von einer gewaltigen Gemüseschüssel und einem Korb mit Brot, die Camo beide vor sie hinstellte. Diesmal bediente sich Menolly reichlich und gab die Sachen sofort weiter.

»Du bist Menolly, stimmt's?« fragte der Junge neben ihr, während er mit vollen Backen kaute.

Sie nickte.

»Waren es wirklich deine Feuerechsen, die heute morgen gesungen haben?«

»Ja.«

Ihre aufkeimende Verlegenheit wurde von dem verstohlenen Gekicher und Grinsen ihrer Tischgefährten zerstreut.

»Bruddies Mienenspiel war sehenswert!«

»Bruddies?«

»So nennen wir den Gesellen Brudegan. Er ist dieses Jahr Chorleiter. Erst dachte er, ich wollte ihm einen Streich spielen, weil ich Sopran singen kann. Also stellte er sich dicht neben mich. Ich hatte natürlich keine Ahnung, was los war. Dann ging er weiter zu Feldon und Bonz, und da hörte ich erst die Stimmen draußen.« Der Junge hatte ein so gewinnendes Lachen, daß er Menolly mit seiner Fröhlichkeit ansteckte. »Beim Ei, Bruddie wetzte hin und her und konnte nicht rauskriegen, woher der Gesang kam. Dann deutete einer der Bässe aus dem Fenster.« Der Junge prustete unterdrückt los. »Wie hast du ihnen das beigebracht, he? Ich wußte gar nicht, daß man Feuerechsen zum Singen abrichten kann. Drachen summen bloß zur Zeit der Gegenüberstellung. Und — stimmt es, daß du gleich elf besitzt?«

»Nur neun . . .«

»Nur neun, sagt sie!« Der Junge rollte die Augen. Dann fügte er hinzu: »Ich heiße übrigens Piemur.«

»Sie hat hier nichts verloren«, knurrte der Bursche, der ihr gegenübersaß. Wie um sie absichtlich zu kränken, sprach er an Menolly vorbei mit Piemur. »Sie gehört zu denen dort.« Und er machte eine kleine Kopfbewegung zum Kamin, wo die Mädchen an einem eigenen Tisch saßen.

»Jetzt ist sie jedenfalls hier, Ranly«, fuhr Piemur auf. »Und wen stört das? Sie konnte nicht gut den Platz wechseln, nachdem wir uns gesetzt hatten, oder? Außerdem habe ich gehört, daß sie Lehrling wird, genauso wie wir. Dann hat sie ohnehin nichts mit denen zu schaffen.«

»Sind das keine Lehrlinge?« fragte Menolly und schaute unauffällig zu den Mädchen hinüber.

»Die?« Piemurs erstaunte Frage war so verächtlich wie Ranlys Miene. »Sie sind in einer Sonderklasse bei den Gesellen, aber Lehrlinge — nie und nimmer!«

»Eine echte Plage, diese Weiber«, zischte Ranly.

»Schon, schon«, seufzte Piemur, »aber wenn wir sie nicht hätten, müßte ich bei sämtlichen Stücken Sopran singen — igitt! He, Bonz, reich mir mal das Fleisch!« Plötzlich stieß er einen kleinen Wutschrei aus. »Feldon! Ich habe zuerst gefragt! Wie kommst du dazu . . .« Ein Junge hatte das letzte Fleisch von der Platte gefischt, als sie zu Piemur weitergegeben wurde.

Die anderen Jungen machten *Pssst!* und warfen verstohlene Blicke in die rechte hintere Ecke.

»Das war gemein! Ich hatte mich zuerst gerührt!« Piemur dämpfte zwar die Stimme, nicht aber seinen Zorn. »Und Menolly erwischte nur ein einziges Stück! Ihr steht viel mehr zu.«

In diesem Moment zupfte jemand Menolly am Ärmel. Es war Camo.

»Camo Prinzeßchen füttern!«

»Nicht jetzt, Camo. Die Echsen haben jetzt keinen Hunger«, versicherte ihm Menolly mit Nachdruck. Sein schwerfälliges Gesicht verriet Enttäuschung.

»Die Echsen haben jetzt keinen Hunger, aber Menolly hat Hunger«, erklärte Piemur und deutete auf die leere Fleischplatte. »Mehr Fleisch, Camo. Noch mehr Fleisch, Camo, bitte!«

»Mehr Fleisch«, murmelte der Schwachsinnige und nickte. Und ehe Menolly etwas sagen konnte, war er an die Durchreiche geschlurft, von der ein Gleitband in die Küche führte.

Die Jungen kicherten über Piemurs Trick, den Küchenhelfer zu verscheuchen, aber sie machten große Augen, als er mit einer vollbeladenen Platte wiederkam.

»Vielen, vielen Dank, Camo«, sagte Menolly und nahm noch ein großes Stück Fleisch. Sie konnte es den Jungen nicht verdenken, daß sie mit solchem Appetit aßen. Das Fleisch war zart und saftig, ganz anders als die zähen, salzigen Gerichte, die sie von der Halbkreis-Bucht kannte.

Noch eine Scheibe Fleisch landete auf ihrem Teller.

»Du ißt zuwenig«, meinte Piemur mit gerunzelter Stirn. Er wandte sich an seine Tischgefährten. »Zu schade, daß sie in Zukunft bei den Weibern sitzen muß. Camo mag sie. Und ihre Feuerechsen.«

»Hat er dir wirklich beim Füttern geholfen?« fragte Ranly, und das klang fast ein wenig neidisch.

»Er hatte nicht die geringste Angst vor ihnen«, erwiderte Menolly, erstaunt darüber, wie rasch sich hier die Neuigkeiten verbreiteten.

»Ich hätte auch keine«, versicherten ihr Piemur und Ranly wie aus einem Mund.

»Sag, du warst doch bei der Gegenüberstellung im Benden-Weyr, oder?« fragte Piemur und brachte Ranly durch einen Tritt ins Schienbein zum Schweigen. »Hast du *gesehen*, wie Jung-Baron Jaxom den weißen Drachen für sich gewann? Wie groß ist er denn? Und glaubst du, daß er durchkommt?«

»Ja, ich war bei der Gegenüberstellung . . .«

»Komm, laß dir nicht jedes Wort einzeln herauslocken!« drängte Ranly. »Wir hören immer bloß Gerüchte.«

»Ich war droben auf der Zuschauer-Galerie, und Baron Jaxom saß mit einem älteren Mann und einem anderen Jungen ein Stück unter mir . . .«

»Das waren sicher sein Vormund Lytol und Felessan, der Sohn von F'lar und Lessa.«

»Weiß ich doch, Piemur! Mach weiter, Menolly!«

»Nun, alle Drachen waren bereits geschlüpft. Nur ganz am Rand lag ein kleineres Ei — völlig vergessen. Jaxom sprang plötzlich hoch, rannte die Sitzreihe entlang und rief um Hilfe. Dann lief er einfach über den heißen Sand und begann die Eischale mit dem Stiefel zu bearbeiten. Eine ganz dicke weiße Membran kam zum Vorschein. Er schlitzte sie mit dem Messer auf, und als nächstes taumelte der kleine weiße Drache ins Freie . . .«

»Die Gegenüberstellung!« Piemur klatschte in die Hände. »Habe ich es dir nicht gesagt, Ranly? Man muß nur im rechten Moment am rechten Ort sein! Glück braucht man, nichts als Glück.« Piemur schien auf ein Streitgespräch anzuspielen, das er des öfteren mit seinem Freund führte. »Manche Leute haben dieses Glück, andere wieder nicht.« Er wandte sich an Menolly:

»Stimmt es, daß du die Tochter des See-Barons Yanus bist? Und daß du früher in der Halbkreis-Bucht gelebt hast?«

»Jetzt lebe ich in der Harfnerhalle, oder?«

Piemur hob die Schultern, als wolle er sagen: War ja nicht so gemeint!

Menolly wandte sich wieder ihrem Essen zu. Eben als sie die letzte Soße auf ihrem Teller mit einem Stück Brot ausgetunkt hatte, ertönte ein Gong, und es wurde augenblicklich still im Saal. Ein Stuhl scharrte über die Steinfliesen, und ein Geselle ganz am Ende des Raumes stand auf.

»Eure Nachmittagspflichten sehen wie folgt aus: Gruppe 10 räumt den Lehrlingssaal auf, Gruppe 9 den Hof, Gruppe 8 die Vorratskammern. Und wenn ihr diesmal wieder nicht in den Ekken putzt, gibt es einen halben Tag Strafdienst! Gruppe 7 übernimmt die Scheunen, 6, 5 und 4 arbeiten auf den Feldern, 3 wird in die Burg abgestellt, 2 und 1 machen die Schlafsäle sauber. Alle, die sich heute morgen krank gemeldet haben, sollen bei Meister Oldive vorsprechen. Wer ein Instrument spielt, hat sich heute abend pünktlich einzufinden. Wir treffen uns um acht Uhr.«

Der Mann setzte sich, und an den Tischen brach Gestöhne und unterdrücktes Schimpfen los.

»Schon wieder den Hof kehren!« maulte Piemur. Dann sah er Menolly an. »Hast du schon eine Gruppen-Nummer?«

»Nein.« Sie sah Ranlys finsteren Blick und fügte hastig hinzu: »Noch nicht.«

»Du scheinst ein echter Glücksvogel zu sein!«

Der Gong ertönte, und alle erhoben sich. Aber während die anderen zielstrebig davoneilten, stand Menolly herum und wußte nicht recht, was sie tun sollte.

Zwei Jungen begannen das Geschirr abzuräumen, und Menolly wollte ihnen helfen, aber einer der beiden entriß ihr empört den Teller.

»He, du bist doch nicht in meiner Gruppe«, rief er mit einem Anflug von Unverständnis und kehrte ihr den Rücken zu.

Jemand klopfte ihr leicht auf die Schulter, und sie fuhr herum.

»Du bist Menolly?« fragte ein Mann, und das klang wie ein Vorwurf. Seine Nase sprang so weit vor, daß es ihm Schwierigkeiten zu bereiten schien, daran vorbeizuschielen. Seine Züge waren mißbilligend, und die bleiche Haut, eingerahmt von grauen Locken, unterstrich diesen Eindruck noch. Arroganz und Mißmut schienen sein Wesen zu prägen.

»Ja, das stimmt.«

»Ich bin Meister Morshal und leite hier die Abteilung Musiktheorie und Komposition. Komm, Mädchen, in diesem Lärm versteht man sein eigenes Wort nicht!« Er nahm sie am Arm und führte sie aus dem Speisesaal. Die Lehrlinge huschten zur Seite und gaben eine Gasse frei, als wollten sie ihm nicht begegnen. »Der Meisterharfner hat mich um meine Meinung hinsichtlich deiner theoretischen Kenntnisse gebeten.«

Menolly entnahm seinem Tonfall, daß der Meisterharfner großen Wert auf Meister Morshals Meinung in dieser und weit wichtigeren Angelegenheiten legte. Und sie gewann den deutlichen Eindruck, daß er ihre Kenntnisse nicht allzu hoch einschätzte.

Sie bedauerte jetzt, daß sie so herzhaft gegessen hatte, denn die Mahlzeit lag ihr wie ein schwerer Klumpen im Magen. Morshal war zweifellos voreingenommen gegen sie.

»Ssst! Menolly!« Ein Flüstern von der Seite her zog ihre Aufmerksamkeit an. Piemur duckte sich halb hinter einen größeren Jungen, schnitt eine fürchterliche Grimasse in Richtung Meister Morshal und gab ihr dann durch heftiges Gestikulieren zu verstehen, daß er den Daumen drücken würde.

Irgendwie ermutigte sie das. Ein lustiger kleiner Kerl war dieser Piemur mit seinem Gewirr schwarzer Locken und dem halb abgebrochenen Schneidezahn. Wie lieb von ihm, ihr die Angst zu nehmen, obwohl er selbst einer der jüngsten Lehrlinge zu sein schien.

Als Menolly merkte, daß Meister Morshal sie in den gleichen Raum führte, in dem sie vor dem Mittagessen gespielt hatte, sandte sie ihren Echsen heimlich den Befehl zu, ganz still zu bleiben oder sich auf ein sonniges Dach zurückzuziehen, bis sie wieder Zeit hatte. So hörte sie nicht ein einziges Rascheln oder Zirpen, als sie mit Morshal eintrat. Entschlossen setzte er sich auf den einzigen Stuhl mit hoher Lehne neben dem Sandkasten. Da es sie nicht zum Platznehmen aufforderte, blieb sie stehen.

»Nun nenne mir mal die Noten eines C-Dur-Akkords!«

Sie tat es. Er sah sie einen Moment lang starr an und begann dann wieder zu schielen.

»Welche Noten umfaßt eine Quint in C-Dur?«

Als sie auch darauf geantwortet hatte, begann er neue Fragen abzufeuern, gereizt, wenn sie nur Sekundenbruchteile mit der Antwort zögerte. Aber Petiron hatte sie zu oft in ähnlicher Weise gedrillt. Morshals überhebliche Miene machte sie nervös, doch als seine Fragen schwerer und schwerer wurden, merkte sie plötzlich, daß er Beispiele aus verschiedenen traditionellen Sagen und Balladen wählte. Da sie ein gutes Gedächtnis besaß, kannte sie die meisten Stellen auswendig und konnte sie herunterschnurren.

Mit einemmal räusperte er sich, winkte ab und wollte wissen, ob sie die Trommel schlagen könne. Als sie bejahte, stellte er eine Menge zermürbender Fragen über die einzelnen Zeit- und Schlagfolgen. Sie hätte ihm das alles viel leichter zeigen als erklären können, aber dazu gab er ihr keine Gelegenheit.

»Halt dich still, Mädchen!« knurrte er, als sie ihre schmerzenden Sohlen bewegte. »Schultern zurück, Füße nebeneinander, Kopf hoch!« Er hörte ein leises Zischen, aber da er Menolly die ganze Zeit über wütend anstarrte, stand eindeutig fest, daß sie den Mund nicht aufgetan hatte. Er blickte umher, um den Ursprung der Störung zu suchen. Inzwischen beruhigte Menolly heimlich Prinzeßchen. »Steh nicht so krumm da! Was hatte ich gefragt?«

Sie wiederholte es, und er setzte sein Kreuzverhör fort. Je rascher sie antwortete, desto rascher prasselten die Fragen auf sie ein. Ihre Sohlen schmerzten so sehr, daß sie ihn einfach bitten *mußte,* ihr eine kleine Ruhepause zu gönnen. Doch ehe sie dazu kam, deutete Morshal zu ihrer Verblüffung auf einen Hocker. Sie zögerte.

»Los, los, setz dich!« fauchte er. »Nun wollen wir mal sehen, ob du auch schreiben kannst, was du so glatt herunterleierst!«

Also waren ihre Antworten richtig gewesen, und er ärgerte sich, weil sie soviel wußte. Ihre Niedergeschlagenheit wich, und als Meister Morshal diktierte, zog sie den Stab mit flinken Strichen durch den Sand. In ihrem Innern hörte sie eine andere, sanftere Stimme; die Übung war plötzlich ein Spiel und kein Verhör durch einen befangenen Richter.

»Geh zur Seite, damit ich sehen kann, was du geschrieben hast!«

Er warf einen Blick auf den Sandkasten, preßte die Lippen zusammen und räusperte sich. Dann befahl er ihr, die Fläche wieder glattzustreichen, und begann mit schwierigeren Aufgaben.

Aber nach den ersten Takten erkannte sie den »Rätsel-Gesang«, und sie war froh, daß Petiron ihr die düstere Melodie so gründlich beigebracht hatte.

»Das reicht!« Meister Morshal zerrte seinen Umhang fester um die Schultern. »Hast du ein Instrument?«

»Ja, Meister.«

»Dann hol es und bring die Noten da aus dem oberen Regal mit. Beeil dich!«

Menolly stöhnte leise, als sie die ersten Schritte machte. Ihre Knöchel fühlten sich steif und geschwollen an.

»Los, los — du verschwendest meine Zeit!«

Prinzessin zischte warnend, und Menolly merkte, daß auch die anderen Echsen aufgeregt waren. Sie versuchte noch einmal, ihre Schar zu beruhigen.

So rasch sie konnte, kam sie mit der Gitarre und den Noten zurück. Sie erkannte, daß es sich um eine neue Abschrift handeln mußte, denn die Häute waren noch weiß, und die Noten ließen sich klar lesen. Mit verkniffenem Mund blätterte Meister Morshal das Material durch.

»Da! Spiel mir das!« Menolly zuckte zusammen, als sie sah, wie nachlässig er ihr die kostbaren Pergamente zuwarf.

Der böse Zufall wollte es, daß er ausgerechnet »Moretas Ritt« gewählt hatte. Sie wußte, daß sie die Begleitgriffe mit der linken Hand niemals schaffen würde.

»Sir, meine . . .«, begann sie und streckte ihm die Hand entgegen.

»Ich will keine Ausreden hören. Entweder du spielst vom Blatt, oder ich muß annehmen, daß du nicht in der Lage bist, die Traditionsballaden in angemessener Qualität wiederzugeben.«

Menolly fuhr mit den Fingern über die Saiten, um zu hören, ob sie noch richtig gestimmt waren.

»Komm, komm! Wenn du das Zeug lesen und schreiben kannst, wirst du es auch spielen können.«

Eine übertriebene Schlußfolgerung, fand Menolly, aber sie schlug den Anfangsakkord an, und da sie damit rechnete, daß er ihr eine Falle stellen würde, spielte sie nicht auswendig, sondern vom Blatt. Es waren in der Tat einige Variationen eingetragen; die ersten meisterte sie mühelos, aber bei der vierten und fünften patzte sie, weil die Narbe einen schnellen Griffwechsel einfach nicht zuließ.

»Aha, aha«, murmelte er, und das klang merkwürdig befriedigt. »Das Spielen vom Blatt scheint dich etwas zu überfordern. Nun gut, das wäre es. Du kannst gehen.«

»Ich bitte um Verzeihung, Meister Morshal . . .«, begann Menolly und streckte erneut die Hand aus, um ihm die Narbe zu zeigen.

»Was?« Er funkelte sie zornentbrannt an. »Hinaus! Ich sagte, du kannst gehen! Wohin kämen wir denn, wenn sich nun schon Mädchen einbilden, sie könnten das Harfner-Handwerk oder gar das Komponieren erlernen!« Sein Keifen wich schriller Panik. »*Was ist das?* Was sind das für Geschöpfe? Wer hat sie hereingelassen?«

Menolly, bereits auf dem Wege zur Treppe, drehte sich um. Ihr Ärger ließ nach, als sie die hilflose Angst in seiner Stimme vernahm. Ihre innere Wut hatte die Feuerechsen aufgescheucht, die sie in Gefahr glaubten und sich mit Geschrei auf Meister Morshal stürzten. Sie mußte lachen, als sie hörte, wie eine schwere Tür ins Schloß schlug, doch im nächsten Moment bereute sie die Szene. Morshal war von nun an bestimmt ihr erbitterter Feind, eine Tatsache, die ihr das Leben in der Harfnerhalle nicht gerade erleichtern würde. Wie hatte T'gellan letzte Nacht gesagt? *»Du hast von den Harfnern nichts zu befürchten!«* Nun, zu befürchten hatte sie vielleicht nichts, aber Vorsicht schien ihr durchaus angebracht. Vielleicht war es falsch gewesen, so mit ihrem Wissen zu glänzen. Das hatte ihn erzürnt. Aber sollte er nicht gerade ihren Wissensstand prüfen? Wieder kamen ihr Zweifel, ob die Harfnerhalle der richtige Ort für sie war. *Wenn sich nun schon Mädchen einbilden . . .* Sie hatte sich überhaupt nichts eingebildet. Die ganze Idee stammte von Meisterharfner Robinton, oder? Gehörten Meister Domick und Meister Morshal zu den konservativen Kräften, die Robinton erwähnt hatte? Selbst wenn sie in Zukunft vielleicht nicht viel mit ihnen zu tun hatte — sie spürte ihre Abwehr und Feindseligkeit.

Mit einem Seufzer wandte sie sich dem zweiten Treppenabsatz zu — und blieb stehen. Piemur wartete im Korridor, stocksteif, mit weit aufgerissenen Augen, und starrte die erregt flatternden Feuerechsen an. Faulpelz und Onkelchen hatten sich auf dem Geländer niedergelassen.

»Ich sehe doch keine Gespenster, oder?« fragte er und beobachtete die beiden mißtrauisch.

»Nein, bestimmt nicht. Der Braune heißt Faulpelz, und der Blaue da ist Onkelchen.«

Seine Blicke folgten den anderen, die Menolly umkreisten, aber er gab es rasch auf, sie zu zählen. Dann landete die kleine Goldechse wie gewohnt auf Menollys Schulter.

»Das ist Prinzeßchen, die Königin des Schwarms.«

»Wirklich?« Piemur starrte Menolly nach, während sie ins Erdgeschoß weiterging.

Prinzessin reckte den Hals, und ihre Augen kreisten ein wenig, als sie seinen Blick erwiderte. Plötzlich blinzelte sie, und Piemur tat erschrocken das gleiche. Menolly prustete los.

»Kein Wunder, daß Camo so verrückt nach ihr ist.« Dann schüttelte sich Piemur wie eine Feuerechse, die Meerwasser aus ihren Flügeln spritzt. »Ich sollte dich abholen und zu Meister Shonagar bringen.«

»Wer ist das schon wieder?« Menolly hatte genug von ihrer Begegnung mit Meister Morshal.

»Hat dich der alte Morschkopf geschunden? Mach dir nichts draus! Meister Shonagar wird dir gefallen. Er unterrichtet Gesang, und ich gehöre in seine Abteilung. Er ist der netteste Lehrmeister von allen.« Piemur strahlte begeistert. »Und er hat gesagt, wenn du nur halb so gut singen kannst wie deine Echsen, dann bist du ein echter Gewinn.«

Er machte eine Pause und schielte Prinzessin an. »Glaubst du, sie mag mich?«

»Warum nicht?«

»Sie starrt mich so an, und ihre Augen kreisen!«

»Du starrst sie aber auch an!«

Piemur schluckte und kicherte dann verlegen. »Das habe ich gar nicht gemerkt. Entschuldige, Prinzeßchen. Ich weiß, so was gehört sich nicht, aber ich wollte schon immer eine Feuerechse sehen. He, Menolly, komm!« Und er rannte über den Hof, als sei ihm sein Auftrag eben wieder eingefallen. »Du bist zwar neu hier, aber laß dir gleich eines sagen: Kein Meister wartet gern. Und noch eines! Könntest du bitte deine Feuerechsen wegschikken? Meister Shonagar hat nämlich ausdrücklich erklärt, er wolle im Moment nur *dich* und nicht die Echsen singen hören.«

»Sie halten still, wenn ich sie darum bitte.«

»Ranly — das ist der Junge, der dir heute mittag gegenübersaß — Ranly also kommt von Crom, und er weiß eine ganze Menge.

Er hat behauptet, die Echsen würden nur so tun, als könnten sie singen.«

»Das stimmt nicht.«

»Da bin ich aber froh. Ich entgegnete nämlich, sie seien genauso klug wie Drachen, und das wollte er nicht glauben.« Piemur führte sie zu dem großen Saal, in dem am Vormittag der Chor geübt hatte. »Rasch, Menolly! Ich war nämlich eine ganze Weile unterwegs, ehe ich dich fand.«

»Ich kann nicht schnell gehen«, erklärte Menolly mit zusammengebissenen Zähnen.

»Ist mir auch schon aufgefallen, daß du so komisch humpelst. Was ist los mit deinen Füßen?«

Menolly wunderte sich, daß ihm diese Neuigkeit entgangen war, wo er sonst alles aufzuschnappen schien. »Ich war im Freien, als mich ein Sporenregen überraschte. Ich mußte wegrennen.«

Piemurs Augen quollen beinahe aus den Höhlen. »Wegrennen?« quiekte er. »Vor den Fäden?«

»Ich habe die Schuhe durchgelaufen — und meine Fußsohlen dazu.«

Menolly kam nicht mehr dazu, ihm Einzelheiten zu erzählen, denn Piemur blieb am Saaleingang stehen. Ehe sie ihre Augen an das Halbdunkel gewöhnt hatte, das im Innern herrschte, befahl eine Stimme, sie solle nicht herumtrödeln, sondern endlich eintreten.

»Mit Verlaub, Meister, Menolly hat sich auf der Flucht vor den Sporen die Füße verletzt«, warf Piemur ein, als sei er von Anfang an im Besitz dieser Fakten. »Sie gehört nicht zu den Leuten, die absichtlich trödeln.«

Nun konnte Menolly eine klobige Gestalt neben dem riesigen Sandkasten erkennen.

»Na, dann laß dir ruhig Zeit, Kind. Ein Mädchen, das den Sporen entflieht, hat sicher gelernt, sich zu beeilen.« Die Stimme floß aus dem Dunkel, voll und weich, mit rollendem R und reinen, klaren Vokalen.

Der Feuerechsenschwarm flog durch die offene Tür herein, und die Augen des Meisters weiteten sich. Er warf Menolly einen halb spöttischen, halb erstaunten Blick zu.

»Piemur!« Das einzige Wort ließ den Jungen herumwirbeln, aber die Lautstärke, die Menolly erschreckte, entlockte ihm nur ein Grinsen. »Hast du meine Botschaft nicht ausgerichtet? Die Echsen sollten draußen warten!«

»Sie folgen ihr überallhin, Meister Shonagar, aber Menolly meint, daß sie stillhalten, wenn sie es ihnen befiehlt.«

Meister Shonagar wandte den Blick wieder Menolly zu. »Gut, dann befiehl es ihnen!«

Menolly schob Prinzeßchen sacht von ihrer Schulter und befahl der Schar, sich irgendwo niederzulassen und keinen Laut von sich zu geben, solange sie es nicht erlaubte.

»Ein willkommener Anblick«, meinte Meister Shonagar und nickte anerkennend. »Wenn man bedenkt, daß ich den ganzen Tag von einer unfolgsamen Meute umgeben bin . . .« Er musterte Piemur mit zusammengekniffenen Augen, doch der ließ sich nicht beeindrucken und kicherte. »Dein freches Gesicht und Benehmen reichen mir für heute, mein Freund. Verschwinde!«

»Jawohl, Meister!« Piemur blinzelte Menolly zu, ging zur Tür und hüpfte die Treppe hinunter.

»Spitzbub!« schmunzelte der Meister und deutete auf einen Hocker in der Nähe. Menolly setzte sich. »Ich höre, daß Petiron seine Tage als Harfner auf eurer Burg beendet hat, Menolly.«

Sie nickte, insgeheim erleichtert, daß er sie beim Vornamen nannte. Das schien ihr ein gutes Zeichen.

»Und er hat dich einige Instrumente spielen gelehrt, sowie dir Musiktheorie beigebracht?«

Wieder nickte Menolly.

»Wofür Meister Domick und Meister Morshal einen Beweis verlangten?« Sein trockener Tonfall ließ Menolly aufschauen. »Und besaß Petiron auch die Kühnheit . . .« — er legte Mißvergnügen in seinen wohlklingenden Baß, und einen Moment lang befürchtete sie, er sei ebenso voreingenommen wie der zynische Domick und der verbitterte Morshal — » . . . die Kühnheit, deine Stimme auszubilden?«

»Nein, Sir. Ich — ich glaube es wenigstens nicht. Wir haben einfach hin und wieder zusammen gesungen.«

»Ha!« Und die riesige Hand von Meister Shonagar patschte so hart auf den Sandkasten, daß die trockenen Teile aufwirbelten. »Ihr habt einfach zusammen gesungen? So wie du einfach zusammen mit deinen Echsen gesungen hast?«

Ihre Freunde zirpten mißtrauisch.

»Ruhe!« donnerte er und patschte wieder auf den Sand.

Zu Menollys Überraschung falteten die Feuerechsen brav ihre Schwingen und blieben ganz still sitzen.

»Nun?«

»Ob ... ob ich ganz einfach mit meinen Echsen gesungen habe? Ja, genauso war es.«

»Und bei Petiron?«

»Meist sang ich die Gegenstimme zu Petirons Melodie. Später übernahm dann ich die Melodie, und meine Echsen sangen Diskant.«

»Das hatte ich zwar nicht gemeint, aber lassen wir es gut sein. Sing mir etwas vor!«

»Was, Sir?« Sie wollte die Gitarre von der Schulter nehmen.

»Die brauchen wir nicht«, wehrte er ungeduldig ab. »Was bei mir zählt, ist einzig und allein die Stimme. Ich mag es nicht, wenn unsaubere Töne durch eine schöne Begleitung vertuscht werden ... Es ist die Stimme, mit der wir uns verständigen, die Stimme, mit der wir an das Innere anderer Menschen heranzukommen versuchen, die Stimme, die Gefühlsregungen weckt: Tränen, Lachen, Vernunft. Deine Stimme ist das wichtigste, vielseitigste, erstaunlichste Instrument, das es gibt. Und wenn du diese Stimme nicht richtig, nicht nutzbringend einzusetzen verstehst, kannst du ebensogut zu deiner kleinen Klitsche am Meer zurückkehren.«

Menolly war so fasziniert von dem vollen Klang und der Farbigkeit seiner Stimme, daß sie kaum auf den Inhalt achtete.

»Nun?« fragte er.

Sie blinzelte, merkte jetzt erst, daß er auf ihren Gesang wartete, und holte tief Luft.

»Nein, nicht so! Unfug! Du atmest von hier ...« Und er spannte die Finger um seinen faßförmigen Bauch. »Durch die Nase, so ...« Er sog die Luft ein, bis der ohnehin mächtige Brustkorb noch größer wirkte. »Dann die Luftröhre hinunter — zum Bauch ...« Seine Stimme war mit einemmal eine ganze Oktave tiefer. »Wenn du richtig atmest, kommt die Luft zum Singen vom Bauch her.«

Sie atmete, wie er es vorgemacht hatte, stieß die Luft aber wieder aus, weil sie nicht recht wußte, was sie singen sollte.

»Bei der Burg, die uns schützen möge!« Und er rollte die Augen nach oben, als käme von dort die Geduld, um die er flehte. »Das Mädchen sitzt einfach da! Sing, Menolly!«

Menolly wollte ja, aber er unterbrach sie ständig. Sie merkte, daß sie im Sitzen nicht gut durchatmen konnte, erhob sich und begann die Ballade, welche die Lehrlinge am Vormittag geübt hatten. Einen Moment lang hegte sie den Wunsch, laut und kräftig loszuschmettern, um ihm zu zeigen, daß nicht er allein einen Raum mit seiner Stimme ausfüllen konnte, doch dann besann sie sich auf Petirons Ratschläge und gab ihrer Stimme mehr Fülle als Lautstärke.

Er schaute sie nur an.

Sie hielt den letzten Ton, ließ ihn verklingen, als entfernte sich der Sänger, und dann sank sie auf den Hocker. Sie zitterte, und ihre Füße begannen dumpf zu pochen.

Meister Shonagar saß immer noch da, die massigen Kinnfalten auf die Brust gedrückt. Dann hob er den Kopf und starrte sie an, die buschigen Brauen zu einer Hecke zusammengezogen.

»Und du bleibst dabei, daß Petiron deine Stimme nicht ausgebildet hat?«

»Nicht so wie Sie!« Mechanisch preßte Menolly beide Hände gegen den flachen Bauch. »Er hat mir nur immer gesagt, ich solle mit dem Herzen singen.« Shonagar zog die Brauen noch stärker zusammen. »Ich meine — ich kann lauter singen, wenn ich will«, fügte sie hastig hinzu.

Er hob den Finger und stocherte damit umher. »Röhren kann jeder Idiot. Röhren kann selbst Camo. Aber das hat mit Gesang nichts zu tun.«

»Petiron hat immer gesagt: ›Wenn du laut singst, hören sie nur Lärm, nicht aber den Klang und den Sinn!‹«

»So? Das hat er dir gesagt? Meine Worte! Genau meine Worte! Also habe ich nicht ganz umsonst gepredigt.« Der letzte Satz war fast ein Selbstgespräch. »Petiron war klug genug, seine Grenzen zu erkennen.«

Insgeheim sträubte sich Menolly gegen diese Herabsetzung. Prinzessin am Fenstersims begann zu zischen, und Rocky und Taucher unterstützten sie. Meister Shonagar hob den Kopf und betrachtete die Tiere verblüfft.

»So?« Er richtete seinen scharfen Blick auf Menolly. »Diese hübschen Geschöpfe drücken aus, was die Herrin fühlt? Und du hast Petiron geliebt und willst kein böses Wort über ihn hören?« Er beugte sich leicht vor und stach mit dem Zeigefinger in ihre Richtung. »Paß auf, Menolly, du schnelle Läuferin! Wir alle haben unsere Grenzen, und weise ist der, der sie erkennt.« Er ließ sich zurückplumpsen. »Ich wollte den verstorbenen Petiron nicht beleidigen. Für mich war das ein Lob.« Er hielt den Kopf wieder schräg. »Dir konnte gar nichts Besseres zustoßen, denn Petiron pfuschte nicht herum, sondern wartete ab, bis ich deine Stimmausbildung übernehmen würde. Bis ich das Naturtalent schleifen und verfeinern und eine schöne, klare Singstimme daraus machen würde.« Der Meister atmete tief aus.

Jetzt erst, da seine Grimassen sie nicht mehr ablenkten, begriff Menolly den Sinn seiner Worte.

»Sie meinen — ich *kann* singen?«

»Jeder Narr auf Pern kann singen«, wehrte der Meister ab. »Lassen wir jetzt das viele Reden. Ich bin müde.« Er scheuchte sie mit kleinen Gesten von ihrem Hocker. »Und nimm deine Flattergeister mit den goldenen Kehlen fort! Mir reichen ihre grimmigen Blicke und ihr Gezeter.«

»Ich werde dafür sorgen, daß sie in Zukunft . . .«

»Nicht mehr herkommen? Nein!« Meister Shonagar hob die Augenbrauen. »Bring sie nur mit! Sie lernen durch das Beispiel, wie es scheint. Also wirst du ihnen ein gutes Beispiel geben.« Ein geistesabwesender Blick huschte über sein Gesicht, und dann lächelte er ein wenig. »Geh, Menolly! Geh jetzt! All das hat mich unsagbar müde gemacht.«

Damit lehnte er den Ellbogen schwer auf die Kante des Sandkastens, stützte das Kinn in die Hand und begann zu schnarchen. Menolly konnte sich nicht vorstellen, daß ein Mensch so rasch einschlief, aber sie winkte ihre Echsen zu sich und huschte aus dem Raum.

4

Harfner, dein Lied ist voll Kummer und Schmerz,
Jeden Frohsinn trägt es zu Grab.
Deine Stimme klingt dumpf, es stockt deine Hand,
Und du wendest den Blick von mir ab.

Menolly hätte sich am liebsten irgendwo zusammengerollt und geschlafen, aber Prinzessin begann leise zu jammern. Da Silvina am Morgen etwas von Resten gesagt hatte, ging Menolly über den Hof zum Kücheneingang. Sie konnte in der hektischen Geschäftigkeit weder Camo noch Silvina erspähen. Dann jedoch kam der Schwachsinnige mit einem großen gelben Käselaib aus der Kühlkammer gewankt. Er bemerkte sie, grinste breit und legte den Käse auf den erstbesten freien Platz an den Arbeitstischen.

»Camo füttern? Camo schöne kleine Drachen füttern?«

»Camo, wo bleibt der Käse? Los, Camo, sei ein braver Kerl und bring den Käse!« Menolly erkannte Abuna, die Stellvertreterin von Silvina.

»Camo füttern . . .« Und der Mann packte eine Schüssel, kippte den Inhalt einfach aus und marschierte zum Kühlraum.

»Camo! Camo, komm sofort zurück und bring den Käse her!«

Menolly tat es leid, daß sie gerade jetzt in die Küche gekommen war, aber da entdeckte Abuna sie schon.

»Ach, du bist es! Deshalb benimmt er sich so komisch. Na gut! Der gibt ja doch keine Ruhe, bis er deine Echsen gefüttert hat. Aber sorge bitte dafür, daß sie nicht in die Küche fliegen!«

»Ich werde aufpassen, Abuna. Tut mir leid, daß ich Ihnen zur Last falle . . .«

»Das sollte dir auch leid tun, mitten in den Vorbereitungen zum Abendessen, aber . . .«

»Camo schöne kleine Drachen füttern? Camo füttern?« Der Knecht schleppte eine übervolle Schüssel aus dem Kühlraum an.

»Nicht in meiner Küche, Camo! Raus mit dir! Raus jetzt! Und schick ihn zurück, wenn die Echsen satt sind, ja, mein Kind? Er soll noch den Käse aufschneiden — das macht er recht brav.«

Menolly nickte Abuna zu und zog Camo aus der Küche, die

Stufen hinauf. Prinzessin und die anderen kamen sofort herbeigestürzt. Die beiden Tanten und Onkelchen klammerten sich wieder an Camo fest. Das Gesicht des Mannes war glücklich, und er stand stocksteif da, als könne er mit der kleinsten Geste die Tierchen verscheuchen. Prinzessin, Rocky und Taucher ließen sich von Menolly füttern, während die übrigen einfach im Flug nach den Fleischbrocken schnappten. Die Schüssel war bald leer.

»Camo mehr holen? Camo mehr holen?«

Menolly nahm ihn am Arm und zwang ihn, sie anzuschauen. »Nein, Camo, sie haben genug. Nichts mehr holen, Camo. Du mußt jetzt den Käse schneiden.«

»Schöne kleine Drachen fort?« Camos Miene spiegelte tiefe Trauer wider, als die Echsen eine nach der anderen zu den Giebeln der Gildehalle hinaufflogen. »Schöne Drachen fort?«

»Sie möchten in der Sonne schlafen, Camo. Sie sind nicht mehr hungrig. Du schneidest jetzt den Käse, ja?« Sie gab ihm einen sanften Schubs zur Küche hin. Er ging, die Schüssel in beiden Händen, und schaute dabei immer wieder nach den Feuerechsen, bis er gegen den Türrahmen stieß. Geistesabwesend änderte er die Richtung und verschwand in der Küche.

»Könnte ich vielleicht auch beim Füttern mithelfen? Nur ein einziges Mal?« fragte eine sehnsüchtige Stimme neben ihr. Verwirrt zuckte Menolly zusammen und erblickte Piemur mit seinem zerzausten Haar und dem nicht gerade sauberen Hals.

Andere Jungen und einige Gesellen wanderten über den Hof zum Speisesaal. »Spitzbub«, hatte Meister Shonagar Piemur genannt, und Menolly mußte ihm recht geben, denn in den Augen des Kleinen blitzte trotz des kläglichen Tonfalls der Schalk.

»Du hast wohl mit Ranly gewettet?«

»Gewettet?« Piemur schaute sie fragend an. Dann kicherte er. »Wenn einer so mickrig ist wie ich, Menolly, dann muß er sehen, daß er den Großen immer eine Nasenlänge voraus bleibt, sonst verspotten sie einen im Schlafsaal.«

»Und was hast du Ranly erzählt?«

»Daß du mich ganz sicher beim Füttern der Echsen helfen läßt, weil sie mich längst mögen. Das stimmt doch, oder?«

»Du bist wirklich ein Spitzbub!«

Piemurs Grinsen verwandelte sich in eine genau berechnete, schuldbewußte Grimasse.

»Ich habe schon Camo am Hals, der keine Ruhe gibt, bis er sie füttern darf . . .«

»›Schöne kleine Drachen‹«, ahmte Piemur den Knecht perfekt nach, »›schöne Drachen füttern!‹ Keine Angst, Menolly! Camo und ich sind Freunde. Er hat sicher nichts dagegen, wenn ich dir helfe.«

Als ob damit alles geregelt sei, zog Piemur Menolly die Stufen hinauf. »He, du willst doch nicht schon wieder zu spät zum Essen kommen!« sagte er und eilte zum Speisesaal.

»Menolly!«

Die beiden blieben stehen, als sie die Stimme des Meisterharfners hörten.

Robinton kam aus dem Obergeschoß.

»Wie war der Tag für dich, Menolly? Du hast Domick, Morshal und Shonagar kennengelernt, nicht wahr? Mit Sebell muß ich dich noch bekannt machen — und zwar möglichst bald, ehe die Eier reif sind!« Der Meisterharfner lächelte. Man merkte ihm an, daß er das Ereignis mit Sehnsucht erwartete. »Und der kleine Schurke da hat sich auch schon an deine Fersen geheftet! Na, vielleicht bewahrst du ihn vor ein paar dummen Streichen. Oh, Brudegan, auf ein Wort vor dem Abendessen . . .«

»Rasch . . .« Piemur nahm sie am Arm und drängelte sie in den Speisesaal. Menolly gewann den Eindruck, daß sowohl Robinton wie auch Piemur ihr die Begegnung mit Brudegan ersparen wollten; ihn hatten ihre Echsen am Morgen beim Unterricht gestört. »Sebell ist ein netter Kerl«, fügte Piemur so beiläufig hinzu, daß Menolly das Gefühl bekam, sich getäuscht zu haben.

»Er soll das zweite Ei bekommen.«

Piemur pfiff durch die Zähne. »Echt? Der hat doch eben erst den Tisch gewechselt?«

»Den Tisch gewechselt?« Menolly sah ihn verwirrt an.

»Das sagt man so bei uns, wenn einer befördert wird. Die Zeremonie findet nämlich während des Abendessens statt. Da tritt dann beispielsweise ein Geselle vor den auserwählten Lehrling und führt ihn feierlich an seinen neuen Platz.« Er deutete von den langgestreckten Lehrlingstischen zu den ovalen Tafeln der Gesellen am anderen Ende des Speisesaals. »Und ein Meister geleitet den erfolgreichen Gesellen in die Runde der Meister. Aber das kann bei mir noch eine Weile dauern«, meinte er mit einem Seufzer. »Wenn es je geschieht . . .«

»Wie? Werden denn nicht alle Lehrlinge eines Tages Gesellen?«

»Nein«, erwiderte der Junge und schnitt eine Grimasse. »Einige schickt man wieder heim, weil man sie nicht brauchen kann. Andere bleiben hier und kriegen langweilige Aufgaben als Helfer von Gesellen oder Meistern. Oder man schickt sie in eine kleinere Gildehalle.«

Vielleicht war es das, was der Meisterharfner mit ihr beabsichtigte: Sie sollte einem Gesellen oder Meister in einer Burg oder Gildehalle zur Seite stehen. Das erschien zwar logisch, aber Menolly seufzte wie vorher Piemur.

»Wie lange bist du schon hier?« fragte sie. Ihr Begleiter sah aus wie ein schwächliches Kind von neun oder zehn Planetenumläufen — in diesem Alter holte man die Begabten meist in die Gildehallen. Seinen Worten nach zu schließen, befand er sich jedoch schon lange hier.

»Man nahm mich vor zwei Planetenumläufen als Lehrling auf«, erwiderte er mit einem Grinsen. »Früher als die meisten anderen — wegen meiner Stimme.« Er sagte das ohne eine Spur von Eitelkeit. »Paß auf, du mußt jetzt rüber an den Mädchentisch. Und laß dir nichts gefallen! Du stehst im Rang über ihnen!«

Ohne diese Worte näher zu erläutern, huschte er zwischen den Tischen durch. Menolly bemühte sich, nicht zu humpeln, als sie an ihren Platz ging. Sie straffte die Schultern und bewegte sich sehr langsam, um ihre Schmerzen zu verbergen. Sie bemerkte die offenen und verstohlenen Blicke der Lehrlinge in ihrem Rücken. Vielleicht war es gut, wenn sie sich von Piemur beim Füttern der Echsen helfen ließ; sie brauchte einen Verbündeten.

Die Plätze, die man für die Mädchen reserviert hatte, waren durch Kissen auf den harten Bänken gekennzeichnet. Menolly wählte den Sitz, der am weitesten von der Kaminglut abgewandt war, und wartete höflich im Stehen.

Die anderen Mädchen betraten den Speisesaal geschlossen. Aber ihre Einheit drückte sich nicht nur darin aus. Als sie sich dem Tisch näherten, betrachteten sie alle Menolly mit starren, ausdruckslosen Gesichtern. Menolly schluckte und schaute überall umher, nur nicht auf diese Front feindseliger Blicke. Sie entdeckte Piemur, der ihr zublinzelte, und mußte lächeln.

»Du bist Menolly?« fragte eine ruhige Stimme. Die Mädchen scharten sich hinter ihrer Sprecherin, wieder in einer Reihe, die ihre Einheit ausdrückte.

»Dumme Frage, wer sollte sie sonst sein?« warf ein dunkelhaariges Mädchen hinter ihr ein. »Ich heiße Pona, und mein Großvater ist Burgherr von Boll.« Sie streckte die Rechte aus, und Menolly entgegnete zögernd den ihr ungewohnten Händedruck.

»Ich bin Menolly.« Ihr fiel ein, was Piemur über die Rangfolge gesagt hatte, und so fügte sie hinzu: »Mein Vater ist Yanus, der See-Baron aus der Halbkreis-Bucht.«

Von den anderen kam ein verblüfftes Murmeln.

»Sie steht über uns«, sagte eines der Mädchen, erstaunt und beleidigt zugleich.

»Gibt es denn eine Rangordnung in der Harfnerhalle?« fragte Menolly, und ein ungutes Gefühl beschlich sie. Welche anderen Etiketteregeln mochte sie schon verletzt haben, während sie hier weilte? Hatte nicht Petiron immer wieder betont, daß in der Harfnerhalle mehr Wert auf musikalisches Talent gelegt wurde als auf Titel und Namen? Aber auch Piemur hatte erklärt: *»Du stehst im Rang über ihnen.«*

»In der Halbkreis-Bucht steht nicht die älteste Meeresburg. Diesen Anspruch erhebt Tillek«, meinte das dunkle Mädchen ein wenig verärgert.

»Menolly ist aber die Tochter und somit direkte Linie«, entgegnete das andere Mädchen, das die Rangfolge erwähnt hatte. Sie streckte nun die Hand aus, weniger arrogant als ihre Vorgängerin, fand Menolly. »Mein Vater ist Webermeister Timareen von Telgar. Ich heiße Audiva.«

Auch das dunkelhaarige Mädchen wollte sich eben vorstellen, als ein allgemeines Füßescharren sie unterbrach. Die Mädchen eilten an ihre Plätze und stellten sich gerade hin wie die anderen. Menolly sah sich einem hochgewachsenen Jungen mit leicht vorquellenden Augen gegenüber, der die kleine Szene aufmerksam mitverfolgt hatte. Halb verdeckt von seiner Schulter stand Piemur, der angestrengt nach rechts spähte. Menolly versuchte in die gleiche Richtung zu schielen und kam zu dem Schluß, daß Piemur den Tisch der Meister beobachtete. Doch dann nahmen alle Platz, und sie beeilte sich, das gleiche zu tun.

Große Schüsseln mit dicker, heißer Fleischbrühe wurden herumgereicht, dazu Tabletts mit dem gelben Käse, den Camo offenbar doch noch aufgeschnitten hatte, und Bergen knuspriger Brotschnitten. Allem Anschein nach nahm man in der Gildehalle die Mahlzeiten in umgekehrter Reihenfolge ein, mit dem Hauptgewicht auf dem Mittagessen. Menolly aß mit Heißhunger, bis sie merkte, daß die anderen Mädchen an ihren Portionen nur nippten und das Brot geziert in kleine Krumen zerpflückten. Pona und Audiva beobachteten sie verstohlen, und eines der übrigen Mädchen kicherte. Ah, dachte Menolly, meine Tischmanieren passen euch nicht! Aber wenn sie jetzt zu essen aufhörte, gab sie mehr oder weniger zu, daß der Fehler bei ihr lag. So ließ sie es sich weiter schmecken und langte ein zweitesmal zu, als die anderen noch kaum die Hälfte der ersten Portion geschafft hatten.

»Ich habe gehört, daß du die Gegenüberstellung im Benden-Weyr miterleben durftest«, begann Pona herablassend.

»Ja, ich war dabei.« Miterleben *durftest*? Sicher, so etwas betrachteten die Mädchen wohl als Privileg.

»Du kannst dich nicht zufällig erinnern, wer von den Auserwählten einen Drachen für sich gewinnen konnte?« Die Frage schien Pona sehr zu beschäftigen.

»Einige weiß ich noch. Talina von Ruatha bekommt die neue Königin . . .«

»Bist du sicher?«

Menolly schaute an ihr vorbei zu Audiva und entdeckte Vergnügen in ihrem Blick.

»Aber ja.«

»Zu schade, daß die drei Mädchen von der Burg deines Großvaters nicht zum Zuge kamen, Pona«, sagte Audiva. »Aber das nächstemal vielleicht . . .«

»Und wer sonst noch?«

»Ein Junge von Meister Nicats Gildehalle gewann einen Braunen . . .« Aus irgendeinem Grund schien das Pona zu gefallen. »Meister Nicat bekam übrigens auch zwei Feuerechsen-Eier.«

Pona starrte Menolly hochmütig an. »Wie kommt es eigentlich, daß *du* . . .«, ihre ganze Verachtung lag in diesem kleinen Wort, » . . . neun Feuerechsen besitzt?«

»Sie war eben zur rechten Zeit am rechten Ort, Pona«, warf Audiva ein. »Das Glück hält sich nicht an Rangfolgen und Vorrechte. Und wir haben es Menolly zu verdanken, daß Meister Robinton und Meister Nicat nun ebenfalls Echseneier besitzen.«

»Woher weißt du das?« Ponas Stimme klang überrascht, aber ihr Ton hatte an Arroganz verloren.

»Nun, ich habe mich kurz mit Talmor unterhalten, während du damit beschäftigt warst, dich an Jessuan und Benis heranzumachen.«

»Ich — niemals!« Pona war allem Anschein nach ebenso rasch beleidigt, wie sie selbst Kränkungen austeilte, aber sie senkte die Stimme, als Audiva ihr einen warnenden Blick zuwarf.

»Keine Sorge, Pona. Solange Dunca dich nicht beim Poussieren erwischt — ich halte den Mund!«

Menolly wußte nicht recht, ob Audiva geschickt versuchte, Pona von ihr abzulenken, aber jedenfalls ließ das Mädchen von Boll sie für den Rest des Abendessens in Ruhe. Da Menolly gelernt hatte, daß es sich nicht gehörte, über die Köpfe der anderen hinweg Gespräche zu führen, konnte sie sich leider kaum mit Audiva unterhalten, und der Junge auf der anderen Seite hatte ihr den Rücken zugekehrt und sprach mit seinen Freunden.

»Mein Onkel in Tillek sagt, daß Feuerechsen letzten Endes nur eine Spielerei sind, vergnügliche Haustiere, und soviel ich weiß, sind Haustiere in der Pension verboten . . .«, meinte das dunkelhaarige Mädchen mit zusammengepreßten Lippen und schaute Menolly von der Seite an.

»Der Meisterharfner ist da ganz anderer Ansicht, Briala«, sagte Audiva gedehnt und blinzelte Menolly über Ponas Kopf hinweg zu. »Ihr auf Tillek habt allerdings auch nur eine Echse.«

»Nun, mein Onkel findet, daß die Weyrleute ohnehin zuviel Zeit mit diesen Geschöpfen verplempern, anstatt die wichtigen Probleme zu lösen — wie man beispielsweise auf den Roten Stern gelangt und dort die Fäden vernichtet. Das wäre der einzige Weg, der schrecklichen Plage ein Ende zu bereiten.«

»Was?« fragte Audiva verächtlich. »Selbst du müßtest wissen, daß die Drachen nicht blindlings ins *Dazwischen* fliegen können!«

»Sie bräuchten bloß den Roten Stern mit ihrem Flammenatem zu überstreichen — und wir hätten für immer Ruhe.«

»Könnten sie das *echt*?« fragte das Mädchen hinter Briala, mit runden erstaunten Augen und einem Gemisch aus Entsetzen und Hoffnung in der Stimme.

»Ach, sei nicht albern, Amania«, fauchte Audiva. »Keiner war je auf dem Roten Stern.«

»Sie könnten wenigstens versuchen, dort zu landen«, warf Pona ein. »Das sagt mein Großvater immer.«

»Wer weiß denn, daß es die ersten Drachenreiter *nicht* versuchten?« fragte Audiva.

»Das müßte irgendwo in den Archiven stehen«, entgegnete Pona hochnäsig.

»Sie hätten sicher eine Ballade darüber geschrieben«, setzte Briala hinzu, erfreut, daß Audiva mit ihren Argumenten ins Wanken geriet.

»Nun, der Rote Stern ist nicht unser Problem«, erklärte Audiva.

»Nein, wir sollen die Balladen lernen.« Brialas Stimme hatte einen jammernden Klang. »Und *wann* werden wir das Zeug endlich schaffen, das Talmor uns heute aufgab? Wir haben heute abend Probe, und die wird sich ewig hinziehen, weil diese Jungen immer . . .«

»Die Jungen? Das sieht dir ähnlich, daß du wieder alles auf die Jungen schiebst, Briala«, meinte Audiva. »Du hattest heute nachmittag Zeit genug, dein Zeug zu lernen, genauso wie wir.«

»Ich mußte mir doch die Haare waschen, und Dunca hat mein rotes Kleid herausgelassen . . .«

»Wenn du nicht dauernd . . . oh, schon wieder Rotfrüchte!« Pona schüttelte sich, aber Menolly lief beim Anblick der Delikatesse das Wasser im Mund zusammen.

So angeekelt Pona tat, sie schnappte sich als erste eine der seltsam geformten Früchte, als der Korb an ihren Platz gestellt wurde. Menolly nahm auch eine und aß sie rasch, um das süße, würzige Aroma so lange wie möglich auf der Zunge zu spüren. Sie fand leider nicht den Mut, sich die Finger abzulecken, wie es die Lehrlinge taten. Die Mädchen an ihrem Tisch hätten ihr das sicher verübelt.

Unvermittelt machte sich der lange Tag mit all seinen Aufregungen und Anspannungen bemerkbar. Menolly hatte einfach keine Kraft mehr. Sie fand es beinahe unerträglich, am Tisch zu sitzen, inmitten so vieler unbekannter Leute, ohne zu wissen, was man noch alles von ihr verlangen würde, ehe sie in der Stille ihres Zimmers aufs Bett sinken konnte. Sie machte sich Sorgen um ihre Echsen, verdrängte diese Gedanken aber gleich wieder, aus Angst, der ganze Schwarm könnte in den Speisesaal flattern. Sie spürte ihre wunden Füße; ihre Hand pochte, und die Narbe juckte unerträglich. Unruhig rutschte sie auf der Bank hin und her. Worauf warteten die anderen noch? Am Tisch der Meister schien sich ein gemütliches Gespräch angebahnt zu haben. Mußten sie etwa alle bleiben, bis die Meister fertig geplaudert hatten?

Sie sehnte sich nach der Einsamkeit ihrer Höhle nahe den Drachen-Steinen. Und sogar nach ihrer winzigen Kammer in der Burg des Vaters. Meist war es ihr geglückt, sich heimlich und unbemerkt von den anderen fortzustehlen. Zumindest, wenn die Tagesarbeit getan war. Und sie hätte sich nie träumen lassen, daß in der Harfnerhalle so viele Menschen lebten, daß ein solches Kommen und Gehen herrschte. All die Meister und Silvina und . . .

Sie fuhr zusammen, als die anderen sich unerwartet erhoben. Gedankenverloren wollte sie den Saal verlassen. Erst als Pona warnend zischte, merkte sie, daß nur die Meister und Gesellen gingen. Verlegen blieb sie stehen. Die Mädchen starrten sie an, als habe sie ein Verbrechen begangen. Unauffällig kehrte sie an ihren Platz zurück. Dann, als die Lehrlinge und Mädchen zur Tür drängten, setzte sie sich wieder. Sie wollte nicht unter Leuten sein, besonders nicht unter diesen merkwürdigen Leuten mit ihren komischen Ansichten und fremden Manieren, die allem Anschein nach einem Neuling keinerlei Sympathie entgegenbrachten. Der Weyr war auch groß und voll von Menschen gewesen, aber dort hatte sie sich daheim gefühlt.

»Tun dir die Füße weh?« Das war Piemur. Er stand neben dem Tisch und schaute sie besorgt an.

Menolly biß sich auf die Lippen.

»Ich bin nur mit einemmal todmüde«, sagte sie.

Er zog die Nase kraus und bog sie mit dem Finger nach einer Seite hin. »Kein Wunder. Gleich am ersten Tag haben dich sämtliche Meister ausgequetscht. Paß auf, du kannst dich auf meine Schulter stützen, wenn du zu Dunca rübergehst. Ich schaff' das schon noch bis zur Probe . . .«

»Probe? Sind wir etwa heute abend noch nicht fertig?« Menolly hätte am liebsten losgeheult.

»Du bestimmt. Oder hat Shonagar dich hinbestellt? Nein? Die wissen ja noch gar nicht, in welche Gruppe du gehörst. Außerdem siehst du echt matsch . . . äh, ich meine, du siehst wirklich müde aus. Komm, ich helfe dir.«

»Aber du sollst zur Probe . . .«

»Laß mich nur machen!« Er grinste breit. »Manchmal ist es ganz gut, wenn man klein ist.« Er machte eine schlängelnde Handbewegung, dann straffte er die Schultern und stand wie ein Soldat vor ihr. Das war so komisch, daß Menolly herzhaft lachen mußte.

Sie erhob sich langsam, während er unbefangen von den Proben für das Frühlingsfest in der Burg Fort erzählte. In diesem Jahr hatte Brudegan die Leitung, und das machte Spaß, weil er so gut erklären konnte. Wenn man also genau hinhorchte, konnte man praktisch keinen Fehler machen . . .

Das frühe Dunkel des Frühlingsabends lag über Burg und Gildehalle, und nur noch wenige Leute waren unterwegs.

Piemurs Nähe und sein Geplauder halfen Menolly mehr als seine knochige Schulter, aber sie hätte den Weg ohne diese Stütze nicht geschafft. Sie war dankbar, daß sie nur ein paar Stufen zu gehen hatte. Die Feuerechsen zirpten mitleidig vom Fenstersims her.

»Den Rest schaffst du allein«, meinte Piemur. »Ich wetze schon mal los. Und morgen, wenn du ausgeschlafen hast, geht es dir sicher wieder besser.«

»Sicher, Piemur, und vielen Dank . . .«

Sie sprach nicht weiter, denn er war bereits die Treppe hinuntergesprungen und außer Hörweite. Menolly öffnete die Haustür und rief leise nach Dunca, aber es kam keine Antwort, und die dicke Pensionswirtin ließ sich auch nicht sehen. Dankbar zog sich Menolly die steile Stiege hinauf, eine Stufe nach der anderen, begleitet von dem ermutigenden Gezwitscher Prinzeßchens. Auf halber Höhe gesellten sich noch Rocky und Taucher dazu.

Mit einem Gefühl unendlicher Erleichterung schloß Menolly die Tür hinter sich. Sie humpelte zum Bett und rollte sich in die Felldecken, bis sie das Scharren an den Fensterläden hörte. Zum Glück mußte sie nur den Arm ausstrecken, um die Riegel zu öffnen. Die beiden Tantchen stürzten zuerst herein und fingen sich gerade noch ab, ehe sie auf den Boden plumpsten. Faulpelz, Brownie und Onkelchen segelten mit mehr Würde herein, und Spiegel gähnte erst einmal, ehe er ins Zimmer flog.

Menolly fiel ein, daß sie noch Salbe auf ihre Sohlen streichen mußte; die Haut war so empfindlich, daß ihr bei jeder Berührung Tränen in die Augen traten. Einen Moment lang wünschte sie sich, Mirrim mit ihrem energischen Ton und den sanften Händen wäre da. Sie massierte die andere Salbe in die Narbe und widerstand tapfer dem Drang, den Wulst zu kratzen.

Dann zog sie sich aus und schlüpfte ins Bett. Sie merkte unterbewußt, daß die Feuerechsen sich an sie schmiegten. *Du hast von den Harfnern nichts zu befürchten.* Pah! T'gellans Bemerkung klang wie Spott in ihren Ohren. Ehe sie in einen tiefen Schlaf versank, überlegte sie, ob Neid verwandt war mit Furcht.

5

Auf weißer Gischt mein Traumboot fliegt,
Ein Drachen auf nachtschwarzem Meer.
Pfeilschnell, gesteuert vom Schlaf allein,
So segelt es kreuz und quer.
Ich fahr durch hundert Gezeiten der Nacht,
Wo noch nie ein Seemann war.
Und nur mein weißes Traumboot und ich
Kennen Inseln wunderbar.

Der nächste Tag begann alles andere als glücklich für Menolly. Ihr Schlaf wurde von schrillen Schreien unterbrochen: Dunca, die Mädchen und ihre Feuerechsen kreischten um die Wette. Noch halb im Traum, bemühte sich Menolly, die Echsen zu beruhigen, die wie wild durch das Zimmer kreisten, aber Dunca, die in der Tür stand, schrie weiter, und ihr Entsetzen, ob gespielt oder echt, verwirrte die Echsen so sehr, daß sie schließlich allen befahl, ins Freie zu fliegen.

Das jedoch gab Duncas Entsetzen nur ein neues Ziel, denn nun deutete sie starr auf Menollys Nacktheit, bis das Mädchen ihr Hemd nahm und überstreifte.

»Und wo warst du die ganze Nacht?« keifte Dunca, von Schluchzern unterbrochen. »Wie bist du ins Haus gekommen? Und wann?«

»Ich war die ganze Nacht hier. Und ich kam durch die Haustür. Sie waren nicht da.« Dann, als sie den ungläubigen Blick auf Duncas Zügen bemerkte, fügte sie hinzu:

»Es war gleich nach dem Abendessen. Piemur half mir über den Hof.«

»Er mußte doch zur Probe, und die fing gleich nach dem Abendessen an«, sagte eines der Mädchen, die sich hinter Dunca zusammendrängten.

»Ja, aber er traf ganz schön atemlos ein«, meinte Audiva mit gerunzelter Stirn. »Ich erinnere mich, daß Brudegan ihn deswegen schalt.«

»Du mußt mir immer Bescheid sagen, wenn du heimkommst«, erklärte Dunca, mitnichten versöhnt.

Menolly zögerte und nickte dann nur; es hatte keinen Sinn,

mit dieser Frau zu streiten, die ganz offensichtlich darauf aus war, ihr das Leben so schwer wie möglich zu machen.

»Wenn du gewaschen und ordentlich gekleidet bist . . .« — Duncas Tonfall verriet, daß sie Menolly keines von beiden zutraute — »komm zum Frühstück! Los, Mädchen, wir fangen inzwischen an!«

Als die Mädchen gehorsam hinter ihr dreintrabten, spiegelten die meisten Gesichter Duncas Mißbilligung wider. Nur Audiva blinzelte ihr zu und grinste kurz, ehe ihre Miene wieder ausdruckslos wurde.

Bis Menolly ihre wunden Füße versorgt, sich gewaschen und angezogen und den kleinen Raum gefunden hatte, in dem die anderen Mädchen frühstückten, war die Mahlzeit fast vorbei. Die Schar beäugte sie kritisch, und Dunca wies ihr brummig einen leeren Platz zu. Wieder beobachteten sie alle, so daß sie sich selbst beim Kauen und Schlucken unbeholfen vorkam. Das Essen schmeckte trocken, und der *Klah* war kalt. Sie aß mühsam fertig und murmelte ein Danke. Dann erst merkte sie, daß auf ihrer Bluse ein paar Obstflecken prangten. Die Mädchen hatten also Grund, sie anzustarren. Und sie besaß nichts zum Wechseln, wenn sie die Bluse wusch, nur die alten Klamotten aus der Höhle.

Obwohl sie gegessen hatte, spürte sie immer noch quälenden Hunger. *Die Feuerechsen warteten auf ihr Futter!* Sie bezweifelte, daß Dunca Verständnis für ihre Lage aufbringen würde, aber die Verantwortung gegenüber den kleinen Freunden gab ihr Mut.

»Darf ich jetzt bitte gehen? Die Feuerechsen warten auf ihr Futter. Ich muß zu Silvina . . .«

»Weshalb belästigst du Silvina mit solchem Schnickschnack?« fragte Dunca, und die Augen quollen ihr vor Entrüstung ein Stück weit aus dem Kopf. »Weißt du nicht, daß sie das gesamte Wirtschaftswesen der Harfnerhalle leitet? Sie hat enorm viel zu tun, und wenn du diese Biester nicht besser beaufsichtigst . . .«

»Ihr Eindringen heute morgen hat sie erschreckt.«

»Ich dulde so ein Theater jedenfalls nicht wieder. Die Bestien fliegen gefährlich schnell und verängstigen die Mädchen . . .«

Menolly verschluckte die Bemerkung, daß allein Duncas Geschrei die Feuerechsen in Aufruhr versetzt hatte.

»Wenn du sie nicht beaufsichtigst . . . Wo sind sie denn eigentlich?« Ihre Äuglein wanderten ängstlich umher.

»Sie warten darauf, daß ich sie füttere.«

»Sei nicht schnippisch, Mädchen! Auch als Tochter des See-Barons hast du dich hier in der Harfnerhalle unterzuordnen und dich zu benehmen, wie es sich gehört. Von Rang und Titel lasse ich mich nicht beeindrucken.«

Hin- und hergerissen zwischen Verachtung und Lachen, erhob sich Menolly. »Kann ich jetzt bitte gehen, ehe die Echsen hereinkommen und nach mir suchen?«

Das genügte. Dunca entließ sie auf der Stelle ins Freie. Jemand kicherte, aber als Menolly aufschaute, war sie nicht sicher, ob der unterdrückte Laut von Audiva kam oder nicht. Sie empfand es jedoch als kleine Ermutigung, daß jemand Duncas Heuchelei durchschaute.

Als sie in den frischen Morgen hinaustrat, merkte Menolly erst, wie muffig es in der Pension roch. Sie warf einen Blick über die Schulter. Natürlich, alle Fensterläden, bis auf die ihrer eigenen Kammer, waren fest verschlossen. Sie ging über den breiten Hof, und die Bauern, die auf ihre Felder hinausgingen, nickten ihr genauso freundlich zu wie die Lehrlinge, die zum Unterricht eilten. Sie schaute sich nach ihren Feuerechsen um und entdeckte eine hinter dem Außenflügel der Harfnerhalle. Sobald sie den Torbogen durchquert hatte, sah sie auch die anderen auf den Simsen von Küche und Speisesaal kauern. Camo stand im Eingang, eine riesige Schüssel in der linken Armbeuge, die rechte Hand mit einem Fleischbrocken ausgestreckt, um die Echsen anzulocken.

Sie hatte etwa die Hälfte des Weges zurückgelegt, als sie merkte, daß sie viel leichter als am Vortag gehen konnte. Das war allerdings so ziemlich der einzige Lichtblick an diesem Morgen. Camo bekam von Abuna Schelte, weil er die Echsen anlockte, anstatt den Haferflockenbrei in den Speisesaal zu bringen (die Tiere nahmen keinen Bissen von ihm, solange Menolly nicht in der Nähe war). Dann wurden die Echsen aufgescheucht, als die Lehrlinge und Gesellen aus dem Speisesaal stürmten und ihre Klassenzimmer aufsuchten. Menolly hielt vergeblich Ausschau nach Piemur, und dann war der Hof mit einemmal leer bis auf einige ältere Gesellen, von denen sie einer barsch fragte, was sie noch hier zu suchen habe. Als sie erklärte, daß sie nicht wisse, wohin sie gehen solle, schickte er sie in den Saal über dem Eingangstorbogen, wo die Mädchen ihren Unterricht bekamen.

Sie entdeckte, daß die Mädchen bereits Tonleitern übten. Der Geselle, der mit ihnen arbeitete, wies darauf hin, daß der Unterricht bereits begonnen habe. Sie murmelte eine Entschuldigung, holte ihre kostbare Gitarre und nahm auf einem Hocker neben den anderen Platz. Bei der Übung handelte es sich um Grundformen, die sie selbst mit ihrer verletzten Hand ohne Probleme greifen konnte. Nicht so die anderen. Pona schien es Schwierigkeiten zu machen, den Steg mit dem Zeigefinger zu überspannen; immer wieder glitt sie ab, und selbst als ihr der Geselle geduldig einen Ausweichgriff zeigte, schaffte sie ihn nicht schnell genug, um den Rhythmus der Übung aufrechtzuerhalten. Talmor besitzt große Ruhe, dachte Menolly und fingerte gedankenverloren die zweite Version nach. Sicher, der Griff war nicht ganz leicht, wenn man schnell spielen mußte, aber Pona stellte sich enorm ungeschickt . . .

»Du scheinst das Stück ja zu beherrschen, wenn du nicht mitübst, Menolly«, meinte Talmor plötzlich. »Komm, spiel vor . . .« Und er gab das Tempo vor.

Sie nahm den Takt mit dem Blick auf und hielt den Kopf dabei ganz still, denn Petiron hatte Musiker gehaßt, die mit dem Körper im Rhythmus mitzappelten. Sie spielte die Noten locker durch und sah erst dann, daß Audiva sie verblüfft anstarrte. Pona und die anderen Mädchen wirkten eisig.

»Und jetzt die richtigen Finger«, sagte Talmor. Er stellte sich dicht neben sie und schaute ihr genau auf die Hände.

Menolly gehorchte. Er nickte kurz, als sie fertig war, warf ihr einen scharfen Blick zu und kehrte dann zu Pona zurück, um das ganze Stück noch einmal langsam mit ihr durchzuspielen. Beim drittenmal schaffte sie es und legte die Gitarre mit einem stolzen Lächeln beiseite.

Talmor gab ihnen eine zweite Fingerübung und holte dann die Abschrift einer Festmusik hervor. Menolly war begeistert, denn sie kannte die Noten noch nicht. Petiron war, wie er selbst stets betont hatte, ein Lehr-Harfner gewesen, kein Unterhaltungsmusiker, und obwohl das eine oder andere Tanzstück in seinem Archiv lag, hatte er nie Wert darauf gelegt, mehr davon zu beschaffen. Der See-Baron, das wußte Menolly, bevorzugte Musik, bei der man mitsingen konnte; er hörte nicht gern zu. Der größte Teil der leichteren Musik war jedoch nur für Instrumente geschrieben. In den großen Burgen, so hatte Petiron ihr erzählt, besaßen die Barone eigene Orchester, um ihre Gäste während der Tafel zu unterhalten.

Kein schwieriges Stück, fand Menolly, als sie stumm die einzelnen Griffe einübte und einen Moment bei den Übergängen verweilte.

»Also, Audiva, mal sehen, was du heute damit anfangen kannst«, sagte Talmor und lächelte dem Mädchen ermutigend zu.

Audiva schluckte. Sie verriet eine Nervosität, die Menolly verwunderte. Als das Mädchen dann zu spielen begann und den Rhythmus mit dem Fuß dazu klopfte, viel langsamer, als das Stück es erforderte, wuchs Menollys Staunen. Nun, dachte sie, vielleicht ist Audiva eine neue Schülerin. Jedenfalls spielte sie weit sicherer als danach Briala, die offensichtlich Probleme hatte, die Noten überhaupt zu lesen.

Talmor bat Briala, die Noten zur Übung noch einmal abzuschreiben. Pona, die als nächste drankam, war nicht besser als die beiden anderen. Das blonde Mädchen mit den wachen, lauernden Zügen spielte zwar laut und kräftig, aber mit vielen Ungenauigkeiten. Als Menolly endlich an der Reihe war, konnte sie kaum noch zuhören.

»Bitte«, sagte Talmor mit einem Seufzer, der seine eigene Niedergeschlagenheit ausdrückte.

Menolly empfand es als solche Erleichterung, das Stück richtig zu spielen, daß sie unbewußt das Tempo beschleunigte und die Begleitung selbständig abwandelte.

Talmor schaute sie nur an. Dann schluckte er und preßte die Lippen zusammen.

»Hmm, ja. Du kennst das Stück?«

»Nein. Solche Musik wurde in der Halbkreis-Bucht kaum gespielt. Aber sie klingt schön.«

»Du hast das zum *erstenmal* gespielt?«

Erst jetzt begriff Menolly, was sie getan hatte — die anderen Mädchen erniedrigt. Sie bemerkte das kalte, feindselige Schweigen, die bösen Blicke. Aber ihr war immer eingebleut worden, daß man beim Spiel sein Bestes geben mußte. Zu spät fiel ihr ein, daß sie mit ihrer verletzten Hand eine Ausrede gehabt hätte. Aber sie hatte es so genossen, die Musik nach der elenden Stümperei richtig vorzutragen . . .

»Ich kam ja als letzte dran«, machte sie den schwachen Versuch, die Situation zu retten. »Ich hatte mehr Zeit, mir die Noten einzuprägen und . . .«

. . .*und zu sehen, wo die anderen ihre Fehler machten,* hatte sie sagen wollen.

»Schon gut«, warf Talmor hastig ein. Vermutlich war auch ihm die Reaktion der Mädchen nicht entgangen. Dann fügte er beinahe verärgert hinzu: »Wer hat dir denn gesagt, daß du in meine Klasse kommen sollst? Ich dachte . . .« Ein Kichern unterbrach seine Frage, und er warf den Mädchen einen wütenden Blick zu. »Nun?« wandte er sich wieder an Menolly.

»Ein Geselle . . .«

»Wer?«

»Ich kenne ihn nicht. Ich war im Hof, und da schickte er mich hierher.«

Talmor rieb sich das Kinn. »Ich werde der Sache nachgehen.« Er schaute die anderen Mädchen an. »Wir spielen jetzt das Ganze . . .« Die Mädchen starrten betont zum Eingang, und er drehte sich um. »Ja, Sebell?«

Menolly warf einen Blick über die Schulter, um den Mann zu sehen, dem das zweite kostbare Echsen-Ei gehören sollte. Sebell war ein schmächtiger Mann, kaum eine Handbreit größer als sie, und er schien Braun zu bevorzugen: braungebrannte Haut, Haar und Augen hellbraun, braun gekleidet, mit einem verwaschenen Lehrlingsabzeichen in der Schulterfalte seiner Jacke.

»Ich suche Menolly«, sagte er und schaute sie ruhig an.

»Ich hatte schon gehofft, daß jemand das tun würde. Man hat sie versehentlich hierher geschickt.« Talmors Stimme klang verärgert, und er gab Menolly mit einer knappen Geste zu verstehen, daß sie Sebell begleiten solle.

Menolly erhob sich von ihrem Hocker und warf einen fragenden Blick auf ihre Gitarre.

»Die brauchst du jetzt nicht«, meinte Sebell, und so legte Menolly das Instrument ruhig auf ein Regalbrett.

Sie spürte, wie die Mädchen ihr nachstarrten, und wußte, daß Talmor mit seinem Unterricht erst weitermachen würde, wenn sie den Raum verlassen hatte. So erleichterte es sie ungemein, als die Tür hinter ihr und dem stillen, braungekleideten Mann ins Schloß fiel.

»Wo hätte ich mich denn einfinden sollen?« fragte sie, aber er winkte sie die Treppe hinunter.

»Du hast keine Nachricht erhalten?« Seine Augen musterten sie aufmerksam, aber seine Miene verriet nichts von seinen Gedanken.

»Nein.«

»Aber du warst doch zum Frühstück in Duncas Pension?«

»Gewiß ...« Menolly konnte ihre Abscheu nicht ganz unterdrücken. Dann, als ihr die Wahrheit dämmerte, hielt sie den Atem an und sagte leise: »Sie wird doch nicht ...«

Sebell nickte. In seinen braunen Augen las sie, daß er die Lage durchschaute. »Und du konntest noch nicht wissen, daß du im Zweifelsfall zu mir kommen ...«

»Zu dir?« Hatte Piemur nicht erwähnt, daß Sebell erst vor kurzem ›den Tisch gewechselt‹, also Geselle geworden war? »Äh — zu Ihnen, Sir?«

Ein Lächeln stahl sich über die Züge des Mannes.

»Der Meisterharfner nimmt es mit der Etikette nicht so genau wie die anderen Meister hier. Die Tradition verlangt, daß der Geselle, der am längsten unter dem gleichen Meister gearbeitet hat, sich um seinen jeweils jüngsten Lehrling zu kümmern hat. Also trage ich die Verantwortung für dich. Zumindest, solange ich in der Harfnerhalle weile und mich von meiner Wanderschaft erhole. Ich hatte keine Gelegenheit, dich gestern kennenzulernen. Heute morgen wartete Meister Domick vergeblich auf dich ...«

»Ach, du Schreck!« Menolly schluckte. »Ausgerechnet!« Selbst Piemur achtete darauf, Meister Domick nicht zu verärgern. »War er — sehr ungehalten?«

»Nun ja, in gewisser Weise schon. Aber mach dir deshalb keine Sorgen, Menolly, ich werde die Sache klarstellen und versuchen, sie zu deinem Vorteil zu nutzen. Meister Domick wollen wir uns nicht zum Feind machen.«

»Besonders, wo er mich ohnehin nicht leiden kann.« Menolly schloß die Augen und stellte sich Meister Domicks spöttische Züge vor.

»Woraus schließt du denn das?«

Menolly zuckte die Achseln. »Ich mußte ihm gestern vorspielen. Ich habe genau gespürt, daß er mich nicht mag.«

»Meister Domick mag auch die anderen nicht«, entgegnete Sebell mit einem trockenen Lachen. »Und sich selbst am allerwenigsten. Du bist also keine Ausnahme. Aber was den Unterricht bei ihm angeht ...«

»Ich soll bei *ihm* Unterricht haben?«

»Nur keine Panik! Als Lehrmeister ist er absolute Spitzenklasse. Das weiß ich. Auf manchen Gebieten überflügelt er sogar den Meisterharfner, auch wenn er nicht Robintons Schwung und Kraft besitzt oder die gute Beobachtungsgabe, was die Ereignisse außerhalb der Gildehalle betrifft.« Obwohl Sebell ruhig und unpersönlich sprach, spürte Menolly seine unbedingte Loyalität und Ergebenheit gegenüber dem Meisterharfner. »*Du*«, und er betonte das Wort leicht, »kannst eine Menge von Domick lernen. Laß dich nicht von seiner ruppigen Art verwirren! Er hat sich einverstanden erklärt, dich auszubilden, und das ist eine große Ehre.«

»Aber ich habe ihn heute morgen versetzt . . .« Jetzt erst kam Menolly die Schwere ihres Vergehens voll zu Bewußtsein.

Sebell lächelte beruhigend. »Wie schon gesagt, ich werde das zu deinem Vorteil ausnutzen. Domick kann es absolut nicht leiden, wenn jemand seine Anweisungen mißachtet. Du trägst keine Schuld an dem Vorfall. Aber komm jetzt! Wir haben schon zuviel von diesem Vormittag vertrödelt.«

Er hatte sie während des Sprechens die Treppe hinauf geführt und öffnete nun zu ihrem Erstaunen das Portal zum Großen Saal. Er war doppelt so groß wie der Speisesaal und mindestens dreimal so groß wie der entsprechende Raum in der Halbkreis-Bucht. An der Stirnseite erhob sich ein mit Vorhängen abgeteiltes Podium. Stühle und Tische waren entlang der Seitenwände und unter den Fenstern gestapelt. Unmittelbar zu ihrer Rechten entdeckte Menolly eine bequeme Sesselgruppe, angeordnet um einen niedrigen, runden Tisch. Hierhin deutete Sebell, und sie nahmen beide Platz.

»Ich habe einige Fragen an dich, kann dir aber nicht näher erklären, weshalb ich sie stelle. Das ist ein Harfner-Geheimnis — und wenn du dieses Wort hörst, tust du besser daran, nicht nachzuhaken. Jedenfalls brauche ich deine Hilfe . . .«

»*Meine* Hilfe?«

»So seltsam dir das erscheinen mag — ja.« Seine braunen Augen lachten sie an. »Ich muß wissen, wie man ein Segelboot bedient, wie man Fische ausnimmt, überhaupt, alle Dinge eben, die mit der Seefahrt zu tun haben . . .«

Er zählte die einzelnen Punkte an den Fingern ab, und sie starrte wie gebannt auf seine Hände.

»Wenn einer deine Hände sieht, weiß er sofort, daß du kein Seemann bist.«

Er musterte seine Handflächen. »Warum?«

»Matrosenhände sind schwielig und hart vom Knotenziehen, rissig vom Salzwasser und Fischtran und braungegerbt von Wind und Wetter . . .«

»Würde das auch jemand merken, der selbst kein Seemann ist?«

»Nun, *ich* zum Beispiel.«

»Ich gebe mich geschlagen. Könntest du mir wenigstens beibringen, aus der Ferne wie ein Seemann zu wirken? Ist es schwer, das Segeln zu erlernen? Oder Netze auszuwerfen? Oder Fische auszunehmen?«

Ihre linke Hand brannte nicht weniger als ihre Neugier. Harfner-Geheimnisse? Wozu mußte ein Harfner-Geselle diese Dinge wissen?

»Segeln, Netze auswerfen, Fische säubern — das ist alles Übungssache . . .«

»Kannst du mir Unterricht erteilen?«

»Mit einem Boot und Wasser, ja — mit Netzen und Ködern und ein paar Fischen.« Dann lachte sie.

»Was ist daran so komisch?«

»Nur — weißt du, als ich hierherkam, hatte ich gehofft, daß ich nie mehr im Leben einen Fisch ausnehmen müßte.«

Sebell betrachtete sie einen Moment lang sehr ernst, dann spielte ein Lächeln um seine Augenwinkel. »Ja, das kann ich gut verstehen, Menolly. Ich bin eine Landratte, und ich hatte gehofft, das ewige Umherwandern würde eines Tages aufhören. Dich wird in dieser Gilde noch so manches überraschen. Der Meisterharfner verlangt, daß wir unsere Lehrballaden nicht nur mit Gitarre oder Trommel spielen . . .« Er machte eine Pause. »Ich werde also dafür sorgen, daß uns ein Boot, Wasser und Fische zur Verfügung stehen. Aber wann?« Er pfiff leise durch die schmale Lücke der oberen Schneidezähne. »Die Zeit ist unser größtes Problem, denn du hast Unterricht, und dann sind da noch die beiden Eier . . .« Er schaute sie lachend an. »Da wir schon beim Thema sind — hast du eine Ahnung, welche Farbe meine Echse . . .«

Sie erwiderte sein Lächeln. »Das kann man bei Feuerechsen nicht so sicher vorherbestimmen wie bei Drachen, aber ich habe jedenfalls für Meister Robinton die beiden größten Eier zurückbehalten. Aus einem davon müßte die Königin schlüpfen, und bei dem zweiten rechne ich mit Bronze . . .«

»Eine Bronze-Echse?«

Der verzückte Gesichtsausdruck des Gesellen erschreckte sie. Was geschah, wenn nun aus beiden Eiern Braune schlüpften? Oder Grüne? Als hätte er ihre Furcht gespürt, lächelte Sebell.

»Eigentlich ist mir die Farbe gleichgültig. Ich freue mich, daß ich überhaupt eines der Tierchen bekommen soll. Der Harfner meint, man kann sie für Botenflüge abrichten. Und zum Singen.« Obwohl er so still und ernst wirkte, dieser Sebell, konnte er ganz schön sticheln. Aber Menolly fühlte sich wohl in seiner Nähe. »Und es heißt, daß sie mit ihren Freunden eine ebenso enge Bindung eingehen wie die Drachen mit ihren Reitern.«

Sie nickte. »Möchtest du meine einmal sehen?«

»Gern, aber nicht jetzt«, entgegnete er und schüttelte traurig den Kopf. »Ich muß dich über die Seefahrt ausquetschen. Also, erzähl mal, wie läuft der Alltag in einer Meeresburg ab?«

Ein wenig belustigt darüber, daß man ihr solche Fragen ausgerechnet in der Harfnerhalle stellte, schilderte Menolly nüchtern und sachlich den Alltag in der Halbkreis-Bucht, so wie sie ihn viele Planetenumläufe hindurch erlebt hatte. Sebell war ein aufmerksamer Zuhörer. Manchmal wiederholte er Punkte, die ihm wichtig erschienen, oder er stellte ihr Fragen, wenn er etwas nicht verstand. Sie erläuterte eben, welche Fischarten in den Meeren von Pern lebten, als von neuem die Glocke losdröhnte. Ihre Erklärung ging unter im Lärm der Lehrlinge, die auf den Hof hinausströmten.

»Wir warten, bis der größte Ansturm vorbei ist, Menolly«, meinte Sebell. Er mußte schreien, daß sie ihn verstand. »Wenn du mir noch einmal die Tiefsee-Fische aufzählen könntest . . .«

Als Sebell sie an ihren Platz im Speisesaal geleitete, empfingen die Mädchen sie mit eisigem Schweigen und zusammengepreßten Lippen. Sie hatten die Blicke abgewandt und kicherten untereinander. Gestärkt von Sebells Worten, beachtete Menolly ihr Benehmen gar nicht. Sie genoß den Braten und die großen, knusprig gebackenen Erdknollen, die innen weich und mehlig schmeckten. Man verstand es hier in der Gildehalle, die Gerichte besonders schmackhaft zu bereiten.

Da die Mädchen sie so offensichtlich schnitten, wanderten

Menollys Blicke im Saal umher. Sie konnte Piemur nicht entdekken; dabei hätte sie ihn gern eingeladen, ihr abends beim Füttern der Echsen zu helfen. Sie mußte die wenigen Freundschaften, die sie hier in der Harfnerhalle hatte, stärken und pflegen.

Der Gong weckte ihre Aufmerksamkeit; als die Nachmittagsstundenpläne verlesen wurden, erfuhr Menolly zu ihrem großen Staunen, daß Meister Oldive sie bei sich erwartete. Sofort begannen die Mädchen wieder die Köpfe zusammenzustecken und zu tuscheln, als sei das etwas Schlimmes. Nun, vielleicht taten sie das nur, um sie zu verwirren. Sie beachtete die Mädchen auch weiterhin nicht. Dann kündete der Gong das Ende der Mittagspause.

Die Mädchen blieben sitzen, die Blicke abgewandt, und sie mußte sich mühsam durch die Reihe zwängen.

»Und wo beim Großen Ei warst du heute morgen?« fragte Meister Domick. Seine Miene verriet Zorn, und seine Augen glitzerten. Obwohl er leise sprach, duckten sich die Mädchen.

»Man befahl mir . . .«

»Das hat mir Talmor gesagt«, unterbrach er ihre Erklärung. »Aber *ich* hatte eine Nachricht bei Dunca hinterlassen, daß du zu mir kommen solltest.«

»Dunca sagte kein Wort davon, Meister Domick.« Menollys Blick streifte die Mädchen, und sie merkte an ihren hämischen Mienen, daß sie sehr wohl in das Komplott eingeweiht waren.

»Sie behauptet das Gegenteil«, erklärte Meister Domick.

Menolly starrte ihn sprachlos an. Warum kam ihr Sebell nicht zu Hilfe?

»Wie ich höre«, fuhr Domick sarkastisch fort, »hast du eine Zeitlang allein in der Wildnis gelebt. Merke dir eines — solange du hier Lehrling bist, hast du dich den Befehlen der Meister zu fügen.«

Angesichts seines Zorns senkte Menolly nur den Kopf. Im nächsten Moment kam Prinzessin in den Saal geschossen, gefolgt von zwei Bronze-Echsen und zwei Braunen.

»Prinzessin! Rocky! Taucher! Laßt das!«

Menolly stellte sich mit einem Sprung vor Meister Domick und breitete die Arme aus, um ihn vor dem Angriff der geflügelten Rachepfeile zu schützen. »Aufhören! Meister Domick ist ein Harfner! Wollt ihr wohl gehorchen!«

Menolly mußte schreien, da die Mädchen beim Anblick der

wild flatternden Feuerechsen mit Gekreische unter den Tischen Zuflucht suchten und dabei Bänke und Stühle umstießen.

Domick besaß Verstand genug und hielt still. Ungläubig starrte er die Angreifer an. Trotz des Lärms konnte sich Menolly mit ihrer Stimme durchsetzen.

Prinzessin schimpfte noch einmal aufgebracht und setzte sich dann auf Menollys Schulter, von wo sie Domick mit zornkreisenden Augen anblitzte. Die anderen landeten auf dem Kaminsims, wo sie mit den Flügeln schlugen und wütend zischten. Menolly streichelte Prinzessin und suchte krampfhaft nach einer Entschuldigung.

»Los, an die Arbeit und Schluß mit der Gafferei! Wer nichts zu tun hat, auf sein Zimmer!« Domicks dröhnende Stimme schlug die Neugierigen in die Flucht. »Ich hatte deine getreuen Beschützer ganz vergessen«, fuhr er leiser fort, an Menolly gewandt.

»Meister Domick, können Sie mir je verzeihen . . .«

»Meister Domick . . .«, erklang eine andere zaghafte Stimme, und Audiva kroch unter dem Tisch hervor. Domick streckte eine Hand aus und half dem Mädchen beim Aufstehen. Sie warf einen Blick zum Eingang und nickte dann Menolly kurz zu. »Meister Domick, Dunca hat Menolly nichts von Ihrer Botschaft gesagt, aber *wir* wußten alle davon. Es wäre unfair, das zu verschweigen.« Mit einem letzten Blick zu Menolly hin eilte sie aus dem Speisesaal und schloß sich den anderen Mädchen im Hof an.

»Wie hast du es geschafft, dir Dunca zur Feindin zu machen?« fragte Domick, immer noch düster, aber ohne Zorn.

Menolly schluckte und warf einen Blick auf die Feuerechsen.

»Ach so! Ich verstehe.« Meister Domicks Haltung blieb unverändert. »Mich können die Biester jedenfalls nicht einschüchtern, das merke dir!«

»Meister Domick . . .«

»Es reicht, Mädchen. Da du offenbar zu wenig angeborenes Taktgefühl besitzt, muß ich . . .«

»Meister Domick . . .« Sebell kam herbeigeeilt.

»Ich weiß, ich weiß«, schnitt Domick die Erklärung des Gesellen ab. »Du scheinst einige Beschützer hier in der Halle zu haben. Hoffen wir, daß sich die Mühe am Ende lohnt! Wir sehen uns morgen gleich nach dem Frühstück in meinem Arbeitszimmer. Es liegt im zweiten Stock rechts, die vierte Tür außen. Heute nachmittag hast du die erste Stunde bei Meister Jerint. Bring deine Flöte mit! Es stimmt doch, daß du in dieser Höhle eine Panflöte angefertigt hast— oder? Gut. Die zweite Stunde bist du bei Meister Shonagar. Und nun ab zu Meister Oldive. Sein Zimmer liegt am Ende der Treppe, rechts innen. Nein, Sebell, du brauchst dich nicht zwischen sie und mich zu stellen. Ich bin nicht so unvernünftig, jemanden zu bestrafen, der das Opfer einer Neid-Intrige geworden ist.«

Er winkte den Gesellen ungeduldig zu sich. Gemeinsam verließen sie den Saal, nachdem Sebell Menolly rasch zugenickt hatte.

»Pssst!« Erschrocken fuhr Menolly herum. Piemur krabbelte unter dem Tisch hervor.

»Ist die Luft rein?«

»Sag mal, hast du keine Arbeit?«

»Doch, aber die läuft mir nicht davon. Auf ein paar Sekunden hin oder her kommt es nicht an. He, diese Weiber haben dich ganz schön in die Pfanne gehauen! Oder meinst du, Dunca hat sie irgendwie *gezwungen,* den Mund zu halten?«

»Wieviel hast du mitgehört?«

»Alles.« Piemur richtete sich mit einem Grinsen auf. »Mir entgeht hier selten etwas.«

»Piemur!«

»Menolly, darf ich dir heute abend beim Füttern der Feuerechsen helfen?« fragte er und warf Prinzessin einen argwöhnischen Blick zu.

»Darum wollte ich dich gerade bitten.«

»Klasse!« Er strahlte vor Freude. »Und denk dir nichts wegen *denen* da!« Er deutete mit dem Daumen zum Hof hin. »Du siehst viel besser aus als die!«

»Du willst dich nur bei meinen Feuerechsen einschmeicheln . . .«

»Stimmt.« Sein Grinsen war die Unverschämtheit selbst, aber Menolly spürte, daß er auch ohne Prinzeßchen und die anderen zu ihr gehalten hätte. »Aber jetzt muß ich los, sonst merken die anderen was. Bis später!«

Sie suchte Meister Oldive auf. Er hatte den Hartgummiball bereitgelegt und zeigte ihr, wie sie damit üben mußte.

»Sicher bekommt deine Hand auch sonst allerlei zu tun«, meinte er mit einem schwachen Lächeln. »Schmerzt sie sehr?«

Sie murmelte etwas. Er schaute sie aufmerksam an und drückte ihr dann ein Döschen in die Hand.

»Das hier ist die einzige Berechtigungsgrundlage für die Existenz jenes stinkenden Gewächses namens Taubwurzeln — eine Salbe, die den Schmerz vertreibt. Reib die Hand damit ein, wenn sie weh tut. Das Mittel ist so mild, daß es das Tastgefühl nicht beeinträchtigt.«

Prinzessin, die von ihrem Hochsitz auf Menollys Schulter alles beobachtet hatte, zirpte mahnend, als wolle sie Meister Oldives Rat unterstützen. Der Mann lachte leise und schaute die kleine Königin an.

»Die halten dich ganz schön in Trab, was?« Die Feuerechse hielt den Kopf schräg und tschilpte. »Wächst die Kleine hier eigentlich noch? Soviel ich hörte, ist der Schwarm erst vor kurzem ausgeschlüpft, oder?«

Menolly lockte die kleine Goldechse von der Schulter auf ihre Hand, damit Meister Oldive sie genauer betrachten konnte.

»Was ist denn das?« fragte er kopfschüttelnd. »Da schält sich ja die Haut!«

Menolly erschrak. Sie war so in ihre eigenen Probleme vertieft gewesen, daß sie die Pflege der Echsen vernachlässigt hatte. Vermutlich sah nicht nur Prinzeßchens Haut so stumpf und rissig aus . . .

»Öl. Ich muß sie mit Öl einreiben . . .«

»Nur keine Panik, Kind. Das haben wir gleich.« Er griff in ein Regal und holte einen großen Tiegel herunter. »Das hier mache ich für die zarte Haut der Burgbewohnerinnen — wenn es deine Echsen nicht stört, wie feine Damen zu riechen . . .«

Menolly lachte erleichtert, denn sie erinnerte sich noch gut an den stinkenden Fischtran, mit dem sie ihre Echsen das erstemal eingerieben hatte. Meister Oldive tauchte einen Finger in das Gefäß und deutete auf Prinzeßchens Rücken. Als Menolly ihm zunickte, massierte er das Zeug sanft in die trockene Haut ein. Prinzessin summte mit geschlossenen Augen und rieb ihr Köpfchen dankbar gegen seine Hand.

»Ein sensibles kleines Geschöpf, nicht wahr?« meinte Meister Oldive erfreut.

»Sehr«, seufzte Menolly. Der Zwischenfall mit Meister Domick steckte ihr noch in den Knochen.

»Und nun wollen wir uns mal deine Füße ansehen. Hmm. Du

bist zuviel herumgerannt«, sagte er streng. »Sie sind wieder geschwollen. Habe ich nicht deutlich genug erklärt, daß du dich noch schonen mußt?«

Prinzessin schnarrte ärgerlich.

»Ist sie meiner Meinung, oder verteidigt sie dich?« fragte der Heiler.

»Vermutlich beides, Meister. Gestern mußte ich so lange stehen . . .«

»Kann ich mir vorstellen«, fuhr er ein wenig freundlicher fort. »Aber versuch wenigstens, deine Füße zu entlasten. Die meisten Leute werden dafür Verständnis haben.« Er entließ sie mit den Töpfen und ermahnte sie, am nächsten Tag nach dem Mittagessen wiederzukommen.

Menolly war froh, daß der Raum des Heilers nach innen ging, denn so konnte er nicht sehen, daß sie quer über den großen Hof wanderte, um ihre Flöte zu holen; aber es gab keine andere Möglichkeit, wenn sie das Instrument Meister Jerint zeigen sollte. Und den Mut, noch einen Harfner zu verärgern, hatte sie nicht.

Die Tür zur Pension war angelehnt, als sie ankam, aber Menolly hörte deutlich die erhobenen Stimmen von drinnen.

»Sie ist ein *Lehrling*«, rief Pona mit schriller, streitsüchtiger Stimme. »Er hat *gesagt,* daß sie ein *Lehrling* ist! Sie gehört nicht zu uns. Wir sind keine Lehrlinge. Wir haben auf unseren Rang zu achten. Soll sie doch hingehen, wo sie hingehört — zu den Lehrlingen!« Bosheit und Haß schwangen in Ponas Tonfall mit.

Menolly trat zitternd zur Seite. Sie lehnte sich an die Hauswand und wünschte, sie wäre irgendwo, nur nicht hier. Prinzessin zirpte ihr fragend ins Ohr und stupste dann mit dem Köpfchen gegen ihre Wange.

Eines stand fest: Menolly wollte auf gar keinen Fall in die Pension gehen, um ihre Flöte zu holen. Aber was geschah, wenn sie ohne das Instrument bei Meister Jerint auftauchte? Sie *konnte* einfach nicht nach drinnen. Nicht jetzt. Die Echsen umkreisten sie, ihres gewohnten Landeplatzes beraubt, da jemand die Läden von Menollys Fenster geschlossen hatte. Am liebsten hätte sie die neun Winzlinge in einen großen Drachen verwandelt, der sie zurück zu ihrer Höhle am Strand trug. Sie gehörte dorthin, wo sie sich selbst eine Heimat geschaffen hatte. Was sollte sie in der Gildehalle? Oder gar in dieser Pension? Sie gehörte weder zu den

Gastschülerinnen noch zu den Lehrlingen. Das hatte Ranly beim Essen deutlich genug zum Ausdruck gebracht.

Und Meister Morshal wollte nicht, daß sich ein Mädchen »einbildete«, das Harfner-Handwerk zu erlernen. Meister Domick hatte sich zwar bereit erklärt, sie zu unterrichten, aber auch er war alles andere als begeistert von ihrer Anwesenheit. Sie *hatte* gut gespielt, trotz ihrer verletzten Hand. Dessen war sie sicher. Und sie spielte Klassen besser als die Mädchen. Das konnte sie ohne falsche Bescheidenheit sagen.

Wenn ihr einziger Nutzen in der Gildehalle darin bestehen sollte, Leute zu Schein-Matrosen auszubilden oder Feuerechsen-Eier zu hüten, dann konnte sie auch gehen. Das schaffte jeder andere genausogut. Sie hatte mehr Leute verärgert als Freunde gewonnen, und die wenigen Freunde waren eher an den Echsen als an ihr interessiert. Sie überlegte kurz, welchen Empfang man ihr wohl bereitet hätte, wenn sie ohne die Feuerechsen oder die beiden Eier angekommen wäre. Dann hätte es keine Feuerechsen-Ballade gegeben. Und Meister Robinton hätte sich nicht bei ihr entschuldigt, weil er ihre Melodie ein wenig verändert hatte. Der Meisterharfner von Pern hatte sich bei *ihr*, Menolly aus der Halbkreis-Bucht, entschuldigt! Und er hatte gesagt, daß er Lieder wie die ihren brauchte! Menolly holte tief Atem.

Immerhin gab es Musik in der Harfnerhalle, und das war schon etwas. Möglich, daß Mädchen das Harfner-Handwerk nicht erlernen konnten, aber wer sagte, daß Mädchen keine Balladen schreiben und Stücke komponieren durften? Das war vielleicht auch keine schlechte Zukunft.

Träum nicht, Menolly! schalt sie sich. Überleg lieber, was du zu Meister Jerint sagst, wenn du ohne deine Flöte auftauchst! Er wirkte zwar geistesabwesend, aber sie bezweifelte, daß er es war. Das Instrument lag in ihrem Zimmer, auf dem kleinen Schrank, und nichts, nicht einmal Gehorsam oder Liebe zum Meisterharfner, konnte sie zwingen, die Pension zu betreten, solange diese Mädchen über sie herzogen.

Prinzessin flatterte von ihrer Schulter auf, rief gebieterisch die anderen Echsen zu sich, und plötzlich waren alle im *Dazwischen* verschwunden. Menolly löste sich von der Wand und ging langsam zurück zur Harfnerhalle. Ihr würde schon noch eine Entschuldigung einfallen.

Der Feuerechsen-Schwarm tauchte unvermittelt über ihr aus

dem Nichts. Die Tiere kreischten so schrill, daß sie erschrocken aufschaute. Sie flogen in einem dichten Knäuel, eine völlig ungewohnte Formation, und stoben plötzlich auseinander. Etwas fiel zu Boden. Mechanisch streckte sie die Hände aus und fing die Panflöte auf.

»Ihr seid meine Retter! Ich wußte gar nicht, daß ihr so etwas schafft!« Sie drückte die Flöte begeistert an sich, und wenn die steifen Füße sie nicht daran gehindert hätten, wäre sie vor Freude über den Hof getanzt. Wie schlau ihre kleinen Freunde waren! In Zukunft sollte nur einer wagen, in ihrer Gegenwart zu erklären, daß sie nichts weiter waren als lästige kleine Schoßtiere!

»Je schlimmer der Sturm, desto mehr Treibholz spült er an Land!« hatte ihre Mutter immer gesagt, wenn die Flotte nicht auslaufen konnte und ihr Vater schlechtgelaunt durch die Burg stapfte.

Wenn sie die Flöte nicht so dringend gebraucht hätte und wenn die Mädchen nicht so boshaft gewesen wären, nun, dann hätte sie wohl nie entdeckt, wie klug ihre Feuerechsen sein konnten!

So traf sie leichten Herzens bei Meister Jerint ein. Die Werkstatt war wider Erwarten leer. Nur der Meister saß an seinem Arbeitstisch, über einen großen Schraubstock gebeugt. Sie sah, daß er sorgfältig Furnier an einen Harfenrahmen leimte, und so wartete sie eben. Und wartete und wartete, bis sie gelangweilt seufzte.

»Wie? Ach, das Mädchen! Und wo warst du so lange? Ich verstehe, du wolltest mich nicht stören. Hast du deine Flöte mitgebracht?« Er streckte die Hand aus, und sie reichte ihm das Instrument.

Sie war ein wenig verwirrt über die Gründlichkeit, mit der Meister Jerint das Ding untersuchte. Er wog die Panflöte in der Hand und betrachtete mit zusammengekniffenen Augen den geflochtenen Strandhafer, mit dem sie die einzelnen Pfeifen verbunden hatte; dann fuhr er mit einem Werkzeug in Mundansatz und Fingerlöcher. Er murmelte etwas, trug das Instrument an ein Fenster und drehte es in der Nachmittagssonne hin und her. Nachdem er ihr einen fragenden Blick zugeworfen hatte, setzte er die Flöte an die Lippen und blies hinein. Der klare, reine Ton schien ihn zu verblüffen. Er zog die Brauen hoch.

»Meeresried? Warum nicht Süßwasser?«

»Teichried, aber eingeweicht in Brackwasser.«

»Und wie hast du den dunklen Glanz erzielt?«

»Mit einem Gemisch aus Fischtran und Seegräsern, das ich noch warm in das Holz rieb . . .«

»Läßt die Oberfläche beinahe purpurn schimmern. Könntest du die Mixtur noch einmal herstellen?«

»Ich denke schon.«

»Besondere Arten von Gräsern? Oder Fisch?«

»Stachelschwanz . . .« Und unwillkürlich schüttelte sich Menolly. Sie haßte diesen Fisch, dem sie ihre Narbe verdankte. »Und Tümpelgräser — die Sorte, die eher auf sandigem Boden als auf Fels gedeiht.«

»Sehr gut.« Er gab ihr die Panflöte zurück und winkte sie an einen anderen Tisch, wo Trommelreifen und Häute in verschiedenen Größen ausgelegt waren, dazu eine Spule mit der gefetteten Schnur, die man benötigte, um Trommelhäute am Rahmen zu befestigen. »Kannst du eine Trommel bauen?«

»Ich kann es versuchen.«

Er zog die Nase kraus, nicht abwertend, sondern eher nachdenklich, und gab ihr durch eine Geste zu verstehen, daß sie anfangen könne. Er selbst wandte sich wieder seiner Harfe zu.

Menolly war sich im klaren darüber, daß sie von Meister Jerint zum zweitenmal geprüft wurde, und so untersuchte sie jeden der neun Trommelreifen sorgfältig nach verborgenen Sprüngen sowie nach der Trockenheit und Härte des Holzes. Nur einen fand sie der Mühe wert, und auch hier würde die fertige Trommel ein straffes, eher hart klingendes Instrument sein. Sie dagegen liebte Trommeln mit tiefen, vollen Schlägen, welche die Männerstimmen im Chor übertönten und sie im Rhythmus hielten. Dann fiel ihr ein, daß sie sich hier bestimmt nicht darum bemühen mußte, Sängern den richtigen Rhythmus beizubringen. Sie machte sich an die Arbeit und befestigte die Metallklammern für die Haut am Reifenrand. Die meisten Häute waren gut gegerbt und gedehnt, so daß es vor allem darum ging, eine zu nehmen, welche die richtige Größe hatte und dünn genug für ihren Rahmen war. Sie weichte die geeignete Haut in einem Bottich ein und knetete sie durch, bis sie geschmeidig war und sich über den Rahmen spannen ließ. Vorsichtig schnitt sie Löcher und spießte die Haut symmetrisch an die Klammern, denn wenn sie ungleichmäßig gespannt wurde, gab es Vibrationen am Rand und dumpfe Klänge in der Mitte. Erst als sie sicher war, daß alles stimmte, brachte sie die Kordel an, zwei Finger vom Rand entfernt.

»Du verstehst dein Handwerk, was?«

Sie zuckte zusammen, als sie Meister Jerints Stimme dicht neben sich hörte. Er lächelte ihr zu. Wie lange mochte er schon dagestanden und sie beobachtet haben? Er nahm die Trommel, begutachtete sie lange und pfiff dabei leise vor sich hin. Menolly konnte seiner Miene nicht entnehmen, ob er zufrieden mit der Arbeit war oder nicht.

Dann legte er das Werkstück vorsichtig auf eines der oberen Regalbretter. »Wir lassen das hier erst mal trocknen. Und du gehst jetzt am besten zu deiner nächsten Stunde. Meine Lehrlinge sind im Anmarsch, wie ich höre«, fügte er trocken hinzu.

Menolly hörte den Lärm von draußen ebenfalls; Lachen, Geschrei und das Trampeln von vielen Stiefeln. Pflichteifrig suchte sie den Chorsaal auf, wo Meister Shonagar sie in der gleichen Haltung wie am Vortag erwartete. Er schien sich seit ihrer ersten Begegnung nicht von der Stelle bewegt zu haben.

»Sag deinen kleinen Freunden, daß sie sich aufs Zuhören beschränken sollen«, begrüßte er sie mit einem Blick auf die Feuerechsen, die dicht unter der gewölbten Decke kreisten. Prinzessin ließ sich auf Menollys Schulter nieder. »Du!« sagte er streng und deutete mit dem dicken Zeigefinger auf die kleine Königin, »du suchst dir heute einen anderen Platz!« Sein Finger wies unerbittlich auf eine Bank. »Dort!«

Prinzessin zirpte einmal kurz, gehorchte aber, als Menolly in Gedanken den Befehl des Meisters wiederholte. Shonagars Augenbrauen hoben sich erstaunt, als die kleine Königin sich niederließ, die Flügel eng an den Körper gelegt und mit schwach kreisenden Augen. Er knurrte; sein Bauch wackelte verdächtig.

»So, Menolly, Schultern zurück, Kinn hoch, aber nicht zu weit nach vorn gereckt, Hände gegen das Zwerchfell, einatmen, vom Bauch in die Lungen ... Nein, ich will nicht sehen, daß sich deine Brust dabei bewegt wie ein Blasebalg ...«

Am Ende der Stunde war Menolly erschöpft: das Kreuz und die Bauchmuskeln schmerzten, und ihr kam es vor, als sei das Schleppen der schweren nassen Netze ein Kinderspiel dagegen gewesen. Dennoch hatte sie nicht mehr getan als versucht, ihren Atem richtig zu kontrollieren. Meister Shonagar hatte sie nur einzelne Noten und dann Folgen von fünf Noten singen lassen, locker, aber genau im richtigen Ton und der richtigen Höhe. Sie war unendlich dankbar, als er auf einen Stuhl deutete.

»So, Piemur, jetzt bist du an der Reihe.«

Menolly drehte sich erstaunt um. Wie lange mochte Piemur schon still neben der Tür gewartet haben?

»Vor einigen Tagen, Menolly, hörten wir einen ganz und gar reinen Diskant zur Melodie unseres Chors. Piemur hier behauptet, daß die Feuerechsen für oder mit jedermann singen würden. Glaubst du das auch?«

»Es käme auf eine Probe an. Beim erstenmal habe ich mitgesungen, und das waren sie gewohnt.«

»Dann machen wir doch die Probe! Mal sehen, ob sie uns begleiten, wenn wir sie ausdrücklich dazu einladen.«

Piemur verstecktes Grinsen beruhigte sie. Der Meister hatte nichts gegen ihre Echsen, auch wenn er sich ein wenig spöttisch ausdrückte.

»Soll ich allein die Melodie singen, die wir damals einübten?« fragte Piemur. »Denn wenn Menolly mitmacht, wissen wir nicht genau, ob . . .«

»Weniger Worte, mehr Musik, Piemur«, mahnte Meister Shonagar ungeduldig.

Piemur holte Luft, mit der richtigen Technik, wie Menolly feststellte, und öffnete den Mund. Zu ihrem Entzücken sang er einen reinen, glasklaren Ton. Der Kleine blinzelte belustigt, als er ihre Verwunderung sah, aber seine Stimme schwankte dabei nicht den Bruchteil einer Sekunde. Erst jetzt ermunterte sie ihre Echsen zum Mitsingen. Prinzessin flatterte auf ihre Schulter, ringelte ihr den Schwanz leicht um den Hals und betrachtete Piemur mit schräggelegtem Kopf, als versuche sie die Melodie und Menollys Befehl zu ergründen. Rocky und Taucher zeigten sich weniger zurückhaltend. Sie richteten sich an der Kante des Sandtisches auf und begannen Piemur zu begleiten. Prinzessin schimpfte kurz, doch dann erhob sich ihre zarte, sanfte Stimme glockenhell im Diskant zu Piemurs Gesang. Als auch Spiegel und Brownie einstimmten, trat der Junge ein paar Schritte zurück, um alle Echsen gleichzeitig im Blick zu haben.

Ängstlich schielte Menolly zu Meister Shonagar hinüber, aber der saß da, die Hände vor den Augen, versunken ins Zuhören. Menolly zwang sich, kritisch zu lauschen, aber sie fand wenig auszusetzen. Sie hatte den Feuerechsen das Singen nicht beigebracht: sie hatte ihnen nur vorgesungen, um ihnen eine Freude zu bereiten, und sie hatten Spaß an den Klängen gefunden und sie imitiert. Ihre Stimmen waren nicht auf die wenigen Oktaven der Menschen beschränkt. Die süßen Töne schienen in den Schläfen der Zuhörer zu vibrieren.

»So, junger Freund«, meinte Shonagar nüchtern, als das Echo des Gesangs verklungen war, »das weist dich in deine Schranken, was?«

Piemur grinste nur.

»Sie sind also durchaus bereit, auch andere Sänger zu begleiten«, fuhr der Meister fort, zu Menolly gewandt.

Aus dem Augenwinkel sah Menolly, wie Piemur die Hand nach Rocky ausstreckte, der ihm am nächsten saß. Die Bronze-Echse rieb sofort das Köpfchen gegen seine Finger, und der Junge strahlte selig.

»Sie singen gern, Meister. Es fällt schwer, sie ruhig zu halten, wenn in ihrer Nähe Musik ist.«

»Tatsächlich? Nun, ich werde mir die Möglichkeiten dieses Phänomens durch den Kopf gehen lassen.« Mit einer brüsken Handbewegung entließ Meister Shonagar sie alle. Er stützte das Kinn in die Hände und begann gleich darauf zu schnarchen.

»Schläft er wirklich? Oder tut er nur so?« fragte Menolly den Jungen, als sie im Hof draußen waren.

»Soweit man es erkennen kann, schläft er echt. Das einzige, was ihn weckt, ist ein falscher Ton oder eine Mahlzeit. Er verläßt den Chorsaal nie, sondern verbringt die Nacht in einem winzigen Hinterzimmer — einer Art Verschlag. Treppen kann er nicht mehr steigen. Dafür ist er viel zu fett. He, du hast übrigens keine schlechte Stimme, Menolly. Irgendwie samtig.«

»Danke.«

»Bitte, bitte. Ich mag weiche Klänge«, fuhr Piemur fort, ungerührt von ihrem sarkastischen Tonfall. »Diese hohen, dünnen Kreischstimmen von Briala oder Pona gehen mir auf die Nerven.« Er warf einen Blick zur Pension hinüber. »Sag mal, wird es nicht Zeit, die Echsen zu füttern? Es gibt bald Abendessen, und die Kleinen sehen ganz eingefallen aus.«

Menolly nickte, als Prinzessin auf ihrer Schulter jämmerlich zu betteln begann.

»Ich hoffe, daß Shonagar die Echsen in unseren Chor einbaut«, sagte Piemur und kickte einen Stein quer über den Hof. Dann lachte er und deutete zur Küche. »Sieh mal! Camo wartet schon auf uns!«

Und das tat er wirklich, mit einer Riesenschüssel im Arm. Er hielt ein paar Fleischbrocken hoch und lockte damit die Echsen.

Onkelchen und die beiden Grünen hatten Camo eindeutig als Pfleger adoptiert. Sie nahmen seine ganze Aufmerksamkeit in Anspruch, und so merkte er gar nicht, daß Rocky, Faulpelz und Spiegel sich von Piemur verwöhnen ließen. Menolly fand, daß man das Futter weit gerechter verteilen konnte, wenn sich drei Leute um die gierigen kleinen Biester kümmerten. Deshalb schlug sie Piemur vor, er solle ihr immer beim Füttern helfen — falls er nicht Schwierigkeiten mit seinen Lehrmeistern bekam.

»Ich bin Lehrling von Meister Shonagar, und *der* hat sicher nichts dagegen. Ich übrigens auch nicht.« Piemur lachte und begann »seine« Echsen zu streicheln.

Sobald die Tiere satt waren, schickte Menolly Camo zurück in die Küche, Abuna beschwerte sich zwar nicht, aber Menolly merkte, daß viele Augenpaare sie durch die Küchenfenster beobachteten. Camo verschwand brav, nachdem sie ihm versprochen hatte, daß er am nächsten Morgen die Echsen wieder füttern durfte. Zufrieden flog der Schwarm auf das äußere Dach der Gildehalle und ließ sich von den Strahlen der Nachmittagssonne wärmen. Keine Sekunde zu früh, denn schon kamen die Lehrlinge in den Hof geströmt.

»Schade, daß du bei *denen* sitzen mußt«, meinte Piemur, als sie den Speisesaal betraten, und wies mit dem Daumen an den Mädchentisch.

»Kannst du nicht mir gegenüber Platz nehmen?« fragte Menolly hoffnungsvoll.

»Schlecht. Die lassen mich nicht mehr.«

»Nicht *mehr*?«

Piemur schnitt eine Grimasse und grinste dann. »Pona hat sich bei Dunca beschwert, und die ist gleich zu Silvina gerannt . . .«

»Was hast du denn angestellt?«

»Och, nichts Besonderes.« Piemurs Achselzucken sprach Bände. »Pona ist eine alberne Wherhenne, die sich was auf ihre Herkunft einbildet und ständig ihre vornehme Verwandtschaft rausstreicht. Ein gewöhnlicher Lehrling hat in diesen Kreisen ohnehin nichts zu suchen.«

Menolly fand das schade, aber ihre Achtung vor Piemur wuchs. Als sie sich zögernd dem Tisch am Kamin zuwandte, kam ihr der Gedanke, wie sie in Zukunft ein Zusammentreffen mit den Mädchen vermeiden konnte. Sie brauchte bloß zu spät zum Essen aufzutauchen und irgendwo Platz nehmen. Das gefiel ihr so, daß ihr Schritt entschlossener wurde und sie während der Mahlzeit die Feindseligkeit der Mädchen gelassen ertrug. Sie begegnete dem kühlen Klima mit ebenso kühler Gleichgültigkeit und langte tüchtig zu, als Suppe, Käse, Brot und süße Pasteten aufgetragen wurden. Als die Termine für die Abendproben bekanntgegeben wurden, erfuhr sie, daß man zur Mittagszeit des nächsten Tages mit einem Sporenregen rechnete. Alle Gildenangehörigen sollten sich in der Nähe der Halle aufhalten und vor, während und nach dem Fädeneinfall die ihnen zugewiesenen Aufgaben erfüllen. Menolly hörte mit heimlicher Schadenfreude das ängstliche Gewisper der Mädchen und gestattete sich ein herablassendes Lächeln. Wie konnte man sich vor Dingen fürchten, mit denen man seit seiner Geburt zu leben hatte?

Sie dachte nicht daran, den Tisch zu verlassen, als die Mädchen sich erhoben; und sie sah deutlich, daß Audiva ihr zublinzelte, als sie mit den anderen zur Tür ging. Erst nachdem die Mädchenschar verschwunden war, stand auch Menolly auf. Vielleicht kam sie in die Hütte, ohne Dunca unter die Augen zu treten.

»Ah, Menolly, einen Augenblick bitte.« Die gutgelaunte Stimme des Meisterharfners rief sie zurück, als sie den Ausgang erreichte. Robinton stand am Fuß der Treppe, im Gespräch mit Sebell, und winkte sie näher. »Sei so gut und wirf noch einen Blick auf die Eier! Ich weiß, Lessa hat gesagt, daß es ein paar Tage dauern wird, bis . . .« Der Meisterharfner zuckte die Achseln. »Hier entlang.« Während sie die beiden Männer ins Obergeschoß begleitete, fuhr Robinton fort: »Sebell hat mir eben erzählt, daß du ein wahrer Wissensquell bist.« Er grinste sie an. »Das hast du sicher nicht geglaubt, daß du hier in der Harfnerhalle mit Fischfang zu tun bekommen würdest, was?«

»Nein, Meister. Aber offen gestanden, ich hatte keine Ahnung, wie sich das Leben in einer Harfnerhalle abspielt.«

»Gut gesprochen, Menolly, gut gesprochen.« Und der Harfner lachte. »Die anderen Gilden mögen spotten, daß wir unsere Nasen in Dinge stecken, die uns nichts angehen, aber ich finde immer, daß man um so besseres Verständnis für seine Umwelt entwickelt, je mehr man weiß. Wer sich weigert, immer weiter zu lernen, ist in Gefahr, eines Tages zu stagnieren.«

»Ja, Meister.« Menolly hoffte nur, daß Robinton nichts von der versäumten Stunde bei Meister Domick erfahren hatte. Sebell lächelte und schüttelte kaum merklich den Kopf.

»Nun, was hältst du von den Eiern, Menolly? Ich bin im Moment viel unterwegs, möchte aber unbedingt das Ausschlüpfen miterleben, stimmt's, Sebell?«

Der Geselle nickte. »Sonst bin am Ende ich stolzer Besitzer von zwei Echsen . . .«

Die beiden Männer tauschten wissende Blicke, als Menolly die Eier in den mit warmem Sand gefüllten Tongefäßen überprüfte. Sie drehte sie ein wenig, so daß nun die kältere Seite der Kaminglut zugewandt war. Robinton schürte nach und schaute das Mädchen erwartungsvoll an.

»Die Eier sind härter, Meister, aber in den nächsten beiden Tagen schlüpfen die Kleinen bestimmt noch nicht.«

»Könntest du morgen wieder nachsehen, Kind? Ich bin zwar nicht da, aber Sebell weiß immer, wo er mich erreichen kann.«

Menolly versicherte dem Meisterharfner, daß sie ein wachsames Auge auf die beiden Echsen-Eier haben würde. Der Harfner nickte befriedigt und brachte sie durch sein Arbeitszimmer zur Tür.

»So, Menolly, du bist inzwischen von Domick, Morshal und Shonagar gründlich unter die Lupe genommen worden. Es gab wenig auszusetzen. Jerint meint, deine Panflöte sei beachtlich, und die Trommel müßte nach dem Trocknen einen guten Klang geben. Die Feuerechsen zeigen sich bereit, auch mit Fremden zu singen. Du hast gleich in den ersten Tagen eine Menge erreicht. Oder was sagst du, Sebell?«

Sebell nickte und lächelte ihr in seiner stillen Art zu. Sie fragte sich, ob die beiden Männer über ihre Schwierigkeiten mit Dunca und den anderen Mädchen Bescheid wußten.

»Und ich kann die Echsen-Eier in guter Obhut lassen. Das ist großartig. Das ist wirklich großartig.« Der Meisterharfner fuhr sich mit den Fingern durch das silbergraue Haar.

Einen flüchtigen Moment lang lag Ruhe auf seinen sonst so bewegten Zügen, und Menolly erkannte Spuren der Erschöpfung und Sorgen. Dann aber lächelte er sie so heiter an, daß sie meinte, sich seine Müdigkeit nur eingebildet zu haben. Nun, wenigstens das Problem mit den Feuerechsen konnte sie ihm abnehmen. Sie beschloß, die Eier mehrmals am Tage zu kontrollieren — und selbst wenn sie dadurch zu spät zu Meister Shonagar kam.

Auf dem Weg zur Pension fiel ihr wieder die Bemerkung des Meisterharfners über den Fischfang ein. Und zum erstenmal kam Menolly zum Bewußtsein, daß sie nie tiefer über das Leben in einer Harfnerhalle nachgedacht hatte. Für sie war das ein Ort gewesen, an dem man Musik machte. Petiron hatte hin und wieder von Lehrlingen gesprochen und auch aus seinen Tagen als Geselle erzählt. Aber das alles war verschwommen geblieben. Sie hatte sich die Harfnerhalle als eine Art Zauberschloß vorgestellt, wo die Leute sangen statt redeten oder ernst die alten Balladen kopierten. Die Wirklichkeit war ernüchternd, besonders, wenn sie Dunca und die neidischen Mädchen um Pona in Betracht zog. Warum hatte sie geglaubt, alle Harfner und Angehörigen der Harfnerhalle seien über niedere Gefühle erhaben? Warum hatte sie Morshal und Domick mit mehr Menschlichkeit verbrämt, als sie besaßen? Sie wußte es nicht. Sie lächelte über ihre eigene Naivität.

Und doch, Harfner wie Robinton und Sebell, ja selbst der zynische Domick, standen hoch über dem Durchschnitt. Und Silvina und Piemur hatten sie immer nett behandelt. Sie lebte hier besser als in der Halbkreis-Bucht. Warum sollte sie also nicht auch mit den negativen Seiten zurechtkommen?

Es war gut, daß sie zu diesem Entschluß gelangte, denn kaum hatte sie die Pension erreicht, da stürzte sich Dunca mit einer ganzen Litanei von Beschwerden auf sie: die gefährlichen, unruhigen Feuerechsen, die jegliche Ordnung im Hause störten und die Bewohnerinnen in Angst und Schrecken versetzten; ihre Hochnäsigkeit gegenüber den anderen Mädchen, die schließlich schon viel länger hier lebten und im Gegensatz zu ihr genau wußten, was sich gehörte; ihre Arroganz, nur weil ihr Vater See-Baron sei, und so weiter und so fort.

Nach den ersten paar Sätzen erkannte Menolly, daß es keinen Sinn hatte, sich oder ihre Echsen bei Dunca zu verteidigen. Sie konnte höchstens ein »Ja« oder »Nein« einwerfen, wenn die dicke Pensionswirtin kurz Luft holte. Einen Moment lang dachte Menolly daran, ihren Echsen-Schwarm zu Hilfe zu holen, doch das hätte das Klima ein für allemal vergiftet. So stand sie ruhig da und ließ den Wortschwall über sich ergehen.

»So — habe ich mich klar genug ausgedrückt?« fragte Dunca schnaufend.

»Und ob!« entgegnete Menolly ruhig und eilte die Treppe hinauf, so rasch sie ihre wunden Füße trugen. Dunca brachte im ersten Moment keinen Ton über diese neue Frechheit heraus. Erst als die Tür hinter Menolly ins Schloß fiel, begann sie von neuem zu zetern.

6

Der Tränen heiße Flut
Verdränge ich bis morgen;
Heut brauch ich Kraft und Mut,
Zu wehren all den Sorgen.
Mein Blick muß hell und klar sein,
Weit soll die Stimme schallen.
Mein Wort muß echt und wahr sein,
Ein Trost den andern allen.
Verratet, Lippen, nicht den Schmerz,
Den Kummer, der mir zerreißt das Herz.

Menollys »Lied für Petiron«

Prinzessin weckte sie bei Sonnenaufgang. Auch die anderen Echsen rührten sich bereits. In der Pension dagegen war noch alles still.

Am Abend zuvor hatte Menolly die Tür zu ihrem Zimmer verriegelt und dann die Fensterläden aufgestoßen, um ihre Freunde hereinzulassen. Sie war wieder ruhiger geworden, nachdem sie die Kleinen mit Meister Oldives Öl eingerieben hatte. Sie nahm sich die Zeit, sie zu streicheln und mit ihnen zu spielen. Dabei fing sie mancherlei Eindrücke und Bilder auf. Allem Anschein nach planschten die Echsen mit Vorliebe in den Seen oberhalb der Burg Fort. Menolly »sah« aber auch große Drachen und einen Weyr, der keine Ähnlichkeit mit Benden hatte. Die Gedanken, die Prinzessin ihr übermittelte, waren wie immer am schärfsten. Menolly hatte den stillen Abend genossen; er bot einen gewissen Ausgleich für Duncas Ungerechtigkeiten.

Nun, da die Morgenstille sie umgab, fiel ihr ein, daß sie endlich auch etwas für sich selbst tun könnte. Sie beschloß, ein Bad zu nehmen und die Obstflecken aus ihrer Bluse zu waschen. Für heute mittag war zwar Fädeneinfall vorausgesagt, aber auf dem Fensterbrett müßte das Zeug in der Morgensonne eigentlich rasch trocknen.

Leise entriegelte sie die Tür und horchte in den Korridor hinaus. Sie hörte nichts außer einem schwachen Schnarchen. Sicher Dunca. Nachdem sie ihre Echsen ermahnt hatte, sich ganz still zu verhalten, huschte sie die Stufen hinunter ins Bad, das im hintersten Winkel des Erdgeschosses lag. Sie hatte schon von den Warmbecken in den großen Burgen und Weyrn gehört, aber das hier war ihre erste tatsächliche Begegnung mit einer solchen Einrichtung. Die Feuerechsen drängten hinter ihr in den Raum, und sie hatte Mühe, das aufgeregte Gezirpe zu dämpfen, als sie den hüfttiefen Badeteich mit dem warmen Wasser entdeckten. Menolly legte sich Sandseife zurecht, streifte ihre Kleider am Bekkenrand ab und tauchte in das herrliche Naß.

Die Echsen spielten in ihrer Nähe, und ehe Menolly merkte, was geschah, spritzten und planschten sie alle im Wasser. Sie mußte den Schwarm mehr als einmal energisch zur Ruhe bringen; es hätte ihr gerade noch gefehlt, daß Dunca aufwachte und ihr wieder eine Predigt hielt.

Menolly seifte sich und die Kleinen gründlich ein, schrubbte sich und wusch sich das Haar. Dann weichte sie ihre Sachen ein, rieb die Flecken heraus, spülte sie sauber und huschte splitternackt in ihr Zimmer zurück. Sie ölte eben Spiegel ein, als sie im Freien die ersten Morgenlaute hörte — die fröhlichen Grußworte der Hirten, die Stalldienst hatten. Die Herden blieben nämlich an diesem Tag wegen des angekündigten Sporenregens drinnen.

Menolly überlegte, auf welche Weise der Fädeneinfall den Alltag in der Harfnerhalle beeinflussen mochte. Vermutlich mußten die Lehrlinge und Gesellen den Burgleuten und Pächtern an den Flammenwerfern zur Hand gehen. Sie hörte unten eine Tür schlagen und schloß daraus, daß Dunca wach war. Menolly schlüpfte in die geflickten alten Sachen, einen Kittel und eine lange Hose, die sie noch aus ihrer Höhlenzeit besaß. Es waren ihre einzigen Kleider zum Wechseln, schäbig, aber immerhin sauber.

Aber sie ziemten sich nicht für ein junges Mädchen, das in Duncas Pension lebte. Das erfuhr sie beim Frühstück. Als Menolly erklärte, sie habe die anderen Sachen gewaschen und in ihrem Zimmer zum Trocknen ausgebreitet, stieß Dunca einen Zornschrei aus und fauchte Menolly an, daß man in einem »anständigen« Haus keine Wäsche zum Trocknen auf das Fensterbrett legte wie bei ordinären Bauern.

Menolly mußte das feuchte Zeug nach unten bringen, und Dunca zeigte ihr eine Trockenkammer im hintersten Winkel der Pension, wo alles muffig roch.

Verlegen und beschämt frühstückte Menolly. Als sie sich je-

doch vom Tisch erheben wollte, fragte Dunca, wo in aller Welt sie jetzt hinginge.

»Ich muß meine Feuerechsen füttern, Dunca, und außerdem habe ich heute morgen eine Stunde bei Meister Domick . . .«

»Davon weiß ich nichts.« Dunca machte eine ungläubige Miene.

»Meister Domick hat mich aber zu sich bestellt.«

»Und warum erfahre ich das nicht?«

»Vielleicht, weil die gestrige Nachricht an mich verlorenging.«

Und während Dunca noch stammelte und stotterte, verließ Menolly den Frühstücksraum und die Pension. Sie schlenderte die Straße entlang, umkreist von ihren Echsen, die erst verschwanden, als sie merkten, daß sie in Richtung Speisesaal ging.

Als Menolly den kleinen Platz hinter der Küche erreichte, saßen sie bereits auf den Fenstersimsen, und ihre Augen glommen rot vor Hunger. In der Küche schien noch mehr Wirbel zu herrschen als gewöhnlich, aber sobald Camo sie kommen sah, ließ er den Riesenbrocken Fleisch, den er gerade von den Knochen löste, einfach liegen und rannte in den Kühlraum. Gleich darauf tauchte er mit einem Berg von Abfällen wieder auf. Abuna sah ihn und drohte ihm mit einem hölzernen Kochlöffel. Er schlängelte sich geschickt an ihr vorbei ins Freie.

»Menolly, komme ich zu spät . . .?« Piemur sauste aus dem Lehrlings-Schlafsaal herbei, die Schuhbänder offen, die Hemdverschlüsse nur halb verknotet und im Gesicht die Spuren einer hastigen Wäsche. Ehe er sich fertig anziehen konnte, stürzten Rocky, Faulpelz und Spiegel auf ihn herab; Camo, der aus der Küche kam, wurde von »seinen« drei Echsen überfallen, und der Rest scharte sich mit Geschrei um Menolly.

Camos Riesenschüssel war rasch leer, und als hätte sie nur darauf gewartet, rief Abuna den schwerfälligen Knecht zurück zu seinen Pflichten. Menolly bedankte sich in aller Hast bei ihm und schob ihn zurück in die Küche, nachdem sie ihm versichert hatte, daß die »schönen Kleinen« auch nicht eine Faser mehr fressen konnten.

Als der Frühstücksgong ertönte, blieb Menolly auf dem kleinen Platz hinter der Küche, bis sich der Hof geleert hatte. Sie mußte zu Meister Domick, und dafür brauchte sie ihre Gitarre. Sie ging in den Raum über dem Torbogen, nahm das Instrument und stimmte es, während die anderen drunten beim Essen saßen.

Dann übte sie einige der Übergänge, die sie in der Mädchenklasse gehört hatte, und streckte immer wieder die Hand, um die Narbe ein wenig zu dehnen — bis die Muskeln sich zu verkrampfen begannen. Plötzlich fiel ihr ein, daß sie noch etwas zu erledigen hatte — die Feuerechsen-Eier! Aber wenn der Meisterharfner noch schlief . . . Sie lief leichtfüßig die Treppe hinunter, erfreut, daß ihre Sohlen an diesem Morgen weniger steif und empfindlich waren als noch am Vortag. In der Hauptdiele blieb sie stehen und horchte. Ja, die Stimme des Meisterharfners klang aus dem Speisesaal. Er saß wohl mit den anderen um den runden Tisch und frühstückte. So eilte sie wieder nach oben und den Korridor entlang zu seinem Zimmer.

Die Tongefäße waren auf beiden Seiten warm, also hatte sie schon jemand umgedreht. Sie schob vorsichtig den Sand beiseite und untersuchte die Schalen nach Sprüngen. Nichts. So deckte sie die Eier wieder zu und verschloß die Gefäße.

Als sie den Raum des Meisterharfners verließ, hörte sie Domicks Stimme von der Treppe her. Sebell und Talmor begleiteten ihn, Sebell mit einer kleinen Harfe unter dem Arm, Talmor mit einer Gitarre.

»Da ist sie ja!« rief Sebell. »Hast du einen Blick auf die Eier geworfen?«

»Ja. Alles in Ordnung«, beruhigte sie ihn.

»Dann beeil dich . . . äh . . . wenn du kannst . . .«, brummte Domick. Offenbar waren ihm jetzt erst ihre wunden Füße eingefallen.

»Meine Sohlen heilen allmählich, Meister«, sagte Menolly.

»Na, hoffentlich rennst du heute nicht gleich wieder mit den Sporen um die Wette!«

Während Menolly den drei Männern folgte, überlegte sie, ob Domick seine Worte ernst gemeint hatte oder ob er sie nur nekken wollte. Sebell schien ihre Gedanken zu ahnen. Er drehte sich um und blinzelte ihr beruhigend zu.

In Domicks Arbeitszimmer, das große Leuchtkörbe erhellten, stand eine riesige Sandtischfläche. Glasplatten deckten die Schriftzeichen ab; Menolly bezähmte ihre Neugier — vielleicht hatte Domick es nicht gern, wenn andere Leute seine Musik lasen. Die Regale waren vollgestopft mit engbeschriebenen Häuten und dünnen, gebleichten Blättern aus einem unbekannten Material, das exakt geschnittene Ränder aufwies. Sie versuchte diese Schriften näher zu betrachten, aber Meister Domick befahl ihr, auf dem mittleren Hocker Platz zu nehmen.

Sebell und Talmor saßen bereits vor den Notenpulten und stimmten ihre Instrumente. So setzte sie sich und warf einen raschen Blick auf die Noten. Ein wenig aufgeregt erkannte sie, daß es ein Stück für vier Instrumente war — und gar nicht so leicht zu lesen.

»Du übernimmst die zweite Gitarre, Menolly«, erklärte Domick mit einem Lächeln, als erweise er ihr eine große Gnade. Er selbst holte sich eine Metallpfeife mit Klappen, eine jener Flöten, von denen Petiron gesagt hatte, sie eigneten sich nur für geübte Bläser. Höflich unterdrückte sie ihre Neugier, aber ihre Augen leuchteten begeistert, als Domick zur Probe eine Tonfolge blies. Das klang wie die Stimmen der Feuerechsen.

»Schau dir die Noten ruhig an«, meinte er, als er ihr Interesse bemerkte.

Sie kam seiner Aufforderung nicht sofort nach.

Meister Domick räusperte sich. »Das ist sogar *üblich* bei Musik, die man noch nicht kennt.« Er spielte die Melodie kurz an und fuhr mit scharfem Tonfall fort: »Es handelt sich hier schließlich nicht um ein Anfängerstück.«

Verlegen überflog sie die Noten und probierte an einer Stelle eine etwas veränderte Begleitung, um zu sehen, ob ihre Hand damit leichter zurechtkam. Sie vergaß, daß sie drei Harfner warten ließ, als sie verzückt die komplexe Melodie betrachtete. »Verzeihung«, murmelte sie, blätterte zurück und schaute Meister Domick an.

»Bist du fertig?«

»Ich glaube schon— Meister.«

»Einfach so?«

»Was meinen Sie damit?«

»Nun gut, Mädchen, dann fangen wir an.« Und Domick gab den Takt vor.

Es hatte Menolly immer Spaß gemacht, mit Petiron zu spielen, besonders wenn sie die Begleitung zu seiner Melodie improvisieren durfte. Aber daß sie nun gleich mit drei Musikern zusammenarbeiten konnte, denen das Spielen im Blut lag, begeisterte sie so sehr, daß ihre Finger wie von selbst über die Saiten glitten. Sie verlor sich völlig in den Zauber der Musik, und als das Stück zu Ende war, spürte sie fast einen körperlichen Schmerz.

»Ach, das war herrlich! Könnten wir das noch einmal spielen?«

Talmor lachte los, Domick starrte sie sprachlos an, und Sebell beugte sich tief über seine Harfe und bedeckte die Augen mit der Hand.

»Ich wollte dir nicht glauben, Talmor«, sagte Domick kopfschüttelnd.

Menolly schaute ihn ängstlich an. Hatte sie wieder etwas falsch gemacht, wie am Vortag bei den Mädchen?

»Wenn ich nicht genau wüßte, daß sie dieses Stück nie zuvor gesehen hat . . .«

Menolly starrte den Meister an. »Es war einfach wundervoll. Dieses Verflechten der Melodie, dieses — Ineinanderfließen von Flöte, Harfe und Gitarre . . .« Sie blätterte ein Stück zurück. »Es tut mir leid, daß ich die eine Stelle nicht so spielen konnte, wie sie hier steht, aber meine Hand . . .«

Domicks scharfer Blick machte sie unsicher, und sie sprach den Satz nicht zu Ende. »Hat Sebell dir verraten, was dich heute erwarten würde?«

»Nein, Meister. Er hat mir nur eingeschärft, pünktlich zu kommen.«

»Jetzt reicht es aber, Domick! Die Kleine ist völlig verstört, weil sie glaubt, etwas falsch gemacht zu haben.« Talmor nahm ihre Hand und drückte sie kurz. »Verstehst du, Menolly, Meister Domick hat das Stück eben erst vollendet. Sebell und ich spielten uns die Finger wund, um dir folgen zu können, und Domick kriegt jetzt noch keine Luft. Wie du es geschafft hast, dich durch diese vertrackte Melodie zu ackern . . .«

Jetzt schaute Sebell zum erstenmal auf. Er hatte Tränen in den Augen, aber es waren Lachtränen. Unfähig zu sprechen, deutete er mit dem Finger auf Domick.

Domick schob seine Hand ärgerlich zur Seite und funkelte die beiden Gesellen wütend an. »Lacht nur! Schön, ich habe mich diesmal blamiert, aber ihr müßt zugeben, daß meine Zweifel im allgemeinen berechtigt sind. Allein musizieren kann jeder . . .« Er wandte sich Menolly zu, die noch völlig verwirrt war. »Hast du oft mit Petiron gespielt? Oder mit einem der anderen Musiker in der Halbkreis-Bucht?«

»Petiron war der einzige Musiker auf der Burg. Fischerhände sind zu rauh und steif für Instrumente.« Sie warf Sebell einen Blick zu. »Sicher, es gab ein paar Trommler . . .«

Ihre Antwort brachte Sebell erneut zum Lachen. Merkwürdig, fand Menolly. Ihr war er gestern so ernst und ruhig erschienen.

»Ich schlage vor, daß du mir jetzt einmal genau schilderst, was du in der Halbkreis-Bucht getan hast. Sofern es die Musik betrifft, versteht sich. Meister Robinton hatte bis jetzt keine Zeit, mir Näheres zu erzählen.«

In Domicks Worten klang durch, daß er ein Recht darauf hatte, alles zu erfahren, was auch Meister Robinton wußte, und sie sah, wie Sebell ihr schwach zunickte. So überlegte sie einen Augenblick lang. War es richtig, wenn sie den Harfnern erzählte, daß sie nach Petirons Tod die Kinder in der Halbkreis-Bucht unterrichtet hatte? Ja, denn sicher wußte das Meister Robinton inzwischen von Elgion, und *er* hatte sie mit keiner Silbe deswegen getadelt. Außerdem legte Meister Domick Wert auf die Wahrheit, das hatte er bereits einmal betont. So sprach sie offen von der Situation in der Halbkreis-Bucht — wie Petiron sie zu seiner Schülerin gemacht hatte, sobald sie alt genug war, die Sagen und Balladen zu lernen. Wie er sie bald darauf im Gitarren- und Harfenspiel unterrichtet hatte, »damit mir das Lernen leichter fiel und ich ihn beim Abendgesang in der Burg unterstützen konnte«. Domick nickte. Und wie Petiron ihr schließlich alles an Musik beigebracht hatte, was im Archiv lag, »leider nicht sehr viel, da Yanus keinen großen Wert auf Konzertstücke legte«.

»Ich verstehe.« Und wieder nickte Domick.

Petiron hatte ihr beigebracht, Pfeifen aus Ried zu schnitzen, Trommelrahmen zu bespannen und eine Gitarre und eine kleine Harfe zu bauen. Zumindest theoretisch, denn es gab wenig Holz in der Burg am Meer, und der See-Baron fand es unpassend, wenn ein Mädchen eigene Instrumente besaß. Aber während der letzten beiden Planetenumläufe hatte sie allein gespielt, weil Petirons Hände aufgeschwollen waren und zu sehr zitterten. Und nach Petirons Tod — Menolly spürte einen Klumpen im Hals — hatte sie die Unterweisung der Kinder weitergeführt, weil Yanus einsah, daß die Jugend gemäß den Traditionen erzogen werden mußte und sie die einzige war, die das konnte.

»Und dann — nachdem das mit deiner Hand geschah?«

»Ach, zu der Zeit kam der neue Harfner. Ich wurde ohnehin nicht mehr gebraucht. Außerdem . . .« Sie hielt die Hand hoch. »Keiner glaubte, daß ich je wieder spielen könnte.«

Sie bemerkte die Stille nicht gleich. Sie hatte den Kopf gesenkt und rieb mit dem Daumen geistesabwesend über die Narbe, die nach dem Spiel ein wenig schmerzte.

»Als Petiron noch hier in der Gildehalle lebte, gab es keinen besseren Musiker und Lehrer als ihn«, erklärte Domick ruhig. »Ich hatte das große Glück, von ihm ausgebildet zu werden. Du brauchst dich nie wieder deines Spiels zu schämen ...«

»Oder deiner Freude an der Musik«, fügte Sebell hinzu, und er war wieder ganz ernst.

Freude an der Musik. Seine Worte öffneten ihr Herz. Woher wußte er so genau, was sie fühlte?

»Jetzt, da du in der Harfnerhalle lebst, Menolly, was möchtest du denn am liebsten tun?« fragte Meister Domick so beiläufig, so neutral, daß Menolly keine Ahnung hatte, welche Antwort er erwartete.

Freude an der Musik. Wie konnte sie das am besten ausdrücken? Indem sie die Balladen schrieb, die Meister Robinton brauchte? Aber woher wußte sie, was er brauchte? Und hatte Talmor nicht gesagt, daß dieses herrliche Quartett von Meister Domick stammte? Wozu benötigte Meister Robinton noch jemanden, der Balladen komponierte, wenn er bereits Domick hatte?

»Sie meinen — spielen oder singen oder unterrichten?«

Meister Domick warf ihr einen etwas erstaunten Blick zu und lächelte schwach. »Wenn du das gern willst ...«

»Ich bin doch hier, um noch mehr zu lernen, oder?« Sie vermied es, Domicks Spott herauszufordern.

Domick bestätigte ihre Frage.

»Dann würde ich am liebsten das lernen, wozu ich bisher keine Gelegenheit hatte, denn Petiron sagte immer, es gäbe eine Menge Dinge, die er mir nicht beibringen könne. Etwa, meine Stimme richtig einzusetzen. Das wird noch harte Arbeit bei Meister Shonagar kosten. Er läßt mich nur Atemübungen machen und hin und wieder ein paar Noten singen ...« Talmor grinste breit, und sie spürte, daß er ihre Abneigung gegen diese Art von Unterricht teilte. »Was mir wirklich Spaß machen würde ...« Dann zögerte sie, weil sie Domicks scharfe, spöttische Zunge fürchtete.

»Nun, was denn?« fragte Sebell ruhig.

»Du erschreckst sie, Domick«, stellte Talmor fest.

»Ich? Unsinn! Hast du etwa Angst vor mir, Menolly?« Das klang überrascht. »Weißt du, ich habe den ganzen Tag mit Idioten zu tun, und das drückt die Laune«, erklärte er, und seine Stimme klang mit einemmal nicht mehr so brummig. »Nun erzähl *mir*, welche Art von Musik dir am besten gefällt.«

Er schaute ihr ruhig in die Augen.

»Was mir am besten gefällt? Nun — so wie eben zu spielen, in einer Gruppe.« Sie stammelte ein wenig, gab sich einen Ruck und fuhr hastig fort: »Es befriedigt ungeheuer, diese Harmonie zu spüren ... zu hören, wie die Melodie von Instrument zu Instrument wechselt. Ich ... ich hatte das Gefühl, als würde ich auf einem Drachen hoch oben in der Luft schweben.«

Domick schaute sie verblüfft an. Dann stahl sich ein leises Lächeln über seine Züge.

»Sie meint das ernst, Domick«, warf Talmor ein.

»Aber sicher. Es ist das schönste Stück, das ich je gespielt habe. Nur ...«

»Nur was?« ermunterte sie Talmor, als sie stockte.

»Ich habe es nicht richtig gespielt. Ich hätte mir die Musik länger ansehen sollen— ehe ich anfing, denn während des Spiels war ich dann voll damit beschäftigt, die Noten und den Takt in den Griff zu bekommen, und hatte keine Zeit mehr, auf die Dynamik zu achten. Das tut mir leid.«

Domick schlug sich mit der flachen Hand gegen die Stirn. Sebell lachte von neuem los, und Talmor hieb sich vor Vergnügen auf die Schenkel. »In diesem Fall spielen wir das Stück noch einmal«, sagte Domick mit erhobener Stimme, um das Gelächter der beiden anderen zu ersticken. »Und diesmal achten wir alle auf die Dynamik, ja?«

Sie spielten das Stück nicht voll durch. Domick machte hier und da eine Pause, bestand auf dieser und jener Variation, verlangte in dem einen oder anderen Abschnitt eine bessere Harmonie der Instrumente. In gewisser Weise war das für Menolly ebenso befriedigend wie das Spiel selbst, da Domicks Worte ihr einen tiefen Einblick sowohl in die Musik als auch in seine Arbeit als Komponist gaben. Sebell hatte recht. Sie konnte eine Menge von diesem Mann lernen.

Dann begann Talmor mit dem Meister ein Streitgespräch über die Interpretation, doch mitten im Satz unterbrach ihn ein unheimlicher Laut, der leise begann und immer mehr anschwoll, bis er in dem geschlossenen Raum beinahe unerträglich wurde. Aus dem Nichts tauchten die Feuerechsen auf.

»Wie kommen die hier herein?« fragte Talmor und zog den Kopf ein, als die kleinen Geschöpfe erregt durch das Zimmer schossen.

»Sie sind wie Drachen«, erklärte Sebell. Er duckte sich ebenfalls.

»Menolly, sag den Biestern, daß sie mit ihrem Geflatter aufhören sollen!« befahl Domick.

»Der Lärm ängstigt sie.«

»Das ist nur der Sporenalarm«, erklärte Domick, aber die Männer legten ihre Instrumente weg.

Menolly rief ihre Echsen zur Vernunft, und sie ließen sich mit aufgeregt kreisenden Augen auf den Regalen nieder.

»Warte hier auf uns, Menolly!« sagte Domick, während er mit den beiden anderen zur Tür eilte. »Wir kommen gleich zurück. Das heißt, ich . . .«

»Ich auch«, riefen Sebell und Talmor beinahe gleichzeitig, und dann war sie allein.

Menolly wartete unruhig. Sie merkte, daß man sich in der Halle auf den Fädeneinfall vorbereitete. Schritte hasteten durch die Korridore, Jalousien rasselten, Metall knirschte, Rufe ertönten hier und dort, und die Luft im Zimmer wirkte mit einemmal stickig.

Dann begannen große Ventilatoren zu arbeiten. Wieder einmal wünschte sie sich zurück in ihre Höhle an den Klippen. Sie hatte das Eingesperrtsein während des Sporenregens auch in der Burg am Meer stets gehaßt. Sie brauchte Luft zum Atmen. Die Angst der anderen machte sie kribbelig. Die einsame Höhle mit ihrem weiten Ausblick auf das Meer war der perfekte Kompromiß zwischen Sicherheit und Freiheit gewesen.

Prinzessin zirpte fragend und flog dann vom Regal auf Menollys Schulter. Sie spürte den bevorstehenden Fädeneinfall, und ihr kleiner Körper spannte sich an.

Das Klirren und Rasseln verstummte, die wirren Rufe ließen nach. Menolly hörte Stimmen draußen, und dann kehrte Domick mit den beiden Gesellen zurück.

»Ich weiß, daß du mit deiner Hand keine Oktaven greifen kannst«, wandte sich Domick an sie, als hätte es keine Unterbrechung gegeben, »aber hat Petiron dich überhaupt an der Harfe unterrichtet?«

»Er besaß eine kleine Bodenharfe, doch es war so schwierig,

gerissene Saiten zu erneuern, daß wir meist improvisieren mußten ...«

Sebell hielt ihr seine Harfe entgegen.

Sie dankte ihm und gab ihm statt dessen die Gitarre.

Domick hatte inzwischen in seinen Regalen gekramt und ein neues Notenblatt hervorgeholt, abgegriffen und an manchen Stellen vergilbt, aber noch einigermaßen lesbar.

Menolly warf einen Blick auf ihre Fingerkuppen. Die Schwielen vom Harfenspiel waren längst verschwunden, und die Haut bekam sicher Blasen, aber ... Sie schaute zu Domick auf, und als er ihr zunickte, begann sie ein Arpeggio. Sebells Harfe hatte einen herrlichen Klang, der im Raum schwebte und leise im Holz mitsang. Sie mußte die Finger stark verkrümmen, um die Oktaven zu greifen, doch obwohl die Narbe schmerzte, fing die Musik sie so ein, daß sie nicht darauf achtete. Erst gegen Ende des Stücks bemerkte sie, daß die anderen sie begleitet hatten.

»Schluß für heute«, sagte Domick entschieden, als sie das nächste Blatt in die Hand nehmen wollte. Er hielt ihre Narbe ans Licht, und sie sah, daß sich am Rand ein kleiner blutender Riß gebildet hatte.

»Aber ...«

»*Aber*...« Domick unterbrach sie weniger schroff als gewohnt. »Es ist Essenszeit. Du hast sicher auch Hunger, Menolly.«

Jetzt erst drang der Duft von Braten und Gemüse in ihre Nase, und sie spürte, wie ihr das Wasser im Mund zusammenlief. Nun ja, in der Pension hatte sie, angestarrt von den anderen, kaum etwas zu sich genommen.

Zu ihrem Erstaunen — und ihrer Freude — war der Mädchentisch an diesem Tag leer. Vor den Fenstern des Speisesaals hatte man die Metall-Jalousien heruntergelassen, und entlang der Wände brannten große Leuchtkörbe. Irgendwie wirkte der Saal wärmer und freundlicher als je zuvor.

Alle anderen saßen schon an ihren Plätzen. Meister Morshal warf ihr einen düsteren Blick zu, bis Domick sie mit einer kurzen Geste an ihren Platz schickte. Sebell und Talmor schien es nicht das geringste auszumachen, daß sie zu spät kamen. Aber Menolly spürte sämtliche Augen auf sich gerichtet, als sie den leeren Tisch am Kamin ansteuerte — und das bildete sie sich nicht nur ein.

»He, Menolly«, wisperte ihr eine bekannte Stimme zu. »Beeil dich, damit wir anfangen können!« Piemur hatte am Nebentisch Platz genommen. »Siehst du?« wandte er sich an seinen Nachbarn. »Ich habe dir gleich gesagt, daß sie sich nicht wie die anderen Weiber in der Burg verkriecht!« Und während sich alle setzten, fragte er sie: »Du hast keine Angst vor den Sporen, oder?«

»Weshalb sollte ich?« Die Antwort schien den Jungen zu gefallen. »Aber was machst du hier? Ich dachte, du darfst dich in der Nähe des Mädchentisches nicht mehr blicken lassen?«

»Die Weiber sind ja nicht da, oder? Und du hast dich beschwert, daß es dir langweilig ist, wenn du keinen zum Reden hast. Also — jetzt hast du mich.«

»Menolly?« fragte der Junge mit den vorquellenden Augen, der ihr meist gegenübersaß. »Stimmt es, daß Echsen Feuer atmen wie die Drachen und Jagd auf Fäden machen?«

Menolly warf Piemur einen Blick zu, doch der war die Unschuld selbst.

»Meine haben das noch nie getan, aber sie sind auch sehr jung.«

»Siehst du, Brolly!« trumpfte Piemur auf. »Die Jungdrachen in den Weyrn kämpfen auch nicht gegen die Fäden an. Feuerechsen sind nämlich nichts anderes als kleine Drachen, habe ich recht, Menolly?«

»Es scheint zumindest so.«

»Wo sind sie denn jetzt?« wollte Brolly wissen.

»In Meister Domicks Arbeitszimmer.«

Das Fleisch kam, und die Gespräche verstummten vorübergehend. An diesem Tag holte sich Menolly kühn vier Scheiben Braten von der Platte. Sie griff noch vor Brolly nach dem Brot. Und sie legte Piemur einige der Rotknollen auf den Teller, die er großzügig übersehen hatte. Er war viel zu klein und dünn und mußte ordentlich essen, fand sie.

Menolly wußte nicht, ob es Piemurs Gesellschaft oder die Abwesenheit der Mädchen war, aber plötzlich schloß man sie in die Gespräche bei Tisch ein. Die Jungen begannen sie wieder nach den Feuerechsen auszufragen. Wie es schien, hofften sie alle darauf, daß die kleine Königin bald zum Paarungsflug aufstieg und dann Eier legte.

»Was nützt uns das?« maulte Piemur. »Die Meister und Gesellen sind ja doch vor uns dran!«

»Man müßte die Tiere selbst wählen lassen, so wie bei der Gegenüberstellung der Drachen«, warf Brolly ein.

»Da unterscheiden sich die Echsen von den Drachen, Brolly«, meinte Piemur. »Denk doch nur an Baron Groghe! Welcher Drache hätte *den* ausgesucht, wenn er die Wahl gehabt hätte!«

Die anderen Jungen warfen ihrem vorlauten Freund warnende Blicke zu.

»Die Weyr nehmen das Ganze fest in die Hand«, fuhr Brolly fort. »Und sie verteilen die Eier so, wie es ihnen günstig erscheint.«

»Sicher, aber man kann eine Echse nicht dazu zwingen, bei jemandem zu bleiben, der sie quält«, widersprach Piemur. »Ich habe gehört, daß Baron Merons Echse oft tagelang einfach verschwindet.«

»Wohin fliegen die Kleinen denn?«

Da Menolly diese Frage auch nicht beantworten konnte, war sie fast froh um den schrillen Alarmton, der ihr Gespräch unterbrach.

»Das bedeutet, daß die Fäden direkt über uns fallen«, erklärte Piemur und schielte argwöhnisch zur Decke.

»Seht euch das an!« Brollys verblüffter Ausruf weckte die Aufmerksamkeit der anderen.

Auf dem Kaminsims hinter Menolly saßen in einer Reihe die neun Feuerechsen. Ihre Augen kreisten und schillerten in allen Regenbogenfarben, ein Zeichen höchster Erregung. Sie hatten die Schwingen gespreizt und die Krallen entblößt. Ihre Zungen schnellten vor, als holten sie unsichtbare Fäden aus der Luft.

Menolly richtete sich auf und warf einen Blick zum Tisch der Meister. Domick nickte ihr zu und stand ebenfalls auf. Er winkte einen der Gesellen zu sich.

»Jetzt wäre der Warn-Chor angebracht, Brudegan«, meinte er und näherte sich dem Kamin, ohne die Echsen aus den Augen zu lassen.

Menolly streckte die Hand nach Prinzessin aus, aber die kleine Königin beachtete sie gar nicht. Sie hob den Kopf und begann ganz hoch zu klagen, auf und ab, auf und ab, in Oktaven, die an der Grenze des menschlichen Hörbereichs lagen und gegen die Schläfen der Zuhörer preßten. Die anderen Echsen stimmten ein.

»Menolly, kannst du die kleinen Geschöpfe dazu bringen, daß sie uns begleiten? Brudegan, den Takt … .«

Füße begannen zu stampfen — eins, zwei, drei, vier —, und unvermittelt wurde das Wehklagen der Feuerechsen vom Chor der Lehrlinge übertönt. Prinzessin legte erstaunt die Schwingen an den Körper, und Spiegel wäre vor Schreck um ein Haar vom Sims gekippt.

»Rührt die Trommeln für den Krieg,
Schlagt die Harfe für den Sieg . . .«

sangen die Stimmen. Menolly fiel ein, wandte sich mit ihrem Gesang direkt an die Feuerechsen. Sie merkte, daß Brudegan neben sie trat, gefolgt von Sebell und Talmor. Brudegan dirigierte die Lehrlinge, gab ihnen jeweils den richtigen Einsatz. Über die Knaben- und Männerstimmen klang rein und hell der Gesang der Echsen, die ihre eigenen Harmonien um die Melodie flochten.

Der letzte Ton verklang in den Gängen der Harfnerhalle. Und vom Eingang zum Speisesaal kam ein großer Seufzer des Bedauerns. Menolly sah die Küchenmägde und in ihrer Mitte einen völlig entrückten, selig lächelnden Camo.

»Und jetzt ›Moretas Ritt‹, wenn es deinen Freunden recht ist«, meinte Brudegan und winkte Menolly, seinen Platz einzunehmen.

Prinzessin, als hätte sie die Worte verstanden, zirpte und schloß die feinen Innenlider, so daß die Lehrlinge in ihrer Nähe zu kichern begannen. Das erschreckte sie, und sie schlug mit den Flügeln, als wolle sie die Jungen wegen ihrer Unverschämtheit schelten. Das rief neues Gelächter hervor, aber nun richtete Prinzessin den Blick auf Menolly.

»Gib den Takt, Mädchen«, sagte Brudegan, und nach kurzem Zögern gehorchte sie.

Der Chor setzte ein, und sie erlebte ein seltsames Gefühl der Macht, als sie merkte, daß sich die vielen Stimmen ihr unterwarfen. Prinzessin führte den Gesang ihrer Echsen in schwindelnde Höhen, Oktaven über dem Summen der Baritone, welche die Tragödie von »Moretas Ritt« einleiteten.

Menolly hatte oft die Abendgesänge in der Halbkreis-Bucht dirigiert, doch hier sprachen geschulte Stimmen auf ihre Geste an, und das machte einen Unterschied wie Tag und Nacht.

Weiche Baritonstimmen sangen von der schlimmen Seuche,

die sich in Windeseile über das ganze Land gebreitet hatte. Dann fiel der Chor mit dem Refrain ein, schilderte Moretas Not, allein gelassen im Fort-Weyr mit Orlith, die jeden Moment ihre Eier ablegen mußte, während alle Heiler des Landes verzweifelt versuchten, die Ursache des Leidens zu ergründen und ein Heilmittel dagegen zu entdecken. Die Tenöre nahmen den Faden des Dramas auf, Bässe und Baritone sangen eindringlich von dem Elend auf Pern, den vernachlässigten Herden, den verdorrten Ernten, den Wher-Rudeln, welche die mit Siechtum geschlagenen Höfe umlauerten.

Nun das Solo von Capiam, dem Meister-Heiler von Pern, der den Erreger der Seuche findet und einen Heiltrank braut. Die Drachenreiter, die sich noch auf ihren Tieren halten können, fliegen in die Regenwälder von Nabol und Ista und bringen Capiam die Samenkapseln mit, welche die Rettung bedeuten.

Das Duett zwischen Bariton Capiam und Sopran Moreta; verschwommen kam Menolly zu Bewußtsein, daß Piemur die Rolle der Moreta sang. Moretas Schwanken zwischen Pflicht und Liebe, als sich herausstellt, daß sie zu den wenigen gehört, die immun gegen die Seuche sind. Sie zwingt ihre Königin Orlith fort von dem frischen Gelege ins *Dazwischen,* reitet von Burg zu Burg, von Weyr zu Weyr, um den Heiltrank zu verteilen. Die letzte Strophe, ein klagender Diskant, gesummt von den Feuerechsen, als Orlith, die zu Tode erschöpfte Moreta auf dem Rükken, Vergessen im *Dazwischen* sucht.

Ein tiefes Schweigen folgte dem leisen Schlußakkord, und Menolly konnte sich nur mit Mühe aus dem Bann der Ballade lösen.

»Ich frage mich, ob wir das Lied je in dieser Reinheit wiederholen können«, meinte Brudegan leise. Ein Seufzer ging durch die Halle.

»Das machen die Feuerechsen«, hörte man Piemur murmeln.

»Du hast recht, Piemur«, pflichtete Brudegan ihm bei, und auch die anderen nickten zustimmend.

Menolly hatte sich hingesetzt. Ihre Knie zitterten. Sie nahm einen Schluck kalten *Klah.* Das half.

Brudegan beobachtete aufmerksam die Echsen. Sie saßen auf dem Kaminsims, schüttelten die Schwingen und schienen nicht zu ahnen, welchen Aufruhr sie in der Harfnerhalle hervorgerufen hatten.

»Schöne Kleine schön singen«, stammelte Camo. Er trat neben Menolly und goß ihr aus einem Krug dampfenden *Klah* ein. Dann ging er durch die Reihen und schenkte die anderen Becher voll.

»Das gefällt auch dir, Camo, was?« meinte Brudegan mit einem Lächeln. »Sie singen noch reiner als Piemur, und der hat die schönste Stimme weit und breit.« Brudegan fuhr Piemur durch das Haar. »Was der Schlingel natürlich genau weiß!«

»Schöne Kleine wieder singen?« fragte Camo wehmütig.

»Wir werden sie sicher noch öfter hören«, entgegnete Brudegan und nickte Menolly zu. »Aber im Moment müssen wir andere Dinge üben. Da ist beispielsweise der Festchoral für Baron Groghe, der immer noch nicht sitzt.« Mit einem Seufzer stand er auf und hob die Hand. Die Lehrlinge schwiegen. »Fesnal, wir beginnen mit dem Tenor-Solo . . .«

Menolly zog sich etwas zurück und lauschte. Ihre Fingerkuppen schmerzten von den harten Harfensaiten, und die Narbe an der Handfläche schien zu glühen. Leider hatte sie das Gefäß mit der Betäubungssalbe in der Pension vergessen. Das bedeutete, daß sie warten mußte, bis der Sporenregen vorbei war. Sie überlegte, ob die Mädchen wußten, was während des Fädeneinfalls in der Harfnerhalle vorging. Hatte nicht Piemur gesagt, daß sie Zuflucht in der Burg suchten? Sie zuckte die Achseln; ihr jedenfalls gefiel es hier besser.

Wieder schnitt der unheimliche Heulton alle anderen Laute ab.

Brudegan beendete unvermittelt die Übung und dankte dem Chor für seine Aufmerksamkeit. Dann trat er höflich zur Seite, und ein hochgewachsener, älterer Geselle stand mit einem Räuspern auf.

»Kennt jeder seine Pflichten?« Ein zustimmendes Murmeln antwortete ihm. »Gut. Sobald sich die Tore öffnen, kehrt ihr zu euren Gruppen zurück. Mit etwas Glück und der gewohnten Tüchtigkeit des Fort-Weyrs treffen wir uns zum Abendessen wieder hier . . .«

»Ich habe Proviant für diejenigen herrichten lassen, die im Freien mithelfen«, verkündete Silvina, die an den Tisch der Meister getreten war. »Camo, nimm das Tablett und stell dich an die Tür!«

Ein zweiter, langgezogener Ton, dann das Rasseln und Klirren von Metall. Jubel klang auf, und die Jungen rannten zum Ausgang. Einige holten sich Essenspakete bei Camo ab.

Dann klappten die Jalousien im Speisesaal hoch, und die Nachmittagssonne sickerte herein, blendend hell nach dem schwachen Schein der Leuchtkörbe.

»Da kommen sie, da kommen sie!« hörte man einen aufgeregten Schrei, und das Geschiebe am Ausgang wurde noch hektischer. Die Gesellen und Meister hatten Mühe, einigermaßen für Ordnung zu sorgen.

»Wir sehen am Fenster weit mehr, Menolly. Los, so komm doch!« Piemur zupfte sie am Ärmel.

Die Feuerechsen nutzten die allgemeine Aufregung und flogen durch die offenen Fenster davon. Menolly sah zu, wie die Drachen in Geschwader-Formation am Himmel kreisten, ehe sie sich senkten und jenseits des Großen Hofes landeten. In der Tat, es war ein überwältigender Anblick. Am Himmel wimmelte es von den großen, majestätischen Geschöpfen. Die Lehrlinge schrien begeistert, und Menolly sah, wie die Drachenreiter ihnen zuwinkten.

»Menolly!«

Sie drehte sich um und sah Silvina dastehen, eine schmale Falte des Unmuts auf der Stirn. Zum erstenmal seit dem frühen Morgen überlegte Menolly, was sie nun wieder falsch gemacht hatte.

»Menolly, hat man dir im Benden-Weyr keine Kleider mitgegeben? Ich weiß, Meister Robinton hat dich kurzerhand mitgeschleppt und dir kaum Zeit zum Packen gelassen, aber . . .«

Menolly schluckte. Also hatte sich Dunca wegen ihrer geflickten Sachen bei Silvina beschwert. Die Wirtschafterin musterte sie aufmerksam.

»Nun«, meinte sie nach einem kurzen Zögern, »zum erstenmal muß ich Dunca recht geben. Deine Kleider bestehen nur noch aus Fransen. Das geht nicht an — es würde die Harfner-Gilde in Verruf bringen.«

»Silvina, ich . . .«

»Beim Großen Ei, Kind, ich bin doch nicht böse auf *dich*!« Silvina hob Menollys Kinn und zwang sie, ihr in die Augen zu schauen. »Ich bin wütend über mich selbst, daß ich nicht mitgedacht habe. Ganz zu schweigen davon, daß ich Dunca Gelegenheit gab, über dich herzufallen. Aber bitte, das bleibt unter uns, denn Dunca ist auf ihre Weise ganz nützlich für mich. Nicht daß ich dich für geschwätzig halte! Ich habe dich noch keine zwei Sätze am Stück reden hören. Du liebe Güte, Kind, was habe ich nun wieder gesagt, daß du so unglücklich bist? Du kommst jetzt einfach mit mir, ja?« Und Silvina nahm Menolly am Ellbogen und führte sie sanft, aber bestimmt zu den Lagerräumen im Hintergrund des Küchentraktes.

»In den letzten Tagen war soviel los, daß ich kaum besser denken kann als Camo. Aber siehst du, im Normalfall bringt jeder neue Lehrling zwei neue Ausstattungen mit. Deshalb dachte ich gar nicht daran, daß du — und weil du außerdem vorher im Benden-Weyr warst . . .«

»Felena schenkte mir den Rock und die Bluse, und jemand nahm Maß für neue Stiefel . . .«

»Und dann hat dich Meister Robinton auf einen Drachen gesetzt, ehe du auch nur den Mund auftun konntest, ja?« Silvina öffnete eine Tür. Menolly sah in Regalen, die vom Boden bis zur Decke reichten, Stoffballen und Kleider, Leder, fertige Stiefel, Felldecken, Teppiche und Vorhänge. »Hm, mal sehen . . .« Sie musterte Menolly. »Wir sind zwar besser für männliche Lehrlinge ausgerüstet . . .«

»Ich trage am liebsten Hosen.«

Silvina lachte leise. »Sie passen bestimmt gut zu dir und sind in der Harfnerhalle praktischer als Röcke, aber du brauchst auch ein wenig Tand, mein Kind. Das hebt das Selbstbewußtsein, und es gibt genug Feste hier . . .« Sie kramte Stapel von schwarzen und braunen Röcken durch und legte sie verächtlich beiseite. »Das hier vielleicht . . .« Sie wählte einen Stoff in einem satten Rot und hielt ihn hoch.

»Das ist viel zu schön für mich!«

»Glaubst du, daß ich dich in den gleichen Röcken herumlaufen lasse wie meine Küchenmägde? Und selbst die machen sich fein, wenn sie mit der Arbeit fertig sind.« Silvinas Stimme klang mit einemmal schroff. »Du besitzt zu wenig Selbstvertrauen, Menolly. Ich sage ja nichts gegen Bescheidenheit, aber du mußt dir klar darüber werden, daß sich deine Stellung geändert hat. Du bist nicht mehr das jüngste Kind eines mehr als sparsamen See-Barons. Du bist Harfner-Lehrling, und *wir* . . .« — Silvina tippte sich mit dem Finger gegen die Brust — »wir müssen auf unser Ansehen achten. Du wirst dich genauso gut, ja sogar besser anziehen als diese albernen jungen Damen, die nichts außer Mode im Kopf haben. Das Rot hier kleidet dich gut.« Sie schlug Menolly den Stoff um die Schultern. »Bis er allerdings fertiggenäht ist, müssen wir uns mit Hosen behelfen.« Sie kramte eine dunkelblaue Hose aus weichem Wherleder hervor. »Beim Ei, bist du schlank! Die hier vielleicht noch.« Sie reichte ihr eine zweite Hose aus einem dichtgewebten blaugrünen Stoff. »Und das da . . .« Ein dunkelblaues Wams. »Leg die anderen Sachen auf die Truhe dort und probier das an! Hmm, nicht schlecht. Hier sind Blusen und Kittel. Und nun noch Unterwäsche.« Silvina kramte Bruststützen und Höschen hervor. »Dunca war empört, daß du ganz ohne herumläufst.« Sie lachte, schwieg aber gleich darauf, als sie Menollys Gesicht sah. »Was schaust du mich so entsetzt an? Weil Dunca in deinen Sachen geschnüffelt hat? Du wirst dir doch nicht im Ernst Gedanken darüber machen, was die alte Vettel sagt oder tut? Mädchen, ich sehe schon, ich muß ein ernstes Wörtchen mit dir reden!«

Silvina legte Menolly den Arm um die Schultern und setzte sich mit ihr auf eine der Truhen.

»Ich glaube«, begann sie mit sehr sanfter Stimme, »daß du zuviel allein gelebt hast. Und nicht nur in jener Höhle an den Klippen. Ich glaube, der Tod von Petiron war ein schlimmer Verlust für dich. Er schien als einziger in der Halbkreis-Bucht begriffen zu haben, was in dir steckt. Obwohl ich nicht verstehe, weshalb er so lange zögerte, Meister Robinton die Wahrheit zu sagen. Nun, in gewisser Weise vielleicht doch, aber das gehört jetzt nicht her. Eines steht jedenfalls fest. Du bleibst nicht in dieser Pension. Keine Nacht mehr . . .«

»Aber Silvina . . .«

»Kein Aber«, unterbrach die Wirtschafterin streng. »Glaube ja nicht, daß mir Ponas oder Duncas schäbige kleine Tricks entgangen sind! Nein, die Pension ist der falsche Ort für dich. Ich dachte es mir gleich bei deiner Ankunft, aber es gab mehrere Gründe, dich dort einzuquartieren. Nun jedoch wollen wir die Sache auf lange Sicht planen und dich hier in der Halle unterbringen. Oldive wünscht nicht, daß du so lange auf den Beinen bist, und deinen Echsen gefällt es in Duncas Haus auch nicht. Die alte Närrin! Nein, Menolly, du kannst nichts dafür. Außerdem hast du als Lehrling wirklich nichts mit diesen Gastschülerinnen gemein. Du bleibst hier in der Halle — und Schluß mit der

Debatte!« Silvina richtete sich auf. »Komm, nimm die Kleider! Ich bringe dich in das Zimmer, in dem du die erste Nacht geschlafen hast. Es liegt in der Nähe der Harfner-Räume und . . .«

»Aber das ist doch viel zu vornehm für mich!«

Silvina lachte. »Wenn du darauf bestehst, lasse ich die Möbel abholen und stelle dir eine Lehrlingspritsche auf.«

»Im Ernst — ich würde mich wohler dabei fühlen. Das Zimmer allein ist herrlich. Außerdem mache ich ohnehin genug Umstände mit meinen neun Echsen. Ich möchte keine Sonderstellung . . .«

Silvina schaute sie lange an und schüttelte dann den Kopf.

»Nun, im Grunde hast du recht. Wir haben ja erlebt, wie schnell hier geklatscht wird. Aber eine Lehrlingspritsche ist schmal, und deine Echsen . . .«

»Wie wäre es mit — zwei Pritschen? Wenn Sie eine übrig haben, meine ich.«

»Gemacht. Wir rücken sie zusammen und legen einen breiten Strohsack hinein.«

Und genau das taten sie. Ohne die kostbaren Behänge und schweren Möbel wirkte das Zimmer riesig und kahl. Menolly versicherte zwar, daß es ihr nichts ausmachte, aber Silvina holte ein paar alte Vorhänge aus den Flickstuben und schlug Menolly vor, sie in ihrer Freizeit umzunähen. Mehrere schmale Läufer wurden auf die Holzdielen gebreitet. Ein Tisch aus dem Lernsaal der Lehrlinge, eine Bank und ein kleiner Kleiderschrank verliehen dem Raum gleich mehr Wärme. Silvina fand immer noch, daß er karg aussah, meinte jedoch, nun könne bestimmt niemand mehr behaupten, daß Menolly irgendwelche Vorrechte genieße.

»So, das wäre geregelt. Piemur, was ist? Suchst du mich?«

»Nein, Silvina. Meister Shonagar wartet auf Menolly. Sie hat jetzt eine Stunde bei ihm.«

»Unsinn, es gibt keinen geregelten Unterricht, wenn Sporen fallen. Das weiß er genauso gut wie jeder andere.« Silvina wandte sich zum Gehen.

»Das habe ich ihm auch erklärt, Silvina«, grinste Piemur. »Aber er fragte mich, ob Menolly zu einer bestimmten Einsatzgruppe gehörte, und als ich verneinte, entgegnete er, dann solle sie ihre Zeit vernünftig nutzen und . . .« Piemur hob die Schultern.

»Gut, Mädchen, dann geh zu ihm! Hier haben wir ja alles erledigt. Und du, Piemur, du rennst rasch hinüber zu Dunca! Bitte

Audiva — aber höflich, verstanden? —, daß sie Menollys Sachen zusammenpackt.«

Silvina lächelte, als wüßte sie ganz genau, daß Menolly nicht gern in die Pension zurückkehrte.

»Wenn sie vielleicht an die Medizin denkt . . .«, warf Menolly schüchtern ein.

»In Ordnung. Also ab mit dir, Piemur, und sieh zu, daß du Audiva erwischst!«

»Klar, Silvina! Mit den anderen Wei . . . äh . . . mit den anderen Mädchen rede ich gar nicht.«

»Frecher Knirps!« rief Silvina ihm nach, als er die Treppe hinunterrannte. »Aber er hat ein gutes Herz. Und eine wundervolle Stimme. Er ist fast noch zu jung für den Lehrlingsbetrieb hier, aber bei dem Gesang . . . So, Mädchen, verschwinde, ehe Meister Shonagar in Zorn gerät.«

Silvina war langsam an Menollys Seite die Treppe hinuntergegangen und gab ihr nun einen leichten Schubs zum Portal hin, während sie selbst in Richtung Küche verschwand. Menolly sah ihr einen Moment lang nach. Ein Gefühl der Wärme und Dankbarkeit überflutete sie. Silvina war ganz anders als Petiron, und doch wußte Menolly, daß sie zu ihr gehen konnte, so wie sie zu Petiron gegangen war, wenn sie sich nicht mehr zurechtfand. Silvina war wie . . . wie ein Sturmanker. Während Menolly über den Hof schlenderte, mußte sie selbst über diesen Seemannsvergleich lächeln.

Meister Shonagar wetterte und schimpfte in der Tat, aber gestärkt durch Silvinas Worte, hörte sich Menolly das Geschrei in aller Ruhe an. Am Ende mußte sie dem Meister feierlich versprechen, von nun an jeden Nachmittag eine Stunde zu ihm zu kommen, egal, ob Fäden fielen, eine Feuersbrunst wütete oder die Gildehalle einstürzte . . .

7

Laßt mich nicht allein!
Ein Schrei in der Nacht.
Herzzerreißende Angst —
Ihr Drachen, erwacht!

Die Unruhe der Feuerechsen weckte Menolly aus einem tiefen Schlaf. Sie ärgerte sich fast, daß die Kleinen immer darauf beharrten, bei ihr zu schlafen; es war ein anstrengender Tag für sie gewesen, und sie hatte lange keine Ruhe gefunden. Prinzeßchens Schweif peitschte nun heftig gegen ihr Ohr. Sie stieß die kleine Königin an, in der Hoffnung, sie aus irgendwelchen schlimmen Träumen wachzurütteln. Aber Prinzessin schlief gar nicht: sie starrte in die Nacht, und ihre Augen kreisten vor Angst. Auch die anderen Echsen schienen in das Dunkel zu horchen.

Als Prinzessin sah, daß Menolly sich aufsetzte, stieß sie ein ängstliches, beunruhigtes Klagen aus. Rocky und Taucher schmiegten sich an ihre Beine. Sie schienen sich in heller Aufregung zu befinden.

Menolly warf einen Blick zu den offenen Fenstern. Sie konnte gerade noch die Feuerhöhen von Fort erkennen, schwarz gegen den dunklen Himmel; es dauerte eine Weile, bis sie auch die verschwommenen Umrisse des Wach-Drachen ausmachte. Er rührte sich nicht. Also schien er die Furcht der Feuerechsen nicht zu teilen.

»Was gibt es denn, Prinzessin?«

Das Klagen der kleinen Königin wurde eindringlicher. Rocky fiel ein, dann Taucher. Die beiden Tantchen drückten sich in Menollys linke Armbeuge. Faulpelz, Spiegel und Onkelchen hatten Zuflucht in einer Mulde der Felldecke gefunden, während Brownie dicht an ihre Füße rutschte. Sie hatten Angst.

»Was ist nur in euch gefahren?« Menolly konnte sich um nichts in der Welt vorstellen, welche Gefahr ihren Echsen hier in der Harfnerhalle drohte.

»Jetzt haltet mal einen Moment lang still und laßt mich horchen!« Prinzessin und Rocky zirpten kleinlaut, aber sie folgten. Menolly lauschte angestrengt in die Nacht, doch die einzigen Laute waren die Stimmen der Harfner drunten im Saal, ab und zu unterbrochen von Gelächter. Es war also nicht so spät, wie sie anfangs geglaubt hatte, wenn die Meister und älteren Gesellen noch unten saßen und plauderten.

Sanft schob sie die Echsen zur Seite, kroch aus den Decken und trat ans Fenster. Aus einigen der Fenstervierecke fiel noch Licht in den Hof, vom Großen Saal und aus einem Raum darüber —Robintons Arbeitszimmer, wenn sie sich nicht täuschte.

Prinzessin stieß einen besorgten Ruf aus und flog Menolly auf die Schulter. Sie wickelte den Schwanz ganz fest um den Hals des Mädchens und vergrub sich zitternd in ihrem Haar. Auch die anderen begannen jetzt angstvoll zu schreien. Menolly hastete zu ihrem Bett. Ausgerechnet jetzt, da sie in der Harfnerhalle einquartiert waren, machten sie einen solchen Krach!

Sie versuchte die Kleinen mit einem leisen Wiegenlied zu beruhigen, aber Prinzessins Stimme erhob sich streitsüchtig über die ihre. So blieb ihr keine andere Wahl, als die ganze Schar eng an sich zu drücken und zu streicheln.

Und plötzlich überkam auch sie ein Gefühl der drohenden Gefahr. Sie kämpfte gegen die Panik an, die in ihr aufstieg. »Benehmt euch doch nicht so albern! Was kann uns hier in der Harfnerhalle geschehen?«

Prinzessin und Rocky stupsten sie drängend an und jammerten zum Erbarmen. Durch ihre Nähe und ihre Gedanken gewann sie den deutlichen Eindruck, daß sie vor einer Gefahr zitterten, die weit jenseits der Gildehalle drohte.

»Aber dann kann sie euch doch nichts anhaben!«

Unvermittelt nahm das Entsetzen der Kleinen eine solche Schärfe an, daß Menolly aufschrie.

»Nicht!« Sie versuchte, die Hände vor das Gesicht zu schlagen, um sich vor der unbekannten Gefahr zu schützen, aber die Echsen klammerten sich an ihre Arme. Und stammelnd wiederholte sie: »NICHT! NICHT!«

Aus der Leere empfing Menolly Bilder und Eindrücke: heftige Turbulenzen, wild, grausam, zerstörerisch; ein unerbittlicher, tödlicher Druck; brodelnde Massen einer glitschigen, fahlgrauen Substanz, die sich aufbäumte und zusammensackte; Hitze, die in hohen Wogen heranbrandete. Furcht! Entsetzen! Ein unausgesprochenes Sehnen!

Ein Schrei in ihrem Innern, ein Schrei wie ein Messer, das Nervenstränge durchtrennte!

Menolly glaubte nicht, daß sie aufgeschrien hatte. Sie war, soweit sie noch klar denken konnte, sicher, daß sie den Schrei nicht gehört hatte; sie fühlte, daß jemand in tiefster Not und Verzweiflung die Worte *gedacht* hatte.

In diesem Moment flog die Tür zu ihrem Zimmer auf, und der Wach-Drache auf den Feuerhöhen der Burg stieß einen wilden Schrei aus, in dem das gleiche Flehen mitschwang, das sie in ihrem Innern vernommen hatte. Sie überlegte, ob der Drache sie gerufen hatte. Aber Drachen bedienten sich nicht der Menschensprache.

»Menolly! Was geht hier vor?« Meister Robinton kam auf sie zugelaufen. Die Feuerechsen stoben aus einem Fenster und kamen durch das andere wieder hereingeschossen, halb wahnsinnig vor Angst.

»Der Drache!« Menolly deutete zur Burg, um dem Harfner zu zeigen, daß sich nicht nur ihre Echsen in Aufruhr befanden. Sie sahen beide, wie sich der Drache mit einem verzweifelten Trompeten ohne seinen Reiter in die Lüfte warf und verschwand. Robinton und Menolly hörten in der Ferne schwache Antwortschreie. Einen Augenblick lang war alles still, und dann begann im Burghof ein Wher zu heulen.

»Sind denn alle geflügelten Wesen von Pern verrückt geworden?« fragte Robinton. »Und weshalb hast du so laut ›NICHT!‹ geschrien, Menolly?«

»Ich habe keine Ahnung!« Menolly liefen Tränen über die Wangen. Ein dumpfer Schmerz hatte sie nun erfaßt, und sie wehrte sich gegen die kalte Furcht, die sie bis ins Innerste durchdrang. »Wirklich nicht!«

Robinton duckte sich, als Prinzessin an der Spitze ihres Schwarms an ihm vorbeischoß. Sie jagten in die Nacht und tauchten gleich darauf ins *Dazwischen.* Ehe Menolly eine Erklärung stammeln konnte, kam Meister Domick ins Zimmer gerannt.

»Robinton, was ist hier los?«

»Ruhe!« unterbrach ihn die scharfe Stimme des Meisterharfners. »Was immer Menolly geängstigt hat, scheint auch die Drachen und den Wach-Wher in der Burg zu beunruhigen. Der Drache ist ohne seinen Reiter ins *Dazwischen* getaucht!«

»Was?« rief Domick verblüfft. Sein Zorn schien sich gelegt zu haben.

»Menolly!« Robinton legte ihr beide Hände auf die Schultern. »Atme tief durch! So — und noch einmal . . .«

»Ich kann nicht! *Ich kann nicht!* Da draußen spielt sich etwas Grauenhaftes ab.« Wildes Schluchzen schüttelte sie. »Etwas *Grauenhaftes* . . .«

Andere drängten jetzt in das Zimmer, aufgeschreckt von ihren Schreien. Jemand schimpfte, daß ein hysterisches Kind erwachsene Männer um ihren wohlverdienten Schlaf brächte . . .

»Seien Sie nicht albern, Morshal«, fauchte Silvina und schob sich durch die Menge zu Menollys Bett. »Los, verschwindet alle! Ich kann euch hier nicht gebrauchen.«

»Es ist doch nicht etwa — weil die Eier reif sind?« fragte Sebell verstört.

Menolly schüttelte den Kopf und versuchte die Furcht zu vertreiben, die ihr immer noch die Sprache raubte.

Silvina nahm sie in die Arme. »Ihre Hände sind eiskalt, Robinton«, sagte sie. »Mit Hysterie hat das nichts zu tun . . .«

Unvermittelt ließ der Krampf nach. Menolly taumelte gegen Silvina und begann endlich tief durchzuatmen, wie es ihr Robinton geraten hatte.

»Was immer da draußen geschah — jetzt ist es vorbei«, sagte sie erschöpft.

Silvina und der Harfner legten sie auf das Bett und deckten sie zu.

»Haben die Feuerechsen die Flucht ergriffen?« fragte die Wirtschafterin. »Ich sehe sie nirgends . . .«

»Sie sind ins *Dazwischen* geflogen — ich weiß nicht, wohin. Sie hatten solche Angst. Es war gräßlich. Ich konnte ihnen nicht helfen.«

»Erzähl ganz langsam, der Reihe nach!« meinte der Meisterharfner beschwichtigend.

»Ich weiß nur Bruchstücke. Ich wachte auf, weil die Echsen so unruhig waren. Im allgemeinen schlafen sie ganz fest. Und ihre Unruhe wuchs. Sie hatten Angst. Aber ich sah keinen Grund . . .«

»Irgend etwas muß sie erschreckt haben.« Robinton hatte Menollys Hand genommen und streichelte sie. »Versuch der Reihe nach zu berichten!«

»Sie . . . sie waren außer sich vor Furcht. Und sie steckten mich an damit. Dann ...« Menolly schluckte, weil das Bild immer noch lebhaft vor ihr stand. »Dann sah ich — in Gedanken — etwas Graues, Tödliches, das sich wälzte — ganze Massen davon. Und heiß. Ja — die Hitze, sie hat das Entsetzen mit ausgelöst. Und ich spürte einen Wunsch. Ich weiß nicht, was am schlimmsten war ...« Sie umklammerte die tröstenden Hände und begann von neuem zu schluchzen. »Ich habe auch nicht geschlafen. Es war kein böser Traum.«

»Sprich nicht weiter, Menolly! Wir können hoffen, daß dieses Entsetzen nun vorüber ist.«

»Nein, ich muß fertigerzählen. Das gehört dazu. Ich *soll* es erzählen. Danach hörte ich — das heißt, es war kein richtiges Hören — aber es kam so klar, als hätte es jemand mitten ins Zimmer gerufen — etwas schrie in meinem Kopf: ›Laßt mich nicht allein!‹«

Ihre Muskeln wurden schlaff, nun, da sie sich das Entsetzen von der Seele geredet hatte.

»›Laßt mich nicht allein?‹« Der Harfner murmelte nachdenklich die Worte. Was mochten sie bedeuten?

»Jetzt ist alles vorbei. Die Angst, meine ich, und ...«

Die Feuerechsen schossen durch das offene Fenster auf Menollys Bett zu und begannen unsicher zu kreisen, als sie Silvina und den Meisterharfner entdeckten. In ihrem Verhalten zeigte sich Staunen, aber keine Furcht mehr. Prinzessin und die beiden Bronze-Echsen landeten am Fußende der Doppelpritsche und taten, als sei nicht das geringste geschehen. Menolly richtete sich wütend auf.

»Nicht schelten, Menolly!« warf der Meisterharfner ein. »Vielleicht kannst du herausfinden, wo sie herkommen.«

Menolly winkte Prinzessin zu sich. Die Kleine hüpfte ihr auf die Hand und ließ sich streicheln.

»Angst hat sie jedenfalls keine mehr.«

»Gut, aber wo war sie?«

Menolly hob das kleine Geschöpf hoch und schaute ihm in die langsam kreisenden Augen. »Wo warst du, Kleines? Wo kommst du her?«

Prinzessin schmiegte ihr Köpfchen in Menollys Hand, zirpte sanft und blinzelte. Ein Bild drängte sich in Menollys Inneres: ein Weyr-Kessel, in dem es von Drachen und aufgeregten Menschen wimmelte.

»Ich glaube, sie waren im Benden-Weyr. Ja, es muß Benden sein. Den Weyr von Fort kennen sie nicht gut genug, um Einzelheiten so scharf wiederzugeben. Und was immer geschah — es waren viele Menschen und Drachen beteiligt.«

»Frag Prinzessin, was sie so erschreckt hat.«

Menolly zögerte. Sie befürchtete, daß diese Frage die kleine Echsenkönigin von neuem erregen könnte. Und sie hatte recht. Prinzessin riß sich so heftig von ihrem Arm los, daß sie ihr mit den Krallen die Haut blutig ritzte.

»Ein Drache, der vom Himmel stürzte!« stieß Menolly hervor. »Aber — das gibt es doch nicht . . .«

»Sie hat dich gekratzt, Kind.«

»Ach, das ist nicht schlimm. Ich glaube nur, Meister Robinton, daß wir im Moment nichts von ihr erfahren werden.«

Prinzessin kauerte am Kaminsims und kreischte wütend. Ihre Augen glommen orangerot.

»Wenn im Benden-Weyr etwas geschehen ist, Robinton«, warf Silvina trocken ein, »dann wird man ohnehin bald nach Ihnen schicken.« Sie mußte laut sprechen, um sich über den Lärm der Echsen verständlich zu machen. »Es wäre gut, wenn wir die Kleinen jetzt in Ruhe ließen. Und dir, mein Kind, mische ich einen Schlaftrunk, sonst grübelst du die ganze Nacht weiter.«

»Ich wollte wirklich niemanden stören . . .«

Silvina winkte ab und ging hinaus, aber Menolly merkte genau, daß sich die Harfner draußen im Korridor versammelt hatten und flüsternd die Köpfe zusammensteckten.

»Das Seltsame an diesem Zwischenfall«, begann Robinton nachdenklich, »ist die Tatsache, daß sich auch der Drache mehr als ungewöhnlich verhielt. Ich habe noch nie erlebt, daß ein Drache ohne seinen Reiter in die Lüfte stieg — außer zum Paarungsflug. Es sollte mich nicht wundern, wenn T'ledon bald hier auftaucht und dich fragt, weshalb sein Drache verschwunden ist.«

Die Vorstellung, daß ein Drachenreiter sie um eine Erklärung bitten könnte, entlockte Menolly ein schwaches Lächeln.

»Was ist übrigens mit deiner Hand? Wie ich höre, hast du viel gespielt.« Der Harfner drehte ihre linke Handfläche nach oben. »Die Narbe ist rot und geschwollen. Du arbeitest zu hart. Da — tut das weh?«

»Nicht sehr. Meister Oldive hat mir eine Salbe gegeben.«

»Und die Füße?«

»Solange ich nicht viel stehen und gehen muß . . .«

»Zu schade, daß deine Echsen zusammen nicht die Kraft eines Drachen ersetzen, was?«

»Meister Robinton . . .«

»Ja?«

»Ich hatte das ganz vergessen. Meine Echsen *können* Gegenstände tragen. Sie brachten mir neulich meine Panflöte — um mir den Weg zu ersparen«, fügte sie hastig hinzu. »Sie schleppten das Instrument gemeinsam aus meinem Zimmer in Duncas Pension und ließen es in meine Hände fallen.«

»Das ist ja eine gute Neuigkeit. Ich hatte keine Ahnung, daß sie so etwas aus eigenem Antrieb schaffen. Siehst du, Brekke und F'nor haben ihre Echsen dazu abgerichtet, kleine Briefe zu befördern . . .« Der Meisterharfner lächelte. »Aber sie treffen nur selten pünktlich ein.«

»Ich glaube, man muß ihnen verständlich machen, wie dringend ein Auftrag ist.«

»War die Sache mit der Panflöte denn so dringend?«

»Ich wollte nicht zu spät bei Meister Jerint erscheinen, und meine Füße schmerzten.«

»Lassen wir das als Grund gelten, Menolly«, entgegnete der Meisterharfner sanft, und als das Mädchen aufschaute, glaubte sie Verständnis in seinen Augen zu lesen. Sie errötete. Er nahm ihre Hand und streichelte sie. »Ich weiß nicht alles, aber ich ahne eine Menge, weil ich die Menschen kenne, Menolly. Laß es mich ruhig merken, wenn du mal Kummer hast. Und berichte mir alles, was dir an den Echsen auffällt. Das ist im Moment wichtiger als jedes *Warum.* Wir wissen nicht viel über diese kleinen Verwandten der Drachen, aber ich ahne irgendwie, daß sie eines Tages von großer Bedeutung für uns sein werden.«

»Wie geht es eigentlich dem kleinen weißen Drachen?«

»Ah, du liest meine Gedanken, Menolly? Ruth gedeiht.« Aber Menolly entging nicht das Zögern in der Stimme des Harfners. »Mach dir keine Sorgen um Jaxom und Ruth. Das tun so ziemlich alle anderen Bewohner von Pern.« Er drückte ihr fest die Hand.

Silvina kam zurück und brachte Menolly einen Becher mit einer bitteren Flüssigkeit. Sie blieb neben dem Bett stehen, bis das Mädchen sie leergetrunken hatte.

»Ich weiß, das Zeug schmeckt abscheulich, aber du mußt jetzt schlafen. Und Meister Robinton, drunten wartet ein Bote von der Burg auf Sie. Er ist völlig außer Atem, so sehr hat er sich beeilt.«

Hastig verließ der Harfner den Raum.

»Gibt es Probleme?« fragte Menolly.

»Nicht für dich und nicht deinetwegen, Kind.« Silvina lachte leise, während sie Menolly bis ans Kinn zudeckte. »Soviel ich mitbekam, hatte Baron Groghe von der Burg Fort den gleichen unheimlichen ›Alptraum‹ wie du, und er brennt darauf, sich mit Meister Robinton auszusprechen. Nun mach die Augen zu und reg dich nicht auf!«

»Keine Sorge, das kann ich kaum.« Menolly gähnte. »Sie haben sicher die doppelte Dosis Felliskraut genommen.« Sie konnte kaum noch die Augen offenhalten. Ihr letzter Gedanke vor dem Einschlafen war: Baron Groghes Feuerechse hatte auch reagiert, also konnte keiner *sie* hysterisch nennen.

Irgendwann glaubte sie eine dumpfe Stimme und das Hungergeschrei ihrer Echsen zu hören, aber sie vermochte sich nicht aus den Fesseln des Schlafes zu lösen. Als sie dann viel später richtig erwachte, sah sie eine leere Schüssel am Boden stehen, und ihre Freunde lagen faul und satt auf dem Bett. Ihr eigener leerer Magen ließ darauf schließen, daß sie weit in den Tag hinein geschlafen hatte. Sie nahm an, daß Camo und Piemur ihre Echsen gefüttert hatten; sicher waren die beiden begeistert ans Werk gegangen.

Die Fensterläden standen offen. Aus keinem der Klassenzimmer erscholl Musik; also war es wohl schon Nachmittag. Der Wach-Drache sonnte sich wieder auf den Feuerhöhen der Burg.

Sie fuhr hoch, als die Erinnerung an die Geschehnisse der letzten Nacht ihre Schlaftrunkenheit durchbrach. Im gleichen Moment klopfte jemand an die Tür, und ehe sie antworten konnte, trat Silvina mit einem kleinen Tablett ein.

»Ich glaube, ich komme gerade zur rechten Zeit«, meinte sie lächelnd. »Fühlst du dich gut erholt?«

Menolly nickte und dankte Silvina für den heißen *Klah.* »Sie allerdings sehen nicht so aus, als hätten Sie viel Schlaf erwischt.« Dunkle Ringe lagen unter Silvinas Augen.

»Allerdings, aber ich werde mich gleich hinlegen ...« Die Wirtschafterin setzte sich auf den Bettrand. »Du möchtest sicher erfahren, was deine Freunde letzte Nacht so erschreckt hat. Um es kurz zu machen — F'nor, der braune Reiter von Canth, hat es sich letzte Nacht in den Kopf gesetzt, zum Roten Stern zu fliegen . . .«

Menollys Aufschrei weckte die Feuerechsen.

»Ruhig, Mädchen! Ich kann es nicht haben, daß die Kleinen wieder in Hysterie verfallen.« Silvina wartete, bis die Echsen sich zusammengerollt hatten und weiterschliefen.

»Dieses Ereignis jedenfalls scheint die Feuerechsen in Aufruhr versetzt zu haben. Und zwar nicht nur die deinen. Nach Robintons Worten hat jeder, der mit einem dieser kleinen Geschöpfe befreundet ist, das gleiche durchgemacht wie du — nur daß die Wirkung bei neun Echsen natürlich wesentlich stärker war. Canth und F'nor gingen also ins *Dazwischen* und steuerten den Roten Stern an . . . Kein Wunder, daß du halb wahnsinnig vor Entsetzen warst. Diese grauen, mahlenden Massen und die Hitze — so sieht es auf dem Roten Stern aus. Keiner könnte je dort landen!« Sie machte eine Pause und fuhr dann mit grimmiger Befriedigung fort: »Das wird diesen selbstgerechten Baronen die Mäuler stopfen! Sie hatten seit langem gefordert, daß die Drachenreiter die Sporen auf dem Roten Stern selbst bekämpfen sollten.«

»Canth und F'nor?« Eine kalte Furcht schnürte Menolly die Kehle zusammen. Sie erinnerte sich an den Schrei.

»Sie leben, sind dem Untergang aber nur knapp entronnen. Und dieser Aufschrei *›Laßt mich nicht allein!‹*, den dir wohl die Echsen übermittelten — er kam von Brekke, die F'nor und Canth zurückholen wollte.« Wieder schwieg Silvina einen Moment lang. »Irgendwie schafften es die beiden. Zumindest konnten sie sich wieder vom Roten Stern lösen. Danach — es muß ein unglaublicher Anblick gewesen sein . . .« Silvina schloß die Augen. »Der Wach-Wher flog ins *Dazwischen,* um Canth bei der Landung zu unterstützen. Es war nach Robintons Schilderung wie ein Spalier von Drachen in der Luft. Sie fingen Canth und F'nor ab, bremsten ihren Sturz in die Tiefe. Die beiden hatten die Besinnung verloren. Robinton sagt, daß Canths Haut sich in Fetzen aufgelöst hat; F'nor geht es nicht viel besser, obwohl er ein Reitgewand aus Wherleder trug.«

»Silvina, wie konnten meine Feuerechsen wissen, was sich im Benden-Weyr abspielte?«

»Ramoth rief die Drachen . . . die Königin von Benden versteht sich darauf. Deine Feuerechsen waren im Benden-Weyr, das wissen wir. Vielleicht hörten auch sie den Ruf.« Silvina zuckte ungeduldig die Achseln.

»Aber, Silvina, die Echsen waren schon völlig verängstigt, ehe Ramoth den Drachen von Fort holte und ehe ich Brekkes Ruf hörte.«

»Hm, da hast du recht. Nun, irgendwann finden wir sicher auch auf dieses Geheimnis eine Antwort. Wenn Drachen es fertigbringen, sich über längere Strecken mit ihresgleichen zu verständigen — weshalb nicht auch mit Feuerechsen?«

»Drachen besitzen Vernunft«, meinte Menolly und kraulte Prinzessin sanft über den Augen. »Meine Kleinen dagegen kaum.«

»Vergiß nicht, daß sie noch sehr jung sind. Von Babys kann man keine Vernunft verlangen. Und etwas anderes, Menolly: Auch Camo besitzt nicht viel Vernunft, aber er kann sehr tief fühlen.«

»Hat er heute morgen meine Echsen gefüttert, während ich schlief?«

»Er und Piemur. Der arme Kerl lief so verzweifelt herum, daß ich ihn schließlich hierherschickte, um meine Ruhe zu bekommen.« Silvina lachte leise. »Piemur meint, du seist nicht davon aufgewacht. Stimmt das?«

»Ja.« Aber Menolly war in Gedanken immer noch bei dem merkwürdigen Verhalten ihrer Echsen. »Vielleicht reagierten sie auf den Ruf, weil sie ein paar Tage lang im Benden-Weyr gelebt haben.«

»Kaum«, entgegnete Silvina. »Baron Groghes Echse folgte dem Ruf ebenfalls, obwohl sie noch nie in Benden war. Es ist leicht möglich, daß wir die kleinen Geschöpfe bisher unterschätzt haben. Sie scheinen mehr zu sein als Schoßtiere für eitle Burgherren, die gern Drachenreiter spielen.«

»Ich bin mit meinem *Klah* fertig. Sollen wir jetzt einen Blick auf die Echsen-Eier werfen?«

»Ja, unbedingt. Wenn die Jungen ausschlüpfen und der Harfner ist nicht dabei, werden wir unseres Lebens nicht mehr froh.«

»Ist wenigstens Sebell in der Nähe?«

»Und ob!« Silvina schnitt eine Grimasse, und Menolly mußte lachen. »Was machen deine Füße?«

»Sie fühlen sich ein wenig steif an, aber sie schmerzen nicht.«

»Dann reib die Salbe ein! Sie nützt dir wenig, wenn du sie im Topf läßt.« Damit wandte sich Silvina zum Gehen.

Menolly wusch sich und schlüpfte in die neuen Sachen, die sie am Vortag von der Wirtschafterin erhalten hatte. Dann schüttelte sie noch rasch den Strohsack auf und breitete die Felldecke darüber.

Silvina hatte inzwischen das Zimmer des Meisterharfners aufgeräumt. Sie war eben fertig, als Menolly mit Prinzessin auf der Schulter eintrat. Die kleine Königin beäugte die Eier in den Tongefäßen mit großer Aufmerksamkeit und zirpte hin und wieder fragend.

»Na, was meinen die Experten?« wollte Silvina nach einer Weile wissen.

Menolly kicherte. »Prinzessin hat noch nie ein Gelege gesehen. Sie spielt sich nur auf. Aber die Schalen sind inzwischen viel härter. Ich denke, daß wir bald mit dem großen Ereignis rechnen können.«

Silvina seufzte tief. »Dieser Harfner! Nie ist er in der Halle.« Sie klatschte mit der flachen Hand den Bettüberwurf glatt und starrte grimmig zur Burg hinüber. »Wenn ihn Baron Groghe gerade nicht in Anspruch nimmt, schickt F'lar nach ihm, oder Baron Lytol hat Fragen wegen des kleinen weißen Drachen.«

»Falls er eine Feuerechse für sich gewinnen will, wird er seine Besuche wohl oder übel einschränken müssen.«

»Nicht schlecht, mein Kind!« Die Wirtschafterin lachte. »Der Mann schläft kaum noch richtig . . .« Sie deutete zum Arbeitszimmer, auf die Stapel von Archivschriften, den vollgekritzelten Sandtisch und den schlaffen Weinschlauch. »Aber gibt es gar kein Anzeichen, wann es soweit ist? Die Drachenreiter wissen immer vorher Bescheid. Und der Harfner ist wirklich meist in dringenden Angelegenheiten unterwegs.«

»Als Prinzessin und die anderen schlüpften, begannen die alte Königin und ihr Schwarm zu summen, ganz tief in der Kehle . . .«, meinte Menolly zögernd.

Silvina nickte ermutigend.

»Das hier ist allerdings nicht Prinzessins Gelege; ich weiß nicht, wie sie sich verhalten wird. Obwohl — die Drachen in Benden haben auch für Ramoths Gelege gesummt. Es erscheint logisch, daß die Echsen ähnlich reagieren.«

Silvina pflichtete ihr bei. »Das gäbe uns eine gewisse Frist, in der wir den Harfner verständigen könnten — falls er sich die nächsten ein, zwei Tage wirklich nicht festnageln läßt.«

Menolly war immer noch unschlüssig; sie verließ sich nicht gern auf Vermutungen. Aber die Wirtschafterin tat ihre Zweifel mit einer raschen Geste ab.

»Und die Kleinen fressen alles, sobald sie ausgeschlüpft sind?«

»In etwa.« Menolly erinnerte sich an den Sack mit den Spinnenklauen, die sie damals an ihre Freunde verfüttert hatte — bestimmt keine leichte Kost. »Rohes Fleisch wäre allerdings am besten.«

»Das wird Camo freuen«, meinte Silvina trocken. »Ich halte es für das Beste, wenn du hierbleibst. Nein? Was stört dich daran? Dem Meisterharfner macht es sicher nichts aus, wenn du seine Räume benutzt. Er ist schließlich ganz wild darauf, eine Feuerechse zu besitzen. Sogar auf seinen geliebten Wein will er verzichten, wenn . . .« Silvina lachte ungläubig und schaute dann Menolly an. »Na, begeistert scheinst du nicht zu sein.«

»Es — es ist doch bestimmt schon Nachmittag.«

»Ja.«

»Dann muß ich zu Meister Shonagar. Er besteht darauf, daß ich . . .«

»So, tut er das? Was ist wohl wichtiger? Eine Stunde Unterricht oder die Feuerechse des Meisterharfners? Aber laß, ich kenne ihn. Sebell wird die Wache übernehmen. Bitte nur deine Echsen, daß sie in der Nähe bleiben . . .« Silvina trat ans offene Fenster und schaute in den Hof hinunter. »Piemur! Piemur, lauf zu Sebell und richte ihm aus, daß er in die Räume des Meisterharfners kommen soll! Menolly? Ja, die ist wach und bei mir. Nein, zu Meister Shonagar kann sie erst, wenn Sebell hier eintrifft. Dann gehst du eben selbst zu Meister Shonagar und erklärst ihm das. Mit einem schönen Gruß von *mir*, ja? Menolly untersteht an erster Stelle Meister Robinton, dann mir und dann erst den anderen Meistern.«

Menolly war ganz zappelig, als Piemur mit Sebell im Schlepptau endlich eintraf.

»Sie schlüpfen?« fragte Sebell atemlos.

»Noch nicht ganz«, entgegnete Menolly und versuchte, sich an dem Gesellen vorbei in den Korridor zu schieben.

»Wie merke ich denn, wann es soweit ist?«

»Menolly meint, daß die Feuerechsen dann zu summen anfangen«, erwiderte Silvina. »Sie muß jetzt leider fort. Shonagar besteht auf seinem Unterricht.«

»Kann ich mir denken. Wo ist der Harfner?«

»Inzwischen wohl auf Ruatha«, sagte Silvina. »Er hatte im Benden-Weyr zu tun und wollte unterwegs noch bei Schmiedemeister Fandarel von Telgar vorbeischauen . . .«

Menolly befahl ihren Echsen, bei Sebell zu bleiben, und eilte dann zum Chorsaal.

Trotz Silvinas Worten beschlich sie ein unbehagliches Gefühl, als sie Meister Shonagar gegenübertrat. Aber er sagte nichts. Das ließ Menolly ihr Versäumnis noch schlimmer erscheinen. Er starrte sie an, bis sie nervös von einem Fuß auf den anderen trat.

»Ich weiß nicht, wie du das schaffst, Mädchen, daß du eine ganze Gilde in Aufruhr versetzt. Du bist nicht anmaßend. Im Gegenteil, du bist beinahe unverschämt bescheiden. Du prahlst weder mit deinen Talenten noch mit deiner Herkunft. Du hörst zu — eine wahre Wonne für jeden Lehrer —, und du lernst aus den Dingen, die du hörst — eine noch seltenere Tugend. Ich beginne langsam zu hoffen, daß ich in einem unauffälligen Mädchen die Begeisterung entdeckt habe, die den wahren Musiker, den Künstler ausmacht. Ja, ich könnte eines Tages sogar deine Stimme einigermaßen hinkriegen.« Seine Faust hämmerte auf die Kante des Sandtisches, daß die Platte dröhnte. »Aber wie soll ich das erreichen, wenn du nie da bist?«

»Silvina sagte . . .«

»Silvina ist eine prächtige Frau. Ohne sie würde in der Gildehalle das totale Chaos herrschen«, erklärte Meister Shonagar, immer noch mit lauter Stimme. »Sie ist auch eine gute Musikerin . . . ah, das wußtest du gar nicht? Nimm dir mal die Zeit, Kind, und hör ihr zu, wenn sie singt. *Aber* . . .« Und er holte so tief Luft, daß sich sein Bauch aufzublähen schien. »Aber ich hatte doch klar zum Ausdruck gebracht, daß du nachmittags *unter allen Umständen* hier auftauchen solltest.«

»Jawohl, Meister.«

»*Dann* . . .« Seine Stimme klang mit einemmal ganz normal, »fangen wir mit den Atemübungen an!«

Menolly unterdrückte nur mühsam ein Kichern. Sie atmete tief durch und konzentrierte sich auf den Unterricht.

Als Meister Shonagar sie mit der Ermahnung entließ, unbedingt am übernächsten Tag wiederzukommen — der nächste Tag war ein Ruhetag, und er brauchte, wie er feststellte, die Ruhe dringender als alle anderen —, kehrten die Arbeitstrupps gerade von den Feldern zurück. Zu ihrem Staunen grüßten viele der Lehrlinge, als sie über den Hof lief, um nach den Echsen-Eiern zu schauen. Sie kannte die wenigsten mit Namen, aber sie lächelte allen freundlich zu. Während sie die Stufen hinaufhastete, überlegte sie, ob die Jungen wohl schon von dem nächtlichen Zwischenfall wußten. Wahrscheinlich. In der Gildehalle verbreiteten sich Neuigkeiten schneller als die Fäden.

Leise Gitarrenklänge drangen an ihr Ohr, als sie den oberen Korridor erreichte. Sebell schaute bei ihrem Eintreten auf und deutete zum Sandtisch hinüber. Ihre Echsen saßen aufgereiht an der Kante und starrten Sebell an.

»Ich hatte ein aufmerksames Publikum. Allerdings weiß ich nicht, ob sie mit meiner Musik zufrieden waren oder nicht.«

»Doch«, erklärte Menolly lächelnd. Sie streckte die Hand nach Prinzessin aus, die ihr sofort auf die Schulter flog. »Sieh mal, das erkennt man an den Augen. Wenn die grüne Farbe überwiegt, fühlen sie sich wohl. Rot bedeutet Hunger, Blau zeigt an, daß nichts Besonderes los ist, Weiß verrät Gefahr und Gelb Angst. Je schneller die Augen kreisen, desto intensiver sind ihre Gefühle.«

»Und der da?« Sebell deutete auf Faulpelz, der die Innenlider geschlossen hatte.

»Der heißt nicht umsonst Faulpelz.«

»Ich habe aber kein Wiegenlied gespielt.«

»Der rührt sich nie — außer er ist hungrig. Hier . . .« Menolly nahm Faulpelz hoch und setzte ihn auf Sebells Hand. Der Mann stand stocksteif da. »Streichle ihn an den Augenwülsten und hinter den Flügelansätzen. Da! Siehst du? Er summt vor Vergnügen.«

Sebell befolgte Menollys Rat, und Faulpelz schmiegte das Köpfchen gegen sein Handgelenk. Ein Lächeln stahl sich über die Züge des sonst so ernsten Mannes.

»Ich hätte nie gedacht, daß ihre Haut so weich ist.«

»Sie bekommt leicht rauhe Stellen und Risse. Deshalb muß man sie oft einölen. Warte einen Moment . . .« Menolly ging rasch in ihr Zimmer und holte die Salbe.

Anfangs verriet Sebell eine gewisse Scheu, die kleinen Geschöpfe zu pflegen, aber die legte sich rasch, als Menolly ihm die richtigen Handgriffe zeigte. Mit einem glücklichen Lächeln unterstützte er sie bei ihrer Arbeit.

»Singen eigentlich alle Echsen?« fragte er, während er Brownies Haut einrieb.

»Ich habe keine Ahnung. Meine lernten es wohl, weil ich ihnen in der Höhle immer vorsang.« Sie sah im Geiste die winzigen Feuerechsen auf den Felssimsen kauern, die Köpfchen aufmerksam schräggelegt, und lauschen.

»Besser Echsen als gar kein Publikum, was?« fragte Sebell. »Wußtest du übrigens, daß Baron Groghes kleine Königin seit kurzem den Harfner der Burg begleitet, wenn er singt?«

»Nein!«

»Dabei bringt Baron Groghe selbst keinen richtigen Ton heraus. Er soll jedoch ganz begeistert von dem neuen Talent seiner kleinen Echse sein.« Sebells Miene wurde mit einemmal wieder ernst.

»Gestern nacht war er wohl weniger begeistert«, meinte Menolly. Sie stotterte ein wenig und stieß dann hervor: »Glaubst du, daß Canth und F'nor durchkommen werden?«

»Sie haben ein Ziel vor Augen, Menolly. Brekke braucht sie, um am Leben zu bleiben. Sie hat bereits ihre Königin verloren. Aber wir werden mehr erfahren, wenn der Harfner zurückkommt.«

Camo betrat den Raum mit einem schwerbeladenen Tablett. Seine plumpen Züge wirkten ängstlich, doch er strahlte, als er die Feuerechsen und Menolly entdeckte.

»Schöne Echsen hungrig? Camo Futter?« Und Menolly sah zwei große Schalen mit geschnittenem Fleisch neben den Speisen.

»Vielen Dank, daß du heute morgen meine Echsen gefüttert hast, Camo.«

»Camo ganz leise. Ganz leise.« Der Knecht nickte so heftig zu seinen Worten, daß *Klah* aus einem Becher schwappte.

Sebell nahm ihm ruhig das Tablett ab und stellte es auf das Mittelbrett des Sandtisches.

»Du bist ein braver Kerl, Camo«, erklärte der Geselle, »aber geh jetzt in die Küche! Du mußt Abuna helfen. Abuna braucht dich.«

»Schöne Echsen hungrig?« Enttäuschung breitete sich auf Camos Zügen aus.

»Nein, nicht jetzt, Camo«, sagte Menolly freundlich. »Schau, sie schlafen.«

Camo warf einen Blick auf die Fensterbretter, wo die ölglänzenden kleinen Geschöpfe kauerten und sich von der Sonne wärmen ließen.

»Wir füttern sie heute abend, Camo.«

»Abend? Gut. Nicht vergessen? Versprechen? Versprechen? Camo füttern?«

»Ich verspreche es dir, Camo«, erklärte Menolly mit Nachdruck. Der armselige Ton, in dem der Knecht sie bettelte, ließ darauf schließen, daß viele die Dinge, die sie ihm versprachen, wieder vergaßen.

»So«, sagte Sebell, als Camo aus dem Zimmer schlurfte. »Silvina erzählte mir, daß du noch gar nicht richtig gegessen hast. Und wie ich Shonagar kenne, nimmt er darauf keine Rücksicht.«

Zu Menollys großer Freude lagen neben Fleischbroten, Käse und Kompott auch Rotfrüchte auf dem Tablett. Sebell aß nur wenig, in der Hauptsache, um ihr Gesellschaft zu leisten. Er begann die Namen und Eigenschaften der Meeresfische aufzuzählen, die sie ihm am Vortag genannt hatte.

»Alles richtig?« fragte er, als sie ihn erstaunt anstarrte.

»Und ob! Hast du das etwa auswendig gelernt?«

»Glaubst du, daß ich nun als Seemann anerkannt werde?«

»Wenn du nur über Fische reden mußt, bestimmt.«

Er schnitt eine Grimasse. »Ich unterhielt mich mit einem Bronzereiter, den ich vom Fort-Weyr her kenne. Er hat sich bereit erklärt, uns an irgendeinen Tümpel oder See zu bringen, wo du mir das Segeln beibringen kannst.«

»Dir das Segeln beibringen?« Menolly schaute ihn entsetzt an. »So ganz nebenher — wie die Namen der Fische?«

»Ach, ich glaube nicht, daß ich richtig segeln muß. Nur die Grundbegriffe . . .« Er grinste sie an. »Die Knochenarbeit überlasse ich gern den Experten.«

Sie seufzte erleichtert, denn sie mochte Sebell, und der Gedanke, daß er sich allein in einem Segelboot auf das Meer wagen könnte, erschreckte sie. Yanus hatte oft gesagt, das Meer, die Gezeiten und die Winde seien unberechenbar. Selbst dem besten Seemann konnte es zustoßen, daß ein plötzlicher Sturm aufkam und sein Schiff zu Kleinholz zerschmetterte.

»Und noch etwas. Ich fürchte, um das Fischerhandwerk richtig zu verstehen, muß ich auch das Ausnehmen und Einpökeln des Fanges lernen. N'ton meinte, er könne ohne Schwierigkeiten ein paar frische Fische auftreiben.«

Wieder unterdrückte Menolly ihre Neugier, wozu ein Harfnergeselle all diese Dinge wissen mußte.

»Morgen ist ein Ruhetag«, stellte Sebell fest. »Vielleicht gibt es sogar ein Fest in der Burg, wenn das Wetter hält. Aber sobald die kleinen Echsen geschlüpft sind und wir unauffällig verschwinden können ... in ein, zwei Tagen vielleicht ...«

»Ich darf aber meinen Unterricht bei Meister Shonagar nicht versäumen ...«

»Hat er dich schon so stramm am Zügel?«

»Er tobt sofort, wenn ...«

»Ja, das kenne ich. Aber er versteht es, eine Stimme aufzubauen, wenn dir das ein Trost ist. Mit Instrumenten hatte ich nie Schwierigkeiten, nur das Singen ...« Sebells Gedanken schienen in die Vergangenheit zu schweifen. »Ich befürchtete immer, man würde mich eines Tages aus der Gildehalle fortschicken ...«

»Was?«

»Doch, ehrlich. Ich hatte mir schon als kleiner Junge in den Kopf gesetzt, Harfner zu werden. Mein Pflegevater unterstützte mich, so gut er konnte, und der Harfner in unserer Burg — nun, er war nicht gerade kreativ, aber ein gründlicher Lehrer, der die Techniken beherrschte. Ich hielt mich also für einen begabten Musiker — bis ich hierherkam.« Sebell schüttelte den Kopf. »Erst mit der Zeit begriff ich, daß zum Harfnerberuf weit mehr gehört als ein einigermaßen sauberes Spiel.«

Menolly zeigte volles Verständnis. »So wie zum Seemannsberuf mehr gehört als Fische-Ausnehmen und Segelsetzen?«

»Genau. Wobei mir etwas einfällt: Domick hat dir zwar die Vormittagsstunde erlassen, aber er besteht darauf, daß du übst. Damit könnten wir uns gemeinsam die Wartezeit verkürzen. Mein Kompliment übrigens! Du hast Domick gestern ja ganz schön eingewickelt!«

»Eingewickelt? Was meinst du damit?«

Sebell starrte sie mit großen Augen an. »Heißt das etwa, daß du diese Art von Musik *echt* magst?«

»Aber ... aber sie war doch *großartig*! Ich hatte noch nie etwas Schöneres gehört.« Menolly begriff Sebells Haltung nicht ganz.

»Richtig, du bist noch neu hier. Das erklärt vieles. Ich hoffe nur, dir hängt Domicks ewige Suche nach ›den reinen Musikformen‹ in ein paar Planetenumläufen nicht zum Halse heraus.« Er schüttelte sich und breitete einige Notenblätter aus. »Hier. Mal sehen, wie dir das gefällt. Domick möchte, daß du die erste Gitarre übernimmst, es schadet aber nichts, wenn du auch die zweite lernst.«

Die Festmusik für zwei Gitarren war äußerst schwierig zu spielen, mit ständig wechselnden Rhythmen und Griffen, die auch eine gesunde Hand kaum bewältigen konnte. Zusammen mit Sebell arbeitete Menolly Ersatzgriffe für die Stellen aus, die ihre linke Hand nicht schaffte. Das Leitthema wechselte ständig von einer Gitarre zur anderen. Sie hatten zwei der drei Sätze durchgespielt, als Sebell eine Pause vorschlug. Er stand auf, streckte sich und knetete seine verkrampften Finger und Arme.

»Wir kriegen das Stück heute doch nicht mehr hin«, protestierte er, als Menolly den dritten Satz beenden wollte.

»Tut mir leid, ich wußte nicht . . .«

»Entschuldige dich doch nicht dauernd!«

»Tut mir . . . äh, ich . . .« Sebell lachte sie aus, und sie fuhr fort: »Diese Musik ist eine Herausforderung. Ehrlich. Zum Beispiel hier . . .« Und sie deutete auf eine schnelle Passage, die ungemein schwierig zu greifen war.

»Es reicht, Menolly. Ich bin todmüde. Daß du nicht längst aufgegeben hast, wundert mich.«

»Aber du bist doch Harfnergeselle . . .«

»Nicht einmal ein Harfnergeselle kann den ganzen Tag Musik machen.«

»Was tust du eigentlich sonst noch? Außer den Fischern auf die Finger gucken, meine ich.«

»Was immer der Meisterharfner von mir verlangt. In erster Linie gehe ich auf Wanderschaft. Ich suche in den Burgen und Gilden nach begabtem Harfner-Nachwuchs und bringe neue Musik zu den abgelegenen Orten — in jüngster Zeit vor allem deine Balladen . . .«

»*Meine* Balladen?«

»Anfangs geschah das in der Absicht, dich aus deinem Versteck zu locken. Und dabei zeigte sich, daß es genau die Lieder waren, die wir brauchten.«

»Das sagte Meister Robinton auch schon.«

»Und warum erstaunt dich das so? Zugegeben, ich finde es

herrlich, wenn ein Lehrling zur Abwechslung auch mal bescheiden ist . . . he, was hast du denn?«

»Warum nehmt ihr nicht Meister Domicks Musik?«

»Weil sich *deine* Balladen leicht spielen lassen — und weil sie ins Ohr gehen. Das mögen die Leute. Mit Domicks Musik können die wenigsten etwas anfangen.«

Menolly schluckte.

»Sicher, wir brauchen auch Komponisten wie Meister Domick. Er dringt bis in die Theorie vor, und das ist vor allem hier in der Gildehalle wichtig.«

Das Mädchen nickte. Ihr brannte die Frage auf den Lippen, und sie faßte ihren ganzen Mut zusammen, um sie zu stellen. »Sag mal, Sebell, was soll ich wegen der Feuerechsen-Ballade tun? Meister Robinton hat sie umgeschrieben, und sie ist jetzt viel, viel besser. Aber er erzählt allen Leuten, daß sie von *mir* stammt.«

»Na, und? Wenn der Harfner das erzählt, dann hat er seine Gründe, Menolly.« Sebell legte ihr sacht eine Hand auf das Knie. »Außerdem hat er kaum etwas geändert — nur hier und da den Text gestrafft. Aber deine Melodie ist geblieben, und jeder summt sie inzwischen. Du mußt nur noch lernen, die Musik abzurunden, ohne daß sie an Frische verliert. Deshalb ist der Unterricht bei Domick so wichtig. Er besitzt die Disziplin, du die schöpferische Kraft.«

Menolly konnte keine Antwort darauf geben. Sie spürte einen Klumpen im Hals, als sie an die Prügel dachte, die sie bezogen hatte, wenn sie sich daheim mit Musik beschäftigte.

»Was duckst du dich so?« fragte Sebell mit einer gewissen Schärfe. »Mädchen, was ist los? Du bist ja schneeweiß. Beim Großen Ei!« Der letzte Ausruf klang wie ein Fluch, und Menolly schaute den Gesellen überrascht an. »Wenn ich mal ungestört reden möchte . . .«

Sie folgte seinem Blick und sah den Bronzedrachen, der in weiten Spiralen tieferglitt und jenseits des Hofes landete.

»Das ist N'ton. Ich muß ihn kurz sprechen, Menolly, wegen unseres Segelausflugs.« Sebell rannte aus dem Zimmer, und sie hörte, wie er die Treppe hinunterpolterte.

Sie warf einen Blick auf die Noten, die sie eben durchgespielt hatten; Sebells Worte kreisten in ihren Gedanken: »Er besitzt die Disziplin, du die schöpferische Kraft. — Jeder summt sie inzwischen.« Die Leute mochten ihre Musik? Das wollte ihr nicht in den Kopf, obwohl Sebell keinen Grund hatte, sie zu belügen. Ebensowenig wie der Meisterharfner, der ihr versichert hatte, daß er ihre Balladen brauchte. Unglaublich! Sie schlug einen Akkord an, einen triumphierenden, ungläubigen Akkord, und modulierte ihn dann hastig, beschämt über ihre undisziplinierte Reaktion.

Entschlossen wandte sie ihre Gedanken dem Gitarrenduett zu und spielte die schwierigen Passagen langsam durch, bis die Griffe saßen.

Eine der Tonfolgen erinnerte sie an den Aufschrei, den sie in der vergangenen Nacht gehört hatte, und sie stockte.

»Laßt mich nicht allein . . .« Zögernd griff sie in die Saiten. »Ein Schrei in der Nacht/ Herzzerreißende Angst/ Ihr Drachen erwacht.« Was hatte Sebell gesagt? Daß Brekke am Leben verzweifeln würde, wenn Canth oder F'nor starben? »Stößt euch etwas zu/ Geh ich in den Tod/ Laßt mich nicht allein/ In Schmerzen und Not.«

Bis Menolly endlich die passende Melodie zu dem kleinen Lied gefunden hatte, summten Prinzessin, Rocky und Taucher begeistert mit.

»Zufrieden?« fragte sie ihre Schar. »Vielleicht sollte ich das niederschreiben . . .«

»Schon geschehen«, sagte eine ruhige Stimme hinter ihr, und sie wirbelte herum. Sebell saß am Sandtisch und ritzte eifrig Zeichen in die Fläche. »So, das meiste habe ich.« Er schaute auf und lächelte, als er die Verwirrung in ihren Zügen las. »Mach den Mund zu und komm her!«

»Aber . . . aber . . .«

»Habe ich dir nicht vorhin gesagt, daß du dich nicht ständig wegen der falschen Dinge entschuldigen sollst?«

»Ich habe doch nur so vor mich hingespielt . . .«

»Sicher, die Ballade muß noch zurechtgefeilt werden. Aber der Refrain ist so stark, daß er die Burgleute zu Tränen rühren wird.« Er winkte sie zu sich. »Du könntest vielleicht umstellen, die Gefahr an den Anfang und dann die Auflösung . . . aber ich weiß nicht. Bei der Melodie — nimmst du eigentlich immer Moll-Klänge?« Er legte eine Glasplatte über den Sand, damit niemand die Zeichen verwischen konnte. »Mal sehen, was der Harfner dazu meint.«

»Du willst das stehenlassen? Aber das kann doch nicht dein Ernst sein!«

»Und ob das mein Ernst ist!« Er stand auf und griff nach seiner Gitarre. »Paß auf!«

Menolly saß verlegen auf ihrem Hocker und hörte zu, wie Sebell *ihre* Melodie spielte. Als dann die Feuerechsen leise mitsummten, mußte sie insgeheim zugeben, daß die Ballade gar nicht so schlecht war.

»Ausgezeichnet, Sebell! Ich hatte keine Ahnung, daß auch noch ein Komponist in dir steckt«, rief Meister Robinton von der Tür her und klatschte begeistert in die Hände. »Mir selbst wollte einfach keine Musik zu diesem Zwischenfall gelingen . . .«

»Die Ballade stammt von Menolly, Meister Robinton.« Sebell war beim Eintreten des Harfners aufgestanden und verbeugte sich nun vor Menolly. »Komm, Mädchen, genier dich nicht! Weshalb, glaubst du wohl, hätten wir Harfner einen ganzen Kontinent nach dir abgesucht?«

»Menolly, mein liebes Kind, wozu die Verlegenheit?« Robinton nahm ihre Hände und hielt sie fest. »Denk lieber daran, welche Arbeit du mir abgenommen hast! Los, Sebell, ich habe nur den Schluß gehört . . .« Der Harfner angelte sich einen Hocker, nahm Platz und lauschte gespannt, als Sebell die klagende Melodie spielte. »So, Menolly, und nun horch dir die Musik als solche an, nicht als dein Werk. Lerne objektiv zu urteilen — als Angehörige der Harfner-Gilde!«

Er hielt ihre Hände immer noch ganz fest, und sie konnte sich ihm nicht entziehen. Sie wollte es auch gar nicht. Die Wärme tat ihr wohl. Ihre Verlegenheit schwand, als Sebells schöner Bariton, getragen von der Musik, durch den Raum strömte. Die Feuerechsen stimmten ein, und Robinton lächelte ihr zu.

»Ja, der Text läßt sich noch ausfeilen. Hier und da ein anderes Wort, um die Wirkung zu verstärken, aber die Melodie bleibt. Schreib sie nieder — ah, Sebell, gut gemacht. Gut gemacht.« Der Meisterharfner nickte zufrieden, als Sebell zum Sandtisch hindeutete. »Ich möchte, daß die Noten auf einige dieser glatten neuen Papiere übertragen werden, die uns Bendarek liefert. Dann kann Menolly sie in aller Ruhe überarbeiten. Nein, nicht in aller Ruhe«, verbesserte er sich. »Denn dieser Vorfall hat ganz Pern erregt, und das Volk drängt auf eine Erklärung. Eine gute Ballade, Menolly, eine sehr gute Ballade. Leg endlich deine

Selbstzweifel ab! Du besitzt einen ausgeprägten Instinkt für die Melodie. Vielleicht sollte ich mehr Lehrlinge in die Burgen am Meer schicken, wenn der Gesang von Wind und Wellen solche Talente hervorbringt. Hörst du, dein Schwarm summt immer noch den Refrain . . .«

Menolly löste sich lange genug aus ihrer Verwirrung, um zu erkennen, daß der Gesang der Echsen nichts mit ihrer Ballade zu tun hatte: sie achteten überhaupt nicht auf die Menschen, sondern . . .

»Die Eier! Sie sind reif . . .«

»*Was!*« Meister und Geselle stürzten gleichzeitig zum Kamin und den beiden warmen Tongefäßen. »Menolly! Hierher!«

»Ich hole nur das Fleisch!«

»Sie schlüpfen!« rief der Harfner. »Sie schlüpfen! Halt das Gefäß fest, damit es nicht kippt!«

Als Menolly in das Zimmer schoß, knieten die beiden Männer vor dem Feuer und beobachteten ängstlich die Tongefäße, die hin und her schwankten.

»So schlüpfen sie nie«, meinte Menolly trocken. Sie nahm Sebell den Tontopf aus den Händen und holte vorsichtig das Ei heraus, um es neben den Kamin zu legen. Robinton folgte ihrem Beispiel. Beide Eier schaukelten hin und her, und die Schalen zeigten die ersten feinen Sprünge.

Die Feuerechsen kauerten auf dem Kaminsims und summten schrill. Die Laute schienen die heftigen Bewegungen der Jungen innerhalb ihres Schalengefängnisses zu unterstreichen.

»Meister Robinton!« rief Silvina vom anderen Zimmer her. »Meister Robinton?«

»Silvina! Sie schlüpfen!« Die dröhnende Stimme des Harfners erschreckte die Feuerechsen. Sie begannen aufgeregt mit den Flügeln zu schlagen.

Andere Harfner, angezogen von dem Lärm, schoben sich in den Raum. Menolly wurde unruhig. Allzu viele Zuschauer konnten nur stören . . .

»Nicht!« rief sie, ehe sie merkte, was sie tat. »Alles draußen bleiben!«

»In Ordnung«, erwiderte Silvina. »Hinaus mit euch! Ihr seht bei dem Gedränge ohnehin nichts. Hast du das Fleisch, Menolly? Ah, gut so. Glaubst du, daß es reicht?«

»Bestimmt.«

»Was sollen wir nun machen?« fragte der Harfner hilflos.

»Sobald sich die Kleinen einen Weg ins Freie bahnen, müßt ihr sie mit Futter anlocken«, entgegnete Menolly ein wenig erstaunt. Sicher hatte der Meisterharfner schon mehr als eine Gegenüberstellung miterlebt. »Schiebt ihnen einfach kleine Fleischbrocken in die aufgesperrten Mäuler!«

»Und *wann* schlüpfen sie?« warf Sebell ein. Er zerrte nervös an seinen Fingern.

Das schrille Summen der Echsen steigerte sich noch; die Augen der kleinen Geschöpfe kreisten erregt. Plötzlich tauchte aus dem Nichts eine zweite Königin auf. Sie stieß einen durchdringenden Schrei aus, den Prinzessin beantwortete.

»Silvina!« Menolly deutete auf die fremde Königin.

»Meister Robinton, sehen Sie doch!« rief die Wirtschafterin. Die Echsenkönigin flatterte auf den Kaminsims, setzte sich neben Prinzessin und stimmte in das schrille Summen ein.

»Das ist Merga, Baron Groghes Königin«, meinte der Harfner und warf einen raschen Blick zur Tür. »Hoffentlich hat sie ihn nicht wieder so erschreckt . . .«

Sie alle hörten, wie draußen im Korridor jemand mit polternder Stimme nach dem Harfner rief.

»Los, bringt den Baron hierher!« befahl der Meisterharfner, ohne den Blick von den beiden Eiern abzuwenden.

»Robinton!« Sein Befehl erwies sich als unnötig, denn die Schritte draußen kamen rasch näher. »Robin . . . Was? Tatsächlich? Diese Merga spielt wieder verrückt. Zwingt mich einfach, hierherzukommen! Was soll das eigentlich? Wo *ist* Robinton?«

Menolly drehte sich um, obwohl sie in einem der beiden Eier einen Riß entdeckt hatte, der sich rasch vergrößerte. Der Baron von Fort war ein Hüne von einem Mann, fast so groß wie der Harfner selbst, aber mit einem wuchtigen Körper und muskelbepackten Armen und Beinen. Er schnaufte schwer.

»Da ist er ja! Was bedeutet das nun wieder?«

»Die Eier sind reif, Baron Groghe!«

»Eier?« Der Burgherr runzelte die Stirn. »Ach so. Ihre Echsen-Eier! Und Merga hat das gemerkt?«

»Ich hoffe, wir haben Sie nicht mitten in der Arbeit gestört, Baron Groghe?«

»Ah, schon gut. Ich bin der Sklave dieses winzigen Geschöpfs. Aber woher wußte sie Bescheid?«

»Fragen Sie Menolly!«

»Menolly?« Mit einemmal spürte Menolly scharfe Blicke auf sich gerichtet. »Du bist Menolly?« Das klang überrascht. »Ein wenig spillerig, was? Hatte mir ein ganz anderes Bild von dir gemacht. Na, du brauchst nicht rot zu werden. Ich beiße selten. Das überlasse ich Merga. Aber dir tut sie bestimmt nichts. Die gehören alle dir? Nun seht euch das an! Meine Merga friedlich neben deiner Königin . . .«

»Menolly!« Der Aufschrei des Harfners ließ sie herumschnellen.

Sein Ei hatte gefährlich zu schaukeln begonnen und wäre um ein Haar vom Herdstein gekippt. Entsetzt streckte er beide Hände aus. Die Schale platzte, und eine kleine Bronze-Echse kugelte ihm in die Arme. Ihr Körper war noch feucht, aber sie kreischte vor Hunger.

»Füttern! Los, füttern!« rief Menolly.

Robinton ließ keine Auge von dem Winzling. Ungeschickt tastete er nach dem geschabten Fleisch und stopfte es in den weit aufgerissenen Rachen. Das Bronzetier spreizte die Flügel, um besser Gleichgewicht halten zu können, schnappte gierig nach dem Fleisch und würgte es so rasch hinunter, daß Menolly Angst bekam, der Kleine könne daran ersticken.

»Langsamer! Reden Sie auf das Tier ein! Besänftigen Sie es«, befahl Menolly. In diesem Moment zersprang das zweite Ei.

»Eine Königin!« rief Sebell und trat verblüfft einen Schritt zurück. Nur Baron Groghes Hand bewahrte ihn vor dem Sturz.

»Füttern, Mann!« fuhr ihn der Burgherr an.

»Aber — die Königin ist doch nicht für mich bestimmt!« Er schaute ratlos zum Meisterharfner hinüber. »Zu spät!« sagte Menolly und drückte ihm ein paar Fleischbrocken in die Hand. »Eine gehört dir, und er hat sich schon für die andere entschieden. Los, gib ihr etwas zu fressen!«

Der Meisterharfner sah und hörte nichts von dem Gespräch. Er richtete seine ganze Aufmerksamkeit auf die kleine Bronze-Echse, streichelte und fütterte sie, flüsterte ihr beruhigende Worte zu. Die kleine Königin hatte sich inzwischen fest um Sebells Handgelenk gewunden und verschlang die Bissen, die er ihr zusteckte. Baron Groghe stand neben ihm und gab ihm gute Ratschläge. Als die beiden Jungtiere prall gespannte Bäuchlein hatten, trug Menolly die Fleischreste weg.

»Sie platzen, wenn ihr sie weiter füttert«, erklärte sie, als sie die vorwurfsvollen Blicke der beiden Harfner sah. »Und jetzt streichelt sie, dann schlafen sie ein. So.« Die beiden kleinen Geschöpfe schlossen müde und zufrieden die Augen, eingerollt in den Armen ihrer neuen Besitzer. Menolly hatte völlig vergessen, wie winzig die Echsen gleich nach dem Ausschlüpfen waren. Ihre Freunde hatten sich inzwischen prächtig entwickelt.

»Es ist unglaublich«, flüsterte der Meisterharfner, und seine Augen leuchteten vor Freude. »Das schönste Ereignis meines Lebens . . .«

»Verstehe, verstehe«, polterte Baron Groghe, der sich krampfhaft bemühte, seine Rührung zu verbergen. »Hab' mich damals ganz ähnlich gefühlt.«

Vorsichtig richtete sich Meister Robinton auf, die Hand schützend um die schlafende Echse gelegt.

»Es erklärt so manches an den Drachenreitern, was ich früher nie begreifen konnte. Ja, es eröffnet in vielen Bereichen ein ganz neues Verständnis.« Er setzte sich auf den Bettrand. »Nun erst kann ich mir vorstellen, was Lytol und Brekke gelitten haben. Und ich weiß, weshalb Jaxom seinen kleinen weißen Drachen behalten muß.« Er lächelte, als Baron Groghe zustimmend nickte. »Was für ein herrliches Geschenk, Menolly! Ich danke dir.«

Prinzessin flog auf die Schulter ihrer Herrin und summte zufrieden, während Merga es sich bei Baron Groghe bequem machte.

»Ich weiß wirklich nicht, wie das geschehen konnte, Meister Robinton«, sagte Sebell und stand mit übertriebener Vorsicht auf. »Die Gefäße waren wohl vertauscht. Die Königin stand Ihnen zu.«

»Aber Sebell, das spielt doch überhaupt keine Rolle. Das kleine Kerlchen da ist mehr, als ich je erwarten konnte. Außerdem halte ich es fast für günstiger, wenn du die Königin besitzt. Du wanderst von Burg zu Burg, mußt die einfachen Leute überzeugen. Ja, ich glaube, der Zufall hat für uns und nicht gegen uns gearbeitet. Und ich bin glücklich mit meiner Bronze-Echse. Was für ein hübsches Ding!« Er streckte sich auf dem Bett aus, und die winzige Echse schmiegte sich in seine Armbeuge. Der Meisterharfner schloß die Augen.

»Also, das ist ein echtes Wunder«, sagte Silvina leise. »Er ist eingeschlafen — ohne Wein und ohne Fellis-Trank! Los, hinaus mit euch!« Sie verscheuchte die Gaffer von der Tür und winkte Baron Groghe, ihr zu folgen. Der Burgherr verließ auf Zehenspitzen den Raum.

Silvina räumte das Geschirr zusammen, und Menolly schickte ihren Schwarm hinaus auf die Dächer.

»Gut erzogen, die Kleinen«, meinte Baron Groghe anerkennend, als Silvina die Tür zu Meister Robintons Räumen geschlossen hatte. »Wir beide müssen uns mal ausführlich unterhalten. Robinton hat angedeutet, daß dein Schwarm Gegenstände von einem Ort zum anderen befördern kann. Glaubst du, daß alle Echsen die gleichen Talente besitzen?«

Verwirrt schaute Menolly zu Silvina hinüber. Die Wirtschafterin nickte ihr ermutigend zu. »Es erscheint logisch, Baron Groghe. Und — es würde die Ereignisse von gestern nacht erklären. Außer wir beide verstehen die Sprache der Drachen.«

»Außer wir verstehen die Sprache der Drachen?« Baron Groghe lachte dröhnend und legte Menolly den Arm um die Schultern. »Die Sprache der Drachen — hahaha!«

Menolly fand sein Lachen ansteckend, obwohl sie ihre Antwort durchaus ernst gemeint hatte. Doch Silvina legte den Finger auf die Lippen und deutete auf die Tür des Harfners.

»Entschuldigung, Silvina«, sagte Baron Groghe zerknirscht. »Aber das war schon eine verrückte Sache! Weckt mich das kleine Biest mitten aus dem schönsten Schlaf und jagt mir eine Angst ein, daß ich nicht mehr ein noch aus weiß! Ist mir noch nie im Leben passiert.« Er nickte so heftig, daß Merga zirpte. »War ja nicht deine Schuld, Kleines«, fuhr er fort und streichelte die Echse. »Hast nur das gleiche getan wie die anderen.« Er wandte sich Menolly zu. »Und du hilfst mir, meine Merga abzurichten, Mädchen, damit sie auch so gehorcht wie deine Schar?«

»Gern, Baron Groghe.«

Der Burgherr drehte sich um und warf der Wirtschafterin einen erstaunten Blick zu. »Ich danke dir, Kind, ich danke dir. Du bist ganz anders, als ich dachte. Man soll nicht auf das Geschwätz der Leute achten. Hab' ich nie getan. Und werd' ich nie tun. Ich spreche noch mit Robinton über die Sache. Später, wenn er wach ist. Wiedersehen allerseits.« Damit stapfte er in den Korridor, vorbei an den Harfnern, die immer noch neugierig herumstanden. Menolly sah, wie Sebell und Silvina besorgte Blicke tauschten, und sie trat vor die beiden hin.

»Was hat Baron Groghe eben gemeint, Silvina?«

»Ich hatte schon gefürchtet, daß dir seine Bemerkung nicht entgehen würde«, erwiderte Silvina, und ihre Augen blitzten wütend. Sie klopfte Menolly sacht auf die Schulter. »Es hat viel Getratsche gegeben. Nun, ihnen hat es nicht genützt und dir nicht geschadet, wie man sieht. Dennoch, ich werde mich mal darum kümmern.«

Heißer Zorn durchfuhr Menolly, und Prinzessin tschilpte mit rotglühenden Augen.

»Die Mädchen aus der Pension halten sich während des Sporenregens in der Burg auf, nicht wahr?«

Silvina warf Menolly einen langen, durchdringenden Blick zu. »Ich sagte bereits, daß ich die Angelegenheit in die Hand nehmen werde, Kind. Du kümmerst dich nur um *Harfner*dinge, ja?« Sie war nicht weniger aufgebracht als Menolly. »Ihr beiden bleibt in Meister Robintons Arbeitszimmer und achtet darauf, daß der Harfner nicht gestört wird. Durch nichts und niemand, verstanden?« Sie spießte Menolly und Sebell mit den Blicken auf. »Er soll schlafen, solange ihn das kleine Geschöpf da schlafen läßt — sonst bricht er uns eines Tages noch zusammen.« Sie nahm das Tablett auf. »Camo bringt euch später das Abendessen.«

Sie schloß die Tür hinter sich. Menolly starrte eine Zeitlang stumm vor sich hin. Was hatte sie den Mädchen getan, daß sie den Burgherrn aufzuhetzen versuchten? Oder war das Duncas Werk? Sie wußte, daß die dicke Pensionswirtin sie haßte, weil sie sich in ihrer Gegenwart erniedrigt hatte. Aber weshalb ließ sie nicht ab von ihr, jetzt, da Menolly ohnehin in der Gildehalle wohnte? Sebell beobachtete sie aufmerksam.

»Laß doch, Menolly«, sagte er ruhig, aber bestimmt und deutete zum Sandtisch. »Silvina hat recht. Du sollst dich nur um Harfnerdinge kümmern. Robinton wollte, daß du die neue Ballade auf Blätter überträgst.« Er holte Schreibzeug und Bögen aus einer Schublade und legte alles auf das Mittelbrett. »Also, an die Arbeit!«

»Ich verstehe nicht, was sie mit ihren Intrigen erreichen wollten. Kann denn Baron Groghe etwas gegen mich unternehmen?«

Sebell holte sich schweigend einen Hocker und nahm Platz. Er deutete auf die Noten.

»Es ist mein Recht, die Wahrheit zu erfahren. Und die Angelegenheit selbst zu regeln.«

»Setz dich endlich, Menolly! Und schreib! Das ist wichtiger für die Harfnerhalle als das kleinliche Gezänk von neidischen Mädchen.«

»Sie *könnten* mir schaden, nicht wahr? Wenn sie Baron Groghe auf seine Seite brächten. Ich habe ihnen nie etwas getan.«

»Sicher, aber das ist alles nicht so wichtig wie diese Ballade. Schreib sie endlich ab! Und wenn ich noch ein Wort zu diesem leidigen Thema höre . . .«

»Schrei nicht so, sonst weckst du deine Feuerechse«, mahnte Menolly, aber sie setzte sich an den Tisch und begann zu schreiben. Gegen Sebells Sturheit kam sie nicht an, und sie hatte auch keine Lust, mit einem ihrer wenigen Freunde zu streiten.

»Wie wirst du sie nennen?« fragte sie.

»Nennen?« fragte Sebell verwirrt, und Menolly bemerkte erschrocken, daß sie ihm mit ihrer albernen Angst vor dem Klatsch der Mädchen fast die Freude an seiner Königin verdorben hatte. »Darf ich ihr selbst einen Namen geben? Aber das ist ja . . .« Seine Augen leuchteten. »Wie gefällt dir Kimi?«

»Gut — sehr gut«, erklärte Menolly und beugte sich besänftigt über ihre Arbeit.

8

Strömt herbei! Heut ist Feiertag!
Die Arbeit ruht, die Müh' und Plag'.
Vergessen ist der Rote Stern.
Strömt herbei von nah und fern!
Seht ihr die bunten Buden steh'n?
Seht ihr die bunten Flaggen weh'n?
Strömt herbei zu Speis und Trank,
Zu Spiel und Spaß und frohem Gesang!

»Was starrst du dauernd so ängstlich zur Burg?« fragte Menolly am nächsten Morgen Piemur, als sie mit ihm und Camo die Echsen fütterte. Der kleine Lehrling reckte immer wieder den Hals, um über die Dächer der Harfnerhalle hinweg zu den Feuerhöhen der Burg zu schauen.

»Wieso ängstlich? Ich möchte nur wissen, ob sie die Festflagge gehißt haben.«

»Festflagge?« Menolly fiel ein, daß auch Sebell etwas von einem Feiertag erwähnt hatte.

»Klar. Es ist Frühling, die Sonne scheint, und keiner rechnet mit einem Sporeneinfall. Der ideale Tag für ein Fest!« Piemur schielte sie von der Seite her an und schüttelte dann ungläubig den Kopf. »Sag bloß, daß ihr daheim nie Feste hattet?«

»Die Halbkreis-Bucht liegt nun mal sehr abseits«, entgegnete Menolly fast ein wenig gekränkt. »Und wenn da Fäden fallen . . .«

»Stimmt. Das hatte ich total vergessen. Kein Wunder, daß du in Musik einsame Spitze bist.« Er schüttelte den Kopf, als sei das kein echter Vorteil. »Massig Zeit zum Üben. Puh!« Piemur überlegte. »Aber *vor* den Fäden — da muß es doch selbst bei euch Feste gegeben haben!«

»Sicher. Handelskarawanen kamen durch das Sumpfland, drei- oder viermal im Laufe eines Planetenumlaufs.« Piemur blieb skeptisch, und Menolly merkte, daß sie kaum noch eine Erinnerung an jene Zeit besaß. Die Sporenregen hatten begonnen, als sie knapp acht Planetenumläufe zählte.

»Wenn bei uns an einem Ruhetag die Sonne scheint und kein Fädeneinfall zu erwarten ist, halten wir ein Fest ab«, erklärte Piemur eifrig. »Na ja, zu Fort gehören mehrere kleine Zünfte und das Stammhaus der Harfner-Gilde. Da ist immer was los.« Er hielt den Kopf schräg. »Du hast nicht zufällig ein paar Marken?«

»Marken?«

Piemur schien entsetzt über soviel Unwissenheit. »Marken! Die kriegt man, wenn man auf einem Fest etwas verkauft.« Er griff in seine Tasche und zog vier kleine weiße Scheibchen aus poliertem Holz hervor. Auf einer Seite war die Zahl 32 eingebrannt, auf der anderen ein Emblem der Schmiedezunft. »Nur Zweiunddreißigstel, aber vier davon ergeben immerhin ein Achtel — und das von der Schmiedezunft!«

Menolly hatte noch nie zuvor richtige Marken gesehen. In der Halbkreis-Bucht hatte einzig und allein der See-Baron die Handelschaften abgewickelt. Sie war erstaunt, daß ein Halbwüchsiger wie Piemur eigene Tauschmarken besaß, und sagte das auch. »Ach, weißt du, ich habe gesungen, noch ehe ich als Lehrling hierherkam. Die eine oder andere Marke fiel immer für mich ab. Meine Pflegemutter hob sie auf und gab sie mir mit.« Er zog die Nase kraus. »Aber hier muß unsereiner ja umsonst singen. Und Meister Jerint weigert sich strikt, meine Flöte als Pfand zu nehmen. Wenn mir kein Trick einfällt, bin ich bald pleite ... He, Menolly, schau!« Piemur packte sie am Arm. »Da geht die Flagge hoch! Es gibt ein Fest! Es gibt ein Fest!« Er schoß wie der Blitz über den Hof zum Schlafsaal der Lehrlinge.

Auf den Feuerhöhen erkannte Menolly nun das leuchtendgelbe Banner der Burg Fort und darunter einen rot-schwarz gestreiften Wimpel, der allem Anschein nach das Fest ankündigte. Sie hörte Piemurs Geschrei im Schlafsaal und den Protest seiner Kameraden, die er unsanft weckte.

In diesem Moment kamen die Mägde, angeführt von Abuna und Silvina, in die Küche. Auch sie bemerkten die Flagge und den Wimpel und begannen fröhlich draufloszuschwatzen.

Menolly schickte ihren Schwarm zum Badeteich und bot Silvina an, dem Harfner und seiner kleinen Bronze-Echse Zair das Frühstück zu bringen.

»Siehst du, Abuna? Wenn Menolly uns hilft, bemerken wir gar nichts von unserem Echsen-Zuwachs.« Die Wirtschafterin lächelte Menolly freundlich an und rief dann der brummigen Abuna nach: »Außerdem weißt du genau, wie selten die beiden Männer daheim sind.«

Menolly wollte Silvina wegen der Mädchen ausfragen, aber die Wirtschafterin wich ihren Blicken aus. In diesem Moment kam Sebell in die Küche gepoltert und rief verzweifelt nach Menolly. Kimi umklammerte seinen Arm und kreischte vor Hunger.

»Da bist du ja! Ich habe dich überall gesucht. Was ist denn los mit der Kleinen?« Sebell war außer sich.

»Sie hat nur Hunger.«

»*Nur* Hunger?«

»Los, komm mit!« Menolly nahm das Tablett, das sie für den Meisterharfner hergerichtet hatte, und zerrte Sebell aus der Küche, fort von Abunas finsteren Blicken in den leeren Speisesaal. »So, jetzt füttere sie!«

»Ich kann nicht! Meine Hose!« Jetzt erst merkte Menolly, daß er mit der freien Hand krampfhaft seine Hose festhielt, die ihm von den Hüften zu rutschen drohte. »Ich hatte keine Zeit mehr, mich richtig anzuziehen.« Lachend löste Menolly ihren Gürtel und gab ihn Sebell. Dann holte sie die kleine Echse von seinem zerkratzten Arm und schob ihr ein paar Fleischbrocken zu.

»Danke. Vielen Dank.« Mit einem Seufzer ließ sich Sebell auf einen Stuhl plumpsen. »Und du mußtest neun dieser gierigen Biester füttern?« Er betrachtete sie mit neuem Respekt. »Ich weiß nicht, wie du das geschafft hast!«

Menolly drückte ihm einen Becher *Klah* in die Hand und fütterte die Echse weiter. Der Kleinen war es egal, wer ihr die Fleischbrocken zuschob, und Sebell nahm einen tiefen Zug des heißen Getränks.

»Menolly!« Das war die Stimme des Meisterharfners am oberen Treppenabsatz.

»Ja?« Menolly rannte in den Korridor.

»Der kleine Kerl führt sich auf wie ein Wilder«, rief der Harfner laut. »Ist er verletzt oder nur hungrig? Seine Augen glühen richtig!«

»Hier.« Silvina erschien mit einem zweiten Tablett in der Küchentür. »Wir dachten uns schon, daß Menolly Unterstützung brauchen würde, nachdem wir Sebells Geschrei hörten.«

Menolly lachte. Sie nahm Silvina das Tablett ab und brachte es im Laufschritt nach oben.

Der Harfner hatte sich wenigstens angezogen und auch die Zeit gefunden, ein Tuch um seinen Arm zu wickeln, aber er wirkte genauso aufgelöst wie Sebell.

»Bist du ganz sicher, daß sie nur Hunger hat?« fragte Robinton. Er beruhigte sich erst, als die Bronze-Echse gierig nach den Fleischbrocken zu schnappen begann.

Der Meisterharfner winkte Menolly in sein Arbeitszimmer, aber die Feuerechse glaubte allem Anschein nach, man wolle ihr das Futter vorenthalten, und stürzte sich mit lautem Kreischen auf das Tablett.

»Ist ja schon gut, du gieriges Biest«, versuchte der Meisterharfner sie zu besänftigen. »Psst, halt dich still! Heute ist Ruhetag, und die Leute wollen ausschlafen.«

»Zu spät«, brummte Domick mißgelaunt. Er stand in der Tür seines Zimmers, in seine Felldecke gewickelt. »Außerdem brüllen Sie selbst wie ein verwundeter Drache!«

»Na, stehen Sie ruhig auf, die Festflagge weht!« meinte Robinton versöhnlich und schob Zair den nächsten Fleischbrocken zu.

»Ein Fest? Das hat mir gerade noch gefehlt!« Damit knallte Domick seine Tür zu.

»Ich hoffe sehr, daß wir in Zukunft von diesem Lärm verschont bleiben«, meinte Meister Morshal spitz, als der Harfner und Menolly an seinem Zimmer vorbeikamen. Er trug einen Morgenmantel, aber ganz offensichtlich hatte ihn der Tumult im Korridor geweckt. Sein mürrischer Blick war auf Menolly gerichtet, als trüge sie allein die Schuld an dem Lärm.

»Das hoffe ich auch«, entgegnete Robinton gut gelaunt. »Aber ich muß mich erst mit den Gewohnheiten des Kleinen vertraut machen. Geben Sie uns bitte noch ein paar Tage Gnadenfrist, Morshal.«

Morshal stotterte etwas, warf Menolly einen grimmigen, anklagenden Blick zu und schloß dann seine Tür betont leise. Auch andere Türen entlang des Korridors klickten. Menolly war froh, daß sie sich in Begleitung des Harfners befand.

»Laß dich nicht von dem alten Griesgram Morshal einschüchtern, Mädchen«, sagte Robinton, als sie sein Arbeitszimmer betraten. Sie stellte das Tablett auf dem Mittelbrett des Sandtisches ab.

»Zum Glück hast du keinen Unterricht bei ihm«, fuhr der Harfner fort, während er sich in einen Sessel fallen ließ und Zair fütterte.

»Nein?«

Robinton lachte über ihren erleichterten Tonfall, und die

kleine Echse kreischte empört, weil er sich einen Moment lang von ihr abwandte.

»Meister Morshal unterrichtet nur die Anfänger.« Der Harfner seufzte. »Er besitzt viel Geschick darin, Grundlagen in widerspenstige Lehrlingsköpfe zu pauken. Aber Petiron hat dir bereits mehr beigebracht, als Morshal weiß. Froh darüber, Menolly?«

»Sehr. Meister Morshal mag mich nicht besonders.«

»Meister Morshal hat es schon immer für Zeitverschwendung gehalten, Mädchen zu unterrichten. Das bringt nicht den geringsten Nutzen.«

Menolly schüttelte verwirrt den Kopf. Solche Ansichten in der Harfner-Gilde? Und sie hatte geglaubt, nur ihr Vater sei rückständig. Aber dann merkte sie, daß Robinton nur Meister Morshal nachgemacht hatte, und sie lächelte. Eine warme Hand faßte sie am Kinn und zwang sie, nach oben zu schauen. Rund um die gütigen Augen des Meisterharfners waren tiefe Falten eingegraben.

»Morshals Haß auf das weibliche Geschlecht ist hier in der Halle ständiger Anlaß zu Witzen, Menolly. Sei höflich zu ihm, wie es seinem Rang und Alter gebührt, aber achte nicht auf seine Vorurteile. Wie gesagt, du mußt nicht mit ihm zusammenarbeiten. Nicht daß der Unterricht bei Domick leichter wäre. Er verlangt eine Menge, aber er kann da aufbauen, wo Petiron deine Ausbildung in Komposition abgebrochen hat. Später arbeitest du dann mit mir.« Er lächelte bedauernd. »Ich hätte dich gern sofort in meine Obhut genommen, aber mir mangelt es im Moment einfach an Zeit. Immerhin, Domick versteht mehr als jeder andere von den klassischen Musikformen, und er beansprucht ohnehin jeden Musiker, der seine schwierigen Kompositionen spielen kann. Und versäume keine Stunde bei Meister Shonagar, denn du solltest in der Lage sein, deine eigenen Balladen vorzutragen. Laß dich allerdings nicht von Brudegan wegen des Echsen-Chores drängen. Das hat Zeit, bis du dich besser in unsere Gilde eingelebt hast.

Ich möchte auch gern, daß du dich auf deine Instrumente konzentrierst — so weit und so rasch es deine Hand gestattet. Wie geht es der Narbe denn?« Er drehte ihre linke Handfläche nach oben. »Hmm, den Rissen nach zu schließen, hast du zuviel geübt. Tut das weh? Ich will nicht, daß du dir aus Übereifer Schaden zufügst, Menolly, verstehst du?«

Menolly schluckte und lächelte zögernd.

»Man hat es nie leicht, wenn man echtes Talent besitzt, Kind. So etwas ist oft mit Verzicht auf die Annehmlichkeiten des Daseins verbunden.«

Menolly war verblüfft über die Trauer, die tiefe Melancholie, die sich in seinen Zügen spiegelte. Robinton fuhr fort, und es klang, als spräche er zu sich selbst: »Wenn man nicht vorzeitig sein Ziel aufsteckt, führt man immer nur ein halbes Leben.« Doch dann warf er den Kopf zurück und lachte. »Ach was, heute ist ein Festtag, und wir wollen nicht in düstere Gedanken verfallen. Hier . . .« Er zog ein Schubladenfach auf und drückte ihr etwas in die Hand. »Genieß den Rummel! Ich nehme an, daß es in der Burg am Meer selten Zerstreuung gab. Kauf dir was Hübsches an den Ständen . . . einen neuen Gürtel vielleicht . . . und Pasteten. Piemur, das kleine Schleckermaul, führt dich sicher an die richtigen Buden.«

Meister Robinton drohte ihr scherzhaft mit dem Finger. »Aber morgen geht es wieder an die Arbeit. Sebell sagt, daß du sauber kopierst. Bist du gestern abend noch dazugekommen, Brekkes Lied auszufeilen? Im vierten Satz klingt die Melodie ein wenig holprig, findest du nicht?« Er summte ihr die Zeile vor. »Nimm vielleicht eine der traditionellen Liedformen. Das ist zugleich eine gute Übung in Musiktheorie. Versteh mich recht, ich finde, daß deine Stärke im lockeren, weniger formellen Stil liegt. Aber es gibt Puristen in unserer Gilde, die wir besänftigen müssen — zumindest, solange du noch Lehrling bist.«

Zair hatte es sich in der Armbeuge des Meisters bequem gemacht und war eingeschlafen.

»Kann der kleine Wicht eigentlich nur fressen und schlafen?« Die Stimme des Harfners klang ein wenig enttäuscht.

»Die erste Siebenspanne und vielleicht noch ein paar Tage länger«, erklärte Menolly, die immer noch über seine seltsame Philosophie nachdachte. »Danach entwickelt er rasch eine eigene Persönlichkeit.«

»Wie schön.« Der Harfner seufzte erleichtert. »Ich hatte schon befürchtet, der lange Flug im *Dazwischen* könnte ihm geschadet haben.« Er lächelte sie strahlend an. »Siehst du, wenn es um die Echsen geht, bin ich dein Lehrling. So, und jetzt entlasse ich dich für das Fest. Könntest du so lieb sein und im Vorbeigehen das Tablett in die Küche bringen?«

Menolly erfüllte seine Bitte, und Abuna meinte weniger mürrisch als sonst, daß sie rasch frühstücken solle, weil im Speisesaal bald die Tische abgeräumt würden.

Während Menolly zum Speisesaal ging, warf sie einen Blick auf die Marke, die der Harfner ihr zugesteckt hatte. Anfangs dachte sie, das schwache Licht im Korridor habe sie getäuscht, aber im Eingang konnte sie klar erkennen, daß der Strich unter der Zwei stand; bei einer halben Marke wäre er darüber gewesen. Sie umklammerte das kostbare Plättchen. Zwei ganze Marken! Damit konnte sie die Welt kaufen!

Halt, Meister Robinton hatte gesagt, sie solle sich nach einem hübschen Gürtel umsehen. Sicher war ihm nicht entgangen, daß sie im Moment keinen trug. Sie hatte ihn Sebell geliehen, aber es war ohnehin ein schäbiges, ausgefranstes Stück gewesen. Einen neuen Gürtel hatte sie noch nie besessen — einen, den sie noch dazu selbst aussuchen durfte! Wie lieb von Meister Robinton! Sie warf einen Blick über die Tischreihen hinweg und suchte nach Piemurs Lockenschopf. Er war wie gewohnt in ein Gespräch mit seinen Nachbarn vertieft, und da die Jungen die Köpfe zusammensteckten, heckten sie sicher einen dummen Streich aus. Am Rundtisch saßen keine Meister, und die wenigen Gesellen, die zum Frühstück erschienen waren, drängten sich um Kimi, die friedlich auf Sebells Arm schlief.

»Sie könnte keine hergeben, selbst wenn sie es wollte«, sagte Piemur gerade laut, als Menolly sich seinem Tisch näherte. Jemand gab ihm wohl einen Rippenstoß, denn er drehte sich um und fragte keineswegs verlegen: »Oder könntest du?«

»Was?«

»Eine deiner Echsen herschenken.« — »Nein.«

»Bitte — da hörst du es!« Piemur deutete mit spitzem Zeigefinger auf Ranly. »Also hätte Sebell dem Meisterharfner auch nicht seine Königin geben können. Was sagst du, Menolly?«

»Aber Robinton gebührt nun mal die Königin«, widersprach Ranly streitsüchtig.

»Sebell bot sie dem Meisterharfner an, sobald er merkte, was sich ereignet hatte«, berichtete Menolly. »Aber es war zu spät. Wenn die Bindung zwischen Mensch und Tier einmal besteht, kann man sie nicht mehr lösen.«

»Und wie kam dann ausgerechnet Sebell an das Ei der Königin?« Nun schaute Ranly sie argwöhnisch an.

»Reiner Zufall«, entgegnete Menolly und schluckte ihren Zorn über die versteckte Anspielung herunter. »Erstens kann man einfach nicht sicher vorherbestimmen, welches das Königinnen-Ei ist. Zweitens geht die Sache nur Sebell und Meister Robinton etwas an.« Sie konnte den beiden Männern einen Gefallen erweisen, wenn sie solche Gerüchte gleich im Keim erstickte. »Drittens habe ich zwar die beiden größten Eier des Geleges für Meister Robinton ausgesucht . . .« — die Jungen nickten anerkennend —, »aber es hätten ebensogut zwei Bronze-Echsen schlüpfen können.« Dann lachte sie. »Alles geschah so schnell, daß wir gar nicht darauf achteten, wer welches Gefäß nahm. Meister Robinton und Sebell hatten genug zu tun, um die Eier vor dem Herunterstürzen zu bewahren. Die kleine Bronze-Echse schlüpfte zuerst und kugelte geradewegs in Meister Robintons Arme.« Die Jungen hörten mit angehaltenem Atem zu. »Und dann hatte Sebell plötzlich eine Königin in der Hand. Er *versuchte* sie dem Harfner zu geben, aber die Bindung bestand bereits. So etwas läßt sich nicht mehr ändern. Und ich will von euch jetzt keinen Ton mehr hören, wem was gebührt hätte! Es gibt genug dummen Klatsch in der Harfnerhalle.« Sie dachte immer noch darüber nach, was diese Mädchen wohl dem Burgherren zugetragen hatten.

»Mir wollten sie es ja nicht glauben«, meinte Piemur mit beleidigter Unschuldsmiene. »Und ich habe mich halb heiser geredet . . .« Er faßte sich dramatisch an den Hals.

»Wie schrecklich für unser Goldkehlchen!« spottete Ranly.

Piemur schob Menolly einen Becher *Klah* hin und drängte sie, rasch zu trinken. Dann wandte er sich wieder seinen Freunden zu.

»So, und jetzt überlegen wir noch einmal, wie wir am besten zu mehr Marken kommen. Es ist erst das zweite Fest dieses Planetenumlaufs, also schätze ich, daß sie einen älteren Gesellen von der Schmiedezunft herschicken werden, der ein Auge auf den Handel der Jüngeren werfen soll. Dieser Mann ist vermutlich Pergamol, ein Freund meines Vaters; und wenn es Pergamol ist, dann garantiere ich, daß er Spitzenpreise zahlt. Und . . .« Er hielt die Hand hoch, als Ranly ihn unterbrechen wollte. »Und wenn es nicht Pergamol ist, dann bestimmt einer, der ihn kennt.«

»Und wenn es ein junger Kerl ist, der sich nicht von dir einwikkeln läßt?« fragte Ranly bissig.

»Dann drück' ich auf die Tränendrüse.« Piemur zuckte die Achseln. »Wo ich doch noch so klein bin und immer hintenan stehen muß, weil mir die Großen alle Marken wegschnappen . . .« Dicke Tränen zitterten in seinen Augenwinkeln, und in seinem Gesicht lag vertrauensselige Unschuld.

»Darf ich die taktischen Gespräche einen Moment unterbrechen?« Schuldbewußt fuhren die Jungen herum. Sebell stand am Tisch, die Feuerechse im Arm. »Ich habe noch ein paar Fragen an Menolly . . .«

Sie erhob sich und folgte dem Gesellen ans Fenster. Er bedankte sich noch einmal für ihre Hilfe am Morgen und reichte ihr den zusammengerollten Gürtel.

»Meinst du, daß ich Kimi dauernd bei mir haben kann?« fragte er, während er leicht über die gefalteten Schwingen des winzigen Geschöpfs strich. Selbst im Schlaf reagierte die Echse mit einem wohligen Seufzer.

»Je öfter sie bei dir ist, desto enger wird die Bindung. Und wenn sie nicht bei dir ist, sollte sie zumindest in der Nähe sein.«

»Glaubst du, sie kann schon auf meiner Schulter sitzen wie Prinzessin? Ich brauche nämlich zwischendurch beide Hände.«

»Versuch es, wenn sie aufwacht.« Menolly lachte. »Aber mach dich darauf gefaßt, daß sie dir mit ihrem Schwanz hin und wieder die Luft abschnürt.«

»Wie oft frißt sie?«

»Du merkst es bestimmt, wenn sie Hunger kriegt.« Menolly lächelte über Sebells entsetzte Miene. Sicher war ihm die Szene vom frühen Morgen eingefallen. »Wenigstens mußt du kein Futter für sie suchen. Es reicht, wenn du ein paar Fleischbrote in deiner Gürteltasche bereithälst. Außerdem bin ich sicher, daß Camo sogar den Festtagsbraten anschneidet. wenn es darum geht, eine Echse zu versorgen.« Nun mußte auch Sebell lachen. »Eines noch — vergiß nicht, täglich ihre Haut zu ölen.«

»Buh — mit dem gleichen duftenden Zeug, das du für deine Echsen benutzt?«

Menolly unterdrückte ein Kichern. »Meister Oldive hatte nichts anderes zur Hand. Im Normalfall schmieren sich die feinen Burgdamen dieses Öl ins Gesicht . . .«

»Nein!«

»Aber ich bin sicher, er braut dir etwas mit einer herb-männlichen Note zusammen«, neckte ihn Menolly.

Sebell drohte ihr. »Kein schlechter Gedanke! Ich werde ihm den Vorschlag unterbreiten.« Damit verließ er den Tisch.

Piemur stieß sie an. »Paß auf, Menolly«, sagte er. »Ich muß jetzt noch einiges organisieren, aber nach dem Mittagessen machen wir beide einen Bummel über den Festplatz, ja? Ich zeige dir alle Sehenswürdigkeiten.«

Sie nickte, und er schoß hinter seinen Freunden her aus dem Speisesaal.

Einige Gesellen saßen noch am ovalen Tisch und tranken *Klah*, aber die meisten Lehrlinge hatten sich zurückgezogen. Am Rundtisch frühstückte einsam Meister Morshal und warf ihr mißgelaunte Blicke zu. Menolly verließ den Speisesaal und ging auf ihr Zimmer.

Ihre Feuerechsen lagen zusammengerollt auf dem Fensterbrett und hatten die Augen geschlossen. Prinzessin schaute kurz auf, als sie hereinkam, zirpte leise und schlief gleich wieder ein.

Von ihrem Aussichtspunkt im zweiten Stock konnte Menolly den Platz jenseits der Harfnerhalle und die breite Straße zur Burg überblicken. Dort herrschte bereits reges Treiben: Lasttiere zogen den Fluß entlang, im lockeren Trab, als spürten sie ihre Pakken nicht. In einem großen Karree wurden Buden und Stände errichtet. Rund um die Tanzfläche hatte man bereits Tische und Bänke aufgestellt. Denn bei so vielen Harfnern gab es natürlich Musik genug. Menolly überlegte, ob man hier wohl andere Tänze kannte als in der Burg am Meer. Oh, sie freute sich auf das Fest! Es war ihr erstes seit vielen Planetenumläufen.

Menolly sah, wie die Mädchen aus der Pension kamen, vornehm herausgeputzt, mit zarten Schleiern, die ihre Frisuren vor der leichten Brise schützen sollten. Ah, wie gern sie ihnen die Haare einzeln herausgerissen hätte! Menolly verdrängte die Gedanken, selbst ein wenig erschrocken über ihren Haß. Schließlich hatten die Mädchen ihr Ziel nicht erreicht, Baron Groghe gegen sie aufzuhetzen. Weshalb machte sie sich also Sorgen? Es gab bessere Dinge, mit denen sie sich beschäftigen konnte. Sie war keine Gastschülerin, sondern Lehrling. Sogar Lehrling des Meisterharfners!

Und sie hatte die Absicht, das zu bleiben. Mehr denn je, seit die Mädchen versuchten, sie von hier zu verdrängen. Sie wollte bleiben, ihnen und ihren Eltern zum Trotz. Sie wollte sich einen festen Platz hier erkämpfen, denn sie gehörte in die Harfner-

Gilde, wie Meister Robinton immer wieder betonte. Hier konnte sie ihre Musikkenntnisse vervollständigen. Hier mußte sie nicht nur einspringen, wenn jemand ausfiel, sondern hatte ihren ganz eigenen Aufgabenbereich. Und das ließ sie sich nicht von einer albernen Wherhenne nehmen, die mit irgendeinem reichen oder berühmten Großvater protzte wie etwa diese Pona.

Menolly fragte sich, was Silvina wohl unternommen hatte, um die Gerüchte einzudämmen. Doch dann verscheuchte sie diese Gedanken. War das Gerede wirklich so wichtig? Vor allem, da Baron Groghe ihr doch wohlgesonnen schien und sie sogar gebeten hatte, seine Königin Merga abzurichten!

Menolly lachte leise. Wenn die Tratschtanten das erst erfuhren! Sie, die einzige Feuerechsen-Expertin von ganz Pern! In der Harfnerhalle warteten mehr Aufgaben auf sie, als sie gedacht hatte.

Eigentlich schade, die Sache mit den Mädchen. Besonders leid tat ihr, daß Audiva bei den anderen in der Pension wohnte. Mit ihr hätte sie gern näheren Kontakt bekommen. Eine Freundin in der Harfnerhalle — nun ja, sie hatte ja noch Piemur und Sebell.

Menolly trat vom Fenster weg, stimmte ihre Gitarre und begann Brekkes Lied auszuarbeiten. Sie spielte leise, damit sie den Meisterharfner nicht störte, falls er in seinen Räumen war. Glaubte er ehrlich, daß man so eine kleine Melodie, mehr zum Zeitvertreib ersonnen, niederschreiben sollte?

Ihre Finger glitten über die Saiten; sie spielte, bis sie den Mittagsgong hörte. Dann erst kam ihr zu Bewußtsein, daß die Narbe wieder schmerzte und ihre Nackenmuskeln ganz steif waren.

Menolly nahm ein Bad und zog die neuen Kleider an. Sie waren zwar nicht so prunkvoll wie die der anderen Mädchen, aber das Lehrlingsabzeichen an der ärmellosen Wherlederweste bedeutete ihr mehr als Samt und Seide und feine Schals. Als sie die Pantoffeln anzog, sah sie, daß die Sohlen von dem harten Steinboden fast durchgelaufen waren. Nun, wenigstens wußte sie, daß sie jederzeit ohne Scheu zu Silvina gehen und ihr das Problem schildern konnte. Und vielleicht waren ihre Füße bald so verheilt, daß ihr wieder richtige, feste Stiefel paßten.

9

Der ränkische Wind, die zänkische Flut
Verhetzen das Liebchen mir.
Es bäumt sich und schäumt in wilder Wut
Und grollt wie ein wildes Tier.

Ich fleh' dich an, o stürmische Braut,
Hör nicht auf Neid und Haß!
Trag sicher mich heim, denn Schatz, mir graut
Vor deinem kühlen Naß.

Ballade aus der Burg an der Ostküste

Freudige Erregung lag in der Luft. Die Lehrlinge im Speisesaal unterhielten sich lauter als gewohnt, und der Lärm ebbte nur für kurze Zeit ab, als die großen Platten mit dem Braten herumgereicht wurden. Menolly saß bei Ranly, Piemur und Timiny, die sie drängten, herzhaft zu essen, da es abends im besten Falle trockenes Brot geben würde.

»Silvina rechnet damit, daß wir uns auf dem Fest die Bäuche vollschlagen«, erklärte Piemur und stopfte sich einen dicken Fleischbrocken in den Mund. Er stöhnte, als sie ihm Knollengemüse auf den Teller häufte. »Ich hasse das Zeug!«

»Sei froh, daß du so was Gutes bekommst! Bei uns daheim war das eine Delikatesse.«

»Ich trete dir gern meine Portion ab.«

Er war die Großzügigkeit selbst, aber sie wachte streng darüber, daß er den Teller leer aß.

An diesem Tag trödelte keiner am Tisch, und es dauerte nicht lange, bis Brudegan sich erhob und die Arbeitsliste verlas.

»Zum Glück hat es mich heute nicht erwischt«, seufzte Piemur erleichtert.

»Ich denke, heute ist Ruhetag.«

»Sicher, aber weil wir zur Harfner-Gilde gehören, rechnen die in der Burg mit unserer Musik. Manche singen vor, andere spielen zum Tanz auf. Da fällt mir übrigens was ein, Menolly! Nimm deine Feuerechsen nicht mit auf das Fest!« Sie schlenderten über den Hof, und die anderen Jungen nickten. »Man kann nie wissen, was für Gesindel auf so einem Fest erscheint.« Das klang wie eine düstere Warnung.

»Wer würde denn einer Echse etwas Böses antun?« fragte Menolly erstaunt.

»Keiner. Aber es gibt genug Typen, die versuchen könnten, deine Freunde zu klauen.«

Menolly schaute auf. Ihr Schwarm sonnte sich auf den Fenstersimsen. Als hätten sie ihre Sorge gespürt, flatterten Prinzessin und Rocky auf ihre Schulter und zirpten fragend.

»Könnte ich nicht wenigstens Prinzessin mitnehmen? Keiner sieht sie, wenn sie sich in meinen Haaren versteckt.«

Piemur schüttelte bedächtig den Kopf. Die anderen Jungen ahmten die Geste ernst nach.

»*Wir*...« Und Piemurs Geste umfaßte die ganze Harfnerhalle. »Wir kennen dich und deine Schar. Aber heute kommen sicher einige von diesen Klugscheißern, die nichts wissen und sich doch überall aufspielen. Und du trägst dein Lehrlingsabzeichen. Lehrlinge besitzen nichts und haben nichts zu sagen. Sie müssen jedem Gesellen und jedem Meister gehorchen, selbst wenn er von einer anderen Gilde kommt. Beim Ei, weißt du, wie Prinzessin sich verhalten würde, wenn jemand versuchte, dich rumzukommandieren? Stell dir vor, die Kleine greift einen Meister oder einen verwöhnten jungen Baron an!«

»Könnte das Meister Robinton in Schwierigkeiten bringen?« fragte Menolly ängstlich.

»Möglich«, entgegnete Piemur. Die beiden anderen nickten ernst.

»Und wie schaffst du es, dich aus solchen Dingen rauszuhalten, Piemur?« fragte Menolly.

»Nun, bei einem Fest nehme ich mich ganz besonders zusammen. Hier in der Harfnerhalle ist alles halb so wild, aber unter so vielen Fremden...«

»He, Piemur!« Sie drehten sich um. Brolly und ein anderer Lehrling, den Menolly nicht kannte, kamen auf sie zugerannt. Brolly schwenkte ein buntbemaltes Tamburin und der andere eine polierte Tenorflöte.

»Wir dachten schon, du seist allein losgezogen, Piemur«, keuchte der Junge. »Hier ist meine Flöte. Meister Jerint hat mir und Brolly für sein Tamburin den Stempel gegeben. Nimmst du sie jetzt zum Schätzstand mit?«

»Klar. Der Schätzer ist tatsächlich Pergamol, ein Freund meines Vaters.«

Piemur übernahm die Instrumente, winkte Menolly und ging auf die locker verteilten Stände am Rand des Festplatzes zu.

Zum erstenmal kam Menolly zu Bewußtsein, wie viele Menschen im Bereich der Burg Fort lebten. Sie hätte sich gern noch ein wenig am Rande aufgehalten, um einen Blick auf die Menge zu werfen, aber Piemur nahm sie an der Hand und zog sie mitten ins Gewühl.

Um ein Haar wäre sie mit ihrem Führer zusammengestoßen, als der unvermittelt zwischen zwei Ständen anhielt. Er warf einen warnenden Blick über die Schulter, und Menolly bemerkte, daß er die Instrumente hinter seinem Rücken verbarg, während er eine treuherzige Miene aufsetzte. Ein Gerbergeselle verhandelte mit dem gutgekleideten Schätzer, in dessen Rockaufschlag mit Goldfäden das Emblem der Schmiede-Gilde gestickt war.

»Das ist Pergamol«, wisperte Piemur. Er wandte sich an seine Kameraden. »Los, verschwindet jetzt und wartet drüben am Messerstand, bis ich fertig bin! Kein Mann mag es, wenn er Zeugen bei seinen Handelschaften hat. Nein, Menolly, du kannst natürlich bleiben.« Piemur hielt sie fest, als sie den anderen folgen wollte.

Obwohl Menolly sah, daß sich Pergamols Lippen bewegten, hörte sie nichts von seinen Worten und nur hin und wieder ein Murmeln seines Geschäftspartners. Der Schätzer strich immer wieder über ein fein gegerbtes Wherleder, fast als hoffte er, einen Fehler in dem schönen, hellblau eingefärbten Stück zu finden.

»Vermutlich eigens bestellt«, flüsterte ihr Piemur ins Ohr. »Das kommt teuer. Siehst du, bei uns ist das so. Sobald Jerint ein Instrument gestempelt hat, verkaufen wir es an einem fremden Stand. Der Schätzer braucht dann nicht weiterzusagen, daß es ein Lehrling gemacht hat, und kann es mit Gewinn losschlagen. So kriegen wir einen besseren Preis dafür, als wenn wir am Harfner-Stand verkaufen. Dort sind die Leute verpflichtet, den Hersteller zu nennen.«

Nun begriff Menolly Piemurs Strategie.

Der Handel mit dem Gerber wurde per Handschlag besiegelt, und Marken wechselten ihren Besitzer. Der Schmied faltete sorgfältig das blaue Wherleder und legte es in eine Reisetasche.

Piemur wartete, bis die beiden Geschäftspartner ihr Abschiedsgeplauder beendet hatten — auch das gehörte zu den Spielregeln — und schoß dann blitzschnell an den Stand, ehe ihm jemand zuvorkommen konnte.

»Ja, wen haben wir denn da? Na, mal sehen, was du mitgebracht hast. Hmm — in der Tat gestempelt . . .« Menolly stellte fest, daß Pergamol nicht nur das Siegel auf dem Tamburin prüfte. Er warf ihr einen fragenden Blick zu, als er die straff gespannte Haut des Tamburins mit dem Knöchel anstieß und die am Rahmen befestigten Schellen zart zu tönen begannen. »Und welchen Preis hast du dir dafür ausgerechnet?«

»Vier Marken«, erklärte Piemur in einem Tonfall, der enorm bescheiden klang.

»Vier ganze Marken?« staunte Pergamol, und ein zähes Ringen begann.

Menolly war mehr als beeindruckt von Piemurs Schlauheit, als die beiden den Handel bei dreieinhalb Marken abschlossen. Der Junge schien das Feilschen schon in der Wiege gelernt zu haben, so gut beherrschte er die Regeln. Der Handel um die Flöte ging rascher voran, weil Pergamol zwei Bauern bemerkte, die geduldig im Hintergrund warteten. Aber auch dieses Geschäft kam zustande und wurde mit Handschlag besiegelt, und Piemur steckte die Marken ein. Seine Miene verriet, daß er unendlich enttäuscht über Pergamols Geiz war. Menolly tat er fast leid. Aber kaum hatten sie sich ein paar Schritte von dem Stand entfernt, da grinste er sie breit an.

»Na, was habe ich gesagt? Mit Pergamol kommt man klar!«

»Wie?« Menolly war völlig verwirrt.

»Aber ich bitte dich! Dreieinhalb Marken für ein Tamburin und drei für eine Flöte! Das sind Spitzenpreise.« Die Jungen umringten ihn, und Piemur schilderte in dramatischen Worten, wie er Pergamol erpreßt habe. Er bekam für seine Mühe von jedem der Freunde eine Viertelmarke und erklärte Menolly, damit seien sie noch billig weggekommen, denn am Harfnerstand müßten sie eine halbe Marke Vermittlungsgebühren bezahlen.

»Los, Menolly, gehen wir!« drängte er und zerrte sie weg von den anderen Jungen. »Hier riecht es nach frischen Pasteten.«

»Pasteten?« Davon hatte auch Meister Robinton gesprochen.

»Dich lade ich ein, weil es dein erstes Fest ist«, meinte er großmütig. »Aber bilde dir nicht ein, daß ich denen was stifte!«

»Wir kommen doch eben erst vom Essen . . .«

»Feilschen macht hungrig.« Er leckte sich die Lippen. »Und so eine saftige Pastete mit viel Beerensaft ist nicht zu verachten. Hier durch — komm!«

Er steuerte sie durch das Gewühl, bis sie eine breite Öffnung erreichten. Von dort konnten sie zum Fluß und der Wiese hinunterschauen, wo die Lasttiere der Händler grasten. Auf allen Wegen und Gassen strömten Leute herbei. Selbst von der Ebene und den Berghöfen rückten sie an. Ihre bunten Gewänder lagen wie Farbtupfer über dem frischen Grün der Frühlingsfelder. Die Sonne schien warm und golden. Ein herrlicher Tag für ein Fest, fand Menolly. Piemur zerrte sie ungeduldig weiter.

»Die haben bestimmt noch nicht alle Pasteten verkauft«, meinte sie lachend.

»Nein, aber die Dinger werden schnell kalt, und ich mag sie am liebsten ofenheiß, wenn der Saft noch Blasen wirft.«

Und das lange, breite Blech, das eben aus dem Backofen auf die Theke geschoben wurde, bot in der Tat einen verlockenden Anblick: Beerensaft quoll dick über die braunen Krusten der süßen Kuchen.

»He, du bist ja früh dran, Piemur! Zeig mal her, ob du überhaupt Marken hast.«

Piemur holte widerstrebend ein Zweiunddreißigstel hervor und zeigte es dem Zweifler.

»Dafür kriegst du ganze sechs Pasteten.«

»Was? Bloß sechs?« In Piemurs Miene spiegelte sich Verzweiflung. »Mehr konnten wir, daß heißt, die Jungen aus meinem Schlafsaal und ich, beim besten Willen nicht auftreiben.«

»Da fall ich nicht drauf rein, Piemur«, spottete der Bäcker. »Ich weiß genau, daß du die Dinger allein verdrückst und deinen Freunden keinen Bissen abgibst.«

»Meister Palim . . .«

»Geselle reicht mir auch. Sechs Kuchen für ein Zweiunddreißigstel oder ab mit dir, mein Freund!« Der Bäckergeselle nahm grinsend sechs Pasteten von seinem Blech. »Wer ist denn dein langbeiniger Kumpel hier?«

»Das ist Menolly . . .«

»Menolly!« Der Bäcker schaute überrascht auf. »Das Mädchen, das die Feuerechsen-Ballade schrieb?« Eine siebente Pastete landete auf dem Tablett.

Menolly suchte in ihrer Tasche nach der Zweiermarke.

»Die eine Pastete geht auf mich, Mädchen, als Willkommensgruß. Und wenn du mal zufällig ein Echsen-Ei übrig hast — ich wüßte ein warmes Plätzchen dafür . . .« Er blinzelte ihr zu und lachte breit.

»Menolly!« Piemur packte sie am Handgelenk und starrte mit großen Augen auf die Zweiermarke. »Wo hast du die denn her?«

»Von Meister Robinton. Er gab sie mir heute morgen und sagte, ich solle mir einen hübschen Gürtel und Kuchen kaufen. Bitte, Geselle, was kosten die Pasteten?«

»Unsinn!« erklärte Piemur beleidigt. »Ich hatte dich eingeladen, klar? Du brauchst dein Geld heute noch.« Er hatte sich halb vom Bäckerstand abgewandt und blinzelte ihr heftig zu.

»Piemur, ich weiß nicht, was ich die letzten Tage ohne dich angefangen hätte«, entgegnete Menolly und schob ihn zur Seite, um dem Bäcker ihr Geld zu geben. »Bitte, ich bezahle.«

»Los, ihr beiden, einigt euch! Ihr vertreibt mir die Kunden«, lachte der Bäcker, und er deutete auf Camo, der mit schwerfälligen Schritten näher kam.

»Camo! Wo warst du so lange, Camo?« rief Piemur. »Wir haben dich überall gesucht. Hier ist dein Kuchen, Camo.«

»Kuchen?« Und Camo kam mit ausgestreckten Händen näher. Er trug einen frischen Kittel, sein Gesicht glänzte vor Sauberkeit, und jemand hatte ihm die struppige Mähne glattgebürstet. Offensichtlich war auch er vom Duft der Pasteten angelockt worden.

»Ja, Kuchen, wie ich's dir versprochen hatte, Camo.« Piemur reichte ihm zwei Pasteten.

»So, dann hast du mich ausnahmsweise nicht angeschwindelt, du kleiner Spitzbub. Obwohl ich nicht verstehe, wie Camo und Menolly . . .«

»Hier ist dein Geld«, erklärte Piemur arrogant und schob Palim das Zweiunddreißigstel zu. »Ich hoffe, daß deine Pasteten halten, was der Preis verspricht.«

Menolly schluckte, denn inzwischen lagen neun kleine Kuchen auf dem Tablett.

»Drei für dich, Camo.« Piemur reichte Camo eine dritte Pastete. »Aber verbrenn dir nicht den Mund, hörst du? Drei für dich, Menolly.« Der Kuchen war so heiß, daß sie ihn kaum festhalten konnte. »Und drei für mich. Danke, Palim. Das war echt großzügig von dir. Ich werde allen erzählen, daß deine Backwaren die besten sind . . .« Er winkte Camo und Menolly zu. »Los jetzt, ihr beiden!« Der Bäcker starrte ihm erst verblüfft nach und begann dann schallend zu lachen. »Bis später, Palim.«

»Wir haben neun Pasteten zum Preis von sechs bekommen!« sagte Menolly, als sie sich weit genug vom Stand entfernt hatten.

»Klar, und wenn ich noch mal hingehe, kriege ich wieder neun, weil er denkt, daß ich immer mit dir und Camo teile. Den habe ich noch nie so prächtig reingelegt wie heute!«

»Piemur!«

»War gar nicht dumm von dir, die Zweiermarke rumzuzeigen. So früh am Tag hätte er die gar nicht wechseln können. Den Trick probier ich bei Gelegenheit selbst.«

»Du bist ein richtiger Gauner, Piemur.«

»Hmm!« Er biß in den Kuchen und kaute ganz verzückt. »Gut, nicht wahr?«

»Ja, aber das ändert nichts an der Tatsache, daß . . .«

»Was hast du denn? So ein Geschäft macht allen Beteiligten Spaß. Besonders, wenn es noch früh am Tag ist. Später langweilen sie sich dann, und da hilft es nicht einmal, wenn man ganz klein und armselig tut.«

Piemur schnitt eine erschrockene Grimasse. »Mann, Camo, wie siehst du denn aus?«

»Kuchen gut!« Camo hatte sich blitzschnell alle drei Pasteten in den Mund gestopft. Sein Kittel war jetzt fleckig von Beerensaft, und überall im Gesicht klebten ihm Kuchenreste.

»Menolly, schau dir den Kerl an! Der bringt die ganze Gilde in Verruf. Keinen Moment kann man ihn aus den Augen lassen. Los, komm mit!«

Piemur zerrte Camo hinter die Buden, bis er einen Wasserschlauch entdeckte. Er befahl dem Knecht, sich die Hände und das Gesicht zu waschen. Menolly fand einen einigermaßen sauberen Lappen und rieb damit die schlimmsten Flecken aus seinen Kleidern.

»Verflixt noch mal, jetzt ist das Zeug kalt!« schimpfte Piemur, als er nach seiner dritten Pastete griff. »Camo, manchmal schadest du mehr, als du nützt!«

»Camo schlimm? Camo schlimm?« fragte der Knecht traurig und verwirrt.

»Ach wo, laß nur, war nicht so gemeint! Ich mag dich, Camo.

Du bist mein Freund.« Piemur tätschelte den Arm des Trottels, und der strahlte erleichtert.

»Kalt oder nicht«, meinte Menolly, als sie ihre letzte Pastete in Angriff nahm, »die Dinger schmecken einfach herrlich.«

Piemur warf ihr einen nachdenklichen Blick zu. »Hmm, dann könntest eigentlich du das nächste taktische Gespräch mit Palim führen.«

»Ich schaffe keinen Bissen mehr . . .«

»Jetzt nicht — später.«

»Gut, dann lade aber ich dich ein.«

»Einverstanden!« Das kam blitzschnell, und Menolly merkte, daß sie den Köder mitsamt Haken und Schnur geschluckt hatte. »Aber jetzt suchen wir erst mal den Gerber.« Er nahm sie an der Hand und Camo am Ärmel und schleppte die beiden hinter sich drein. »Du bist also wirklich Meister Robintons Lehrling? Puh! Warte, bis ich das den anderen erzähle! Ich hab's ihnen prophezeit, aber die wollten mir nicht glauben.«

»Ich verstehe nicht, was du meinst.«

Piemur warf ihr einen verwirrten Blick zu. »Er hat doch gesagt, daß du sein Lehrling bist, als er dir die Zweiermarke gab, oder?«

»Er hat mir das schon öfter gesagt, aber ich fand das nicht ungewöhnlich. Unterstehen ihm denn nicht alle Lehrlinge in der Gilde? Er ist der Meisterharfner . . .«

»Ich merke schon, du hast wirklich keine Ahnung.« Piemurs Miene verriet Mitleid. »Jeder Meister hat ein paar Lehrlinge ganz für sich. Ich gehöre beispielsweise zu Meister Shonagar. Deshalb mache ich auch alle Botengänge für ihn. Ich weiß nicht, wie das bei euch in der Burg am Meer war, aber hier wird man als allgemeiner Lehrling aufgenommen. Wenn man sich irgendwo als besonders gut erweist, wie ich im Singen oder Brolly im Instrumentenbauen, dann übernimmt einen der Meister dieses Fachs zur besonderen Ausbildung. Und wenn er zufrieden ist, schenkt er einem hin und wieder eine Marke. Wenn dir also Meister Robinton eine Zweiermarke geschenkt hat, bist du sein Lehrling, und er ist besonders zufrieden mit dir. Er bildet nicht oft jemanden aus.« Piemur schüttelte bedächtig den Kopf und pfiff durch die Zähne. »Wir hatten schon Wetten abgeschlossen, wer an die Reihe kommen würde, nachdem Sebell zum Gesellen aufgerückt war . . . und Ranly bildete sich ganz fest ein, er könnte es schaffen.«

»Mag Ranly mich deshalb nicht?«

Piemur tat ihre Frage mit einer lässigen Geste ab. »Ranly hatte von Anfang an keine Chance, und das wußte jeder außer ihm. Er hält sich für klüger, als er ist. Meister Robinton hatte so lange gesucht — nach dem Jungen, von dem die Balladen stammten. Schau, da drüben ist der Stand des Gerbers! Und sieh dir diesen schönen blauen Gürtel an! Er hat sogar eine Feuerechse als Schnalle.« Er senkte die Stimme. »Du läßt mich verhandeln, klar?«

Ehe Menolly antworten konnte, schlenderte Piemur an den Stand und betrachtete die ausgestellten Wappenröcke, Pantoffeln und Stiefel. Nur den Gürtel schien er nicht zu sehen.

»Doch«, sagte er zu Menolly. »Die haben auch blaues Stiefelleder.«

Da Menolly Piemurs Verhandlungsgeschick bereits erlebt hatte, gehorchte sie dem Wink und strich mit dem Finger über das kräftige Wherleder. Sie konnte den Gürtel im Hintergrund erkennen, und die Schnalle besaß in der Tat die Form einer Feuerechse.

»Sagt bloß, daß ihr bezahlen könnt, ihr junges Gemüse!« meinte der Gerbergeselle, an Piemur gewandt, und schielte unsicher zu Menolly, die mit ihrem kurzgeschnittenen Haar, den langen Hosen und dem Lehrlingsabzeichen kaum von einem Jungen zu unterscheiden war.

»Ich? Bestimmt nicht. Aber *sie* braucht neue Schuhe. Ihre Pantoffeln sind eine Schande.«

Der Gerber warf einen Blick auf ihre Füße, und Menolly hätte die ausgefransten Slipper am liebsten versteckt.

»Das ist Menolly«, fuhr Piemur fort, ohne sich um ihre Verlegenheit zu kümmern. »Sie hat neun Feuerechsen, und sie ist Meister Robintons neuer Lehrling.«

Menolly wäre vor Scham am liebsten im Boden versunken. Dann entdeckte sie zu allem Überfluß dicht neben sich helle Schleier und prunkvoll bestickte Kleider. Pona kam näher, am Arm eines jungen Mannes. Dieser trug das Gelb von Fort und den Schulterknoten, der ihn als engen Angehörigen des Barons auswies. Hinter Pona kamen Briala, Amania und Audiva, alle in Begleitung von vornehm gekleideten jungen Männern. Den Farben und Schulterknoten nach zu schließen, handelte es sich um Pflegesöhne von Baron Groghe.

»Hier, Menolly, was hältst du von diesem Stück Leder?« fragte Piemur.

»Erkundigen Sie sich lieber, ob sie überhaupt Marken besitzt«, warf Pona ein. Ihre Stimme klang sanft und glatt, aber gerade das gab ihren Worten Schärfe. »Sicher fingert sie das Zeug nur an und kauft dann doch nichts. Ich dagegen möchte, daß Sie mir Maß für ein Paar leichte Sommerschuhe nehmen . . .« Sie hielt den prallgefüllten Beutel hoch.

»Sie hat eine Zweiermarke«, fuhr Piemur wütend auf.

»Die ist sicher gestohlen«, entgegnete Pona und gab ihre überlegene Haltung auf. »Sie besaß nichts, als sie noch in der Pension wohnen durfte.«

»*Gestohlen*?« Menolly spannte sich an.

»Quatsch, gestohlen!« entgegnete Piemur. »Meister Robinton hat sie ihr heute morgen geschenkt.«

»Nimm deine Beleidigung auf der Stelle zurück, Pona!« forderte Menolly. Ihre Hand umklammerte das Gürtelmesser.

»Benis, sie bedroht mich!« kreischte Pona und hielt sich an ihrem Begleiter fest.

»Nun hör mir mal gut zu, Lehrlingsmädchen!« begann Benis im Befehlston. »Du hast es mit einem Burgfräulein zu tun. Gib ihr das Geld, und die Sache ist erledigt.«

»Menolly, laß dich nicht zum Streit herausfordern!« Audiva hatte sich an den anderen vorbeigeschoben und packte Menolly nun am Arm. »Genau das bezweckt sie doch!«

»Pona hat mich zu oft gekränkt, Audiva.«

»Menolly, du darfst nicht . . .«

»Hol mir diese Zweiermarke, Benis!« zischte Pona. »Der werd' ich's zeigen.«

»Rühr mich nicht an, Benis!« warnte Menolly, als der junge Mann einen Schritt auf sie zukam. »Diese Angelegenheit trage ich mit Pona allein aus.«

Und sie wandte sich Pona zu, die mit einem entsetzten Quieken zurückwich.

»Benis, sie ist gefährlich! Das habe ich dir doch gesagt.«

»Bleib ruhig, Menolly!« drängte Audiva. »Merkst du nicht, was sie vorhat . . . Piemur, so hilf mir doch!«

»Warte, Audiva, mit dir rechne ich auch noch ab!« fauchte Pona.

»Komm, Mädchen!« begann Benis von neuem mit herablassender Stimme. »Her mit dem Geld, und wir sprechen nicht mehr darüber, daß du Pona beleidigt hast!«

»Aber Pona hat doch Menolly beleidigt!« fuhr Piemur entrüstet dazwischen.

»Halt den Mund!« sagte Benis knapp. Er trat einen Schritt vor und maß lächelnd seine drei leichten Gegner.

Pona quietschte los, als Menolly an dem jungen Mann vorbeischoß und versuchte, sie an den langen Flechten zu packen.

»He, Moment mal!« sagte der Gerber laut, als er merkte, daß es ernst wurde. »Das hier ist ein Fest und kein . . .«

Benis war ebenfalls flink auf den Beinen. Er wirbelte herum, packte Menollys linken Arm und drehte ihn nach hinten. Mit einem Triumphschrei faßte Pona nach der Gürteltasche mit dem Geld. Piemur lief Menolly zu Hilfe. Er trat Benis gegen das Schienbein und riß Pona an den Haaren.

Menolly schüttelte ihren Widersacher ab; sie hatte bei der jahrelangen Arbeit an den schweren Fischernetzen mehr Kraft entwickelt als der blasse Jüngling. »Überlaß Pona mir!« rief sie Piemur zu und winkte ihn zur Seite.

»Benis, rette mich!« kreischte Pona und wollte zu dem jungen Baron laufen, aber Piemur hielt sie noch am Zopf fest.

Benis versetzte dem Kleinen einen Tritt, der ihn stürzen ließ, und stieß dem am Boden Liegenden hart den Schuh zwischen die Rippen.

»Laß den Jungen in Ruhe!« Menolly vergaß ihren Streit mit Pona und warf sich auf Benis. Sie ballte die Hand zur Faust und schlug sie dem Baron mit aller Kraft ins Gesicht. Der stolperte mit einem Schmerzensschrei zurück. Einer der anderen vornehmen jungen Männer wollte sich auf Menolly stürzen, aber Audiva umklammerte seinen Arm.

»Viderian! Menolly ist die Tochter des See-Barons! Hilf uns doch!«

Verblüfft schaute der junge Mann in die Runde und stellte sich dann Benis in den Weg, der von neuem Piemur angreifen wollte. Dem kleinen Lehrling lief Blut aus der Nase.

Im nächsten Moment war die Luft erfüllt von kratzenden, flügelschlagenden Feuerechsen. Piemur schrie, daß es Benis noch leid tun würde, einen Lehrling des Meisterharfners angegriffen zu haben; Camo glaubte seine geliebten Echsen in Gefahr und hieb ohne Unterschied auf Freund und Feind ein. Menolly erhielt einen schmerzhaften Schlag gegen das Ohr, als sie versuchte, den Rasenden zurückzuhalten.

»Beim Ei! Der blöde Küchenknecht!«

»Los, rennt weg!«

»Packt sie!«

»Ich hab' sie, Menolly!«

Die Feuerechsen dagegen kannten Feind und Freund genau auseinander. Sie stürzten sich auf Pona, Briala, Amania und ihre Galane. Menolly bemühte sich verzweifelt, ihre Schar zur Vernunft zu bringen. Die Mädchen und ihre Begleiter ergriffen die Flucht vor den wilden Luftangriffen.

»Herrscht hier endlich Ruhe!« Die Stimme dröhnte so gewaltig, daß sie Kreischen, Heulen und Kampfgeschrei übertönte, und sie klang so streng, daß alle auf der Stelle gehorchten. »Los, haltet Camo fest! Gießt ihm einen Eimer Wasser über den Kopf, damit er sich beruhigt! Hilf mit, Gerber! Menolly, bring deine Feuerechsen zur Vernunft! So ein Krawall auf einem Fest!«

Der Harfner trat in die Mitte des Getümmels, riß einen Pflegling vom Boden hoch, stieß eines der Mädchen in die Arme der Zuschauer, welche die Kämpfer in einem dichten Kreis umstanden, und half dem blutenden Piemur beim Aufstehen. Das Eingreifen Robintons wurde beeinträchtigt von dem erschrockenen Kreischen der kleinen Bronze-Echse, die sich an seinem linken Arm festkrallte, aber es bestand kein Zweifel am Zorn des Meisterharfners. Stille breitete sich aus, nur unterbrochen von Ponas und Brialas Schluchzen.

»So«, sagte Robinton mit blitzenden Augen. »Was hat es hier gegeben?«

»Sie hat an allem schuld!« Pona wankte einen Schritt auf Meister Robinton zu und deutete mit spitzem Zeigefinger auf Menolly. Lange Kratzer liefen ihr über die Wangen, ihr Schleier war zerfetzt und ihr kunstvoll geflochtenes Haar aufgelöst. »Dauernd macht sie Schwierigkeiten . . .«

»Meister, das stimmt nicht«, warf Piemur entrüstet ein. »Menolly und ich suchten eben einen Gürtel aus, als Pona . . .«

»Der kleine Gauner da hat mir ein Bein gestellt, als wir ahnungslos vorbeigingen, und plötzlich griffen uns diese gefährlichen Bestien an. Nicht zum erstenmal übrigens! Dafür habe ich Zeugen!«

»Baronesse«, begann er sehr ruhig. »Sie sind im Moment nicht in der Lage, objektiv zu urteilen. Briala, bringen Sie Ihre Freundin zurück in Duncas Pension. Das Fest scheint zu aufregend für ihr zartes Gemüt gewesen zu sein. Amania, vielleicht sollten Sie Briala helfen.« Wenngleich der Harfner Besorgnis über ihren Zustand äußerte, entging doch keinem der Umstehenden, daß er in Wirklichkeit die drei Mädchen scharf tadelte.

Dann wandte er sich den jungen Männern von der Burg zu. Benis hatte eine blaues Auge, das allmählich zuschwoll, und ein übel zerkratztes Gesicht. Unter dem strengen Blick des Meisterharfners versuchte er den Staub aus seinen Kleidern zu klopfen. Die anderen Begleiter der Mädchen hatten Haltung angenommen, als plötzlich Robinton in ihrer Mitte auftauchte.

»Baron Benis?«

»Ja, Meisterharfner?« Der Blick des jungen Mannes blieb gesenkt.

»Wie schön, daß Sie meinen Rang kennen«, meinte Robinton mit einem dünnen Lächeln.

Menolly hatte inzwischen Prinzessin und Rocky besänftigt, die sich nicht wie die anderen Echsen fortschicken ließen. Sie schaute überrascht auf, als sie den strengen Tonfall des Meisterharfners vernahm.

Einer der Burgpfleglinge stieß Benis in die Rippen, und der junge Mann fuhr ärgerlich herum.

»Ich nehme an, daß Sie alle für den Rest des Tages beschäftigt sind«, fuhr der Meisterharfner fort.

»Beschäftigt? An einem Festtag . . . äh . . . Meister?«

»Sie scheinen ein wenig spät zu merken, daß heute ein Festtag ist. Ich rechne damit, daß Sie sich in die Burg begeben und dort Ihre Verletzungen pflegen. Oder wäre Ihnen ein Hinweis an Baron Groghe lieber?« Die jungen Männer schüttelten heftig die Köpfe.

Dann gab er den Gaffern mit einem Wink zu verstehen, daß sie weitergehen sollten, und kümmerte sich um Camo. Der wurde immer noch von drei kräftigen Gesellen festgehalten und jammerte, weil er seine schönen Kleinen in Gefahr glaubte.

»Den Echsen geht es gut, Camo. Siehst du? Menolly hat ihre kleinen Echsen wieder. Den Echsen geht es gut.« Der Harfner sprach beruhigend auf den erregten Mann ein, und Menolly hielt ihm Prinzessin und Rocky entgegen.

»Schöne Kleine gut?«

»Ja, Camo. Brudegan, wer ist sonst noch in der Nähe?« fragte Robinton seinen Gesellen. Ein paar andere junge Harfner meldeten sich. »Bringt Camo zurück in die Halle«, befahl er und drückte Brudegan eine Marke in die Hand. »Und kauft ihm unterwegs noch ein paar Kuchen. Die hat er sich verdient.«

Die Menschenmenge verlief sich. Der Meisterharfner streichelte seine Echse und wandte sich dann der kleinen Gruppe zu, die übriggeblieben war. Er winkte alle an einen freien Platz hinter den Ständen.

»Und nun erzählt mir einmal in Ruhe, was vorgefallen ist«, begann er, aber seine Stimme klang längst nicht mehr so eisig wie zuvor.

»Es war nicht Menollys Schuld!« sagte Piemur und stieß Audiva beiseite, die ihm das Blut von der Nase wischen wollte. »Wir schauten uns gerade Gürtel an . . .« Seine Blicke suchten Bestätigung beim Gerber.

»Ich weiß zwar nichts von Gürteln, Meister Robinton«, sagte der, »aber die beiden lieferten keinerlei Anlaß zu Klagen. Plötzlich näherte sich die blonde junge Dame, Baronin Pona, und versuchte ihren Rang gegen das Harfnermädchen auszuspielen. Machte eine häßliche Andeutung, daß Ihr Lehrling Geld gestohlen habe . . .«

Ein bestürzter Ausdruck huschte über die Züge des Harfners. »Du hast doch nicht etwa deine Zweiermarke bei dem Durcheinander verloren, Menolly?« Er schaute sich suchend auf dem zertrampelten Boden um. »Ich habe nämlich nicht viele davon.«

Menolly hielt das Streitobjekt feierlich in die Höhe.

»Ein Glück«, lächelte der Harfner und bat den Gerber, mit seinem Bericht fortzufahren.

»Dann ergriff das Mädchen da . . .« — der Geselle nickte zu Audiva hin — »Menollys Partei, ebenso der junge See-Baron, der sie begleitete. Ich glaube, die Gemüter hätten sich beruhigt, wenn nicht plötzlich Camo und die Echsen dazwischengefahren wären. Gehören die alle *ihr*?« Und er wies mit dem Daumen auf Menolly.

»Ja«, entgegnete der Harfner, »eine Tatsache, die man im Auge behalten sollte. Die Tiere merken offenbar, wenn ihre Herrin in Bedrängnis ist.«

»Ich habe sie nicht zu Hilfe gerufen, Meister«, versicherte Menolly, die endlich ihre Stimme wiederfand.

»Das war bestimmt nicht notwendig.« Robinton legte ihr beruhigend eine Hand auf die Schulter.

»Meister Robinton«, sprudelte Audiva hervor. »Pona haßt Menolly, obwohl sie gar keinen Grund dazu hat.«

»Danke, Audiva, mir waren ihre Ränke auch schon aufgefallen.« Der Harfner verbeugte sich leicht vor ihr. »In Zukunft wird Baronin Pona weder Sie, Audiva, noch dich, Menolly, belästigen.« Seine Stimme war mit einemmal hart wie Stahl. »Und vielen Dank, Baron Viderian, daß Sie Loyalität gegenüber der Halbkreis-Bucht bewiesen haben. Ich hoffe, daß sich irgendwann die Kluft zwischen Land- und Seeburgen überbrücken läßt.«

»Mein Vater teilt Ihre Hoffnung, Meister Robinton. Deshalb hat er mich zur Ausbildung nach Fort geschickt.« Der junge Mann verneigte sich vor dem Meisterharfner. Doch im nächsten Moment erstarrte seine Miene, und er schluckte heftig.

»Ah«, meinte der Harfner nach einem Blick über die Schulter. »Ich hatte mich schon gewundert, wo Baron Groghe so lange bleibt . . .« Er lachte leise. »Viderian, Sie verschwinden jetzt mit Audiva. Und noch viel Spaß auf dem Fest!«

Audiva hakte sich bei dem jungen See-Baron unter und zerrte ihn fort.

»Mann — Baron Groghe!« wisperte Piemur Menolly zu und zog sie am Ärmel.

Der Harfner hielt den Jungen an der Schulter zurück. »Du bleibst, Freund Piemur, damit wir diese Angelegenheit endlich abschließen können.« Dann wandte er sich an den Gerber: »Welcher Gürtel hat Menolly gefallen?«

»Der mit der Feuerechsen-Schnalle«, murmelte Piemur und verkroch sich hinter dem Rücken des Harfners, als der Burgherr näher kam.

»Robinton, meine Königin scheucht mich schon wieder durch die Gegend«, klagte Baron Groghe. Dann stahl sich ein Lächeln über sein gerötetes Gesicht. »Ah, Menolly, das trifft sich gut. Merga benimmt sich entsetzlich — nanu, jetzt hat sie aufgehört.« Der Burgherr warf seiner Echse einen anklagenden Blick zu.

»Das ist rasch erklärt«, sagte Robinton leichthin.

»Ja? Nun sehen Sie sich die beiden an!«

Die Königinnen zirpten und tschilpten mit schräggelegten Köpfen wie zwei Küchenmägde, die den neuesten Klatsch austauschten.

»Was soll das alles?« wollte Baron Groghe wissen.

»Ich nehme an, die beiden haben sich einiges zu erzählen«, lachte Robinton. »Und dabei fällt mir ein Gerücht ein, das ich vorhin hörte, Baron. Der Weinschenk hat heute ein Faß des edlen Benden-Tropfens mitgebracht.«

»Was?« Baron Groghes Interesse war geweckt. »Wie ist er an diese Kostbarkeit gekommen?«

»Fragen wir ihn doch!«

»Sehr gut. Gleich?«

»Wäre schade, wenn er ihn an Leute verteilt, die ihn nicht zu würdigen wissen, oder?« Robinton nahm Baron Groghe am Arm.

»Allerdings.« Ehe sich der Burgherr endgültig abwandte, schaute er Menolly an. Sie erschrak, aber sein Blick war freundlich. »Mit dem Mädchen möchte ich mich einmal länger unterhalten. Bei unserer letzten Begegnung herrschte einfach zuviel Trubel.«

»Gern. Baron Groghe, sobald Menolly ihren Handel abgeschlossen hat . . .«

»Handel? Oh, da wollen wir nicht stören.« Baron Groghe schob die Unterlippe vor und schaute von Menolly zum Gerber. »Aber beeil dich, Mädchen. Ich finde so selten Zeit, mich gemütlich hinzusetzen und zu plaudern.«

»Besorg dir den Gürtel, Menolly«, sagte der Harfner leise. »Und komm dann zu uns ins Weinzelt. Und *du* . . .« — der Zeigefinger des Meisterharfners spießte Piemur auf —, »du wäschst dir das Gesicht, hältst den Mund und machst keine Schwierigkeiten, solange ich meinen Wein genießen möchte.« Der Baron zerrte ihn ungeduldig am Ärmel, und die beiden Männer entfernten sich.

Ein leiser Pfiff scheuchte Menolly aus ihrer Erstarrung. Sie wandte den Blick von den beiden einflußreichsten Männern Forts ab. Piemur fuhr sich mit der Hand dramatisch über die Kehle.

»Nun wird es wohl ein ewiges Geheimnis bleiben, wer Benis ein blaues Auge verpaßt hat. Einen Schlag hast du drauf, Menolly . . .«

»Als ich sah, wie dich der feige Kerl mit den Füßen trat, wurde ich so wütend . . .«

»Darf ich mich Piemurs Gratulation anschließen?« fragte eine ruhige Stimme. Die beiden wirbelten herum und entdeckten Sebell, der an der Theke des Gerberstandes lehnte. Die Augen seiner kleinen Königin glommen immer noch rot.

»O nein!« stöhnte Menolly nach einem Blick auf die Echse. »Nicht auch noch *du*!« Sie war vollkommen niedergeschlagen. Diese Rauferei ausgerechnet mit dem Sohn des Burgherrn hatte ihr gerade noch gefehlt.

»Es war doch nicht deine Schuld, Menolly«, erklärte Piemur.

»Das nicht — aber irgendwie schlittere ich immer in solche Situationen.«

»Und seit wann sind Sie hier, Sebell?« fragte Piemur, ohne auf Menollys Jammern zu achten.

»Ich kam gleich nach dem Burgherrn«, grinste der Geselle. »Und ich sah gerade noch, wie Benis auf Umwegen heimschlich. Es war nicht schwer zu erraten, wer ihm die Kratzer zugefügt hatte.« Er streichelte geistesabwesend seine Echse. »Wissen möchte ich nur brennend gern, wer die Kühnheit besaß, ihm das herrliche Veilchen zu verpassen.«

»Ein seltener Anblick war das«, meldete sich der Gerber zu Wort. »Das Mädchen landete einen herrlichen Treffer bei dem jungen Schnösel. So was ist mir noch nie untergekommen, und ich habe manche Festtagsrauferei miterlebt. Nun, Harfnermädchen, welchen Gürtel hattest du im Sinn, ehe der Streit losbrach? Ich dachte, du wärst mehr auf Stiefelleder aus.« Er warf Piemur einen scharfen Blick zu.

»Menolly möchte den blauen mit der Feuerechsen-Schnalle.«

»Der ist sicher viel zu teuer«, warf Menolly hastig ein.

Der Gerber drehte sich um und holte den Gürtel vom Haken. »Den hier hast du gemeint?«

Menolly schaute das kostbare Stück sehnsüchtig an. Sebell nahm den Gürtel in die Hand und prüfte ihn genau.

»Eine schöne Arbeit, Harfner«, sagte der Gerbergeselle. »Und wie geschaffen für das Mädchen mit ihren Feuerechsen.«

»Was verlangen Sie dafür?« erkundigte sich Piemur mit wichtiger Miene.

Der Gerber warf einen Blick auf Piemur, strich mit den Fingerspitzen über den Gürtel und schaute dann Menolly an.

»Er gehört dir, Mädchen. Und ich nehme kein Geld von dir. Es war mir Lohn genug, mitanzusehen, wie du den jungen Raufbold abgefertigt hast. Hier, trag ihn, und er möge dir Glück bringen!«

Piemur starrte ihn mit weit offenem Mund an.

»Aber das kann ich nicht annehmen.« Menolly schob die Zweiermarke über die Theke.

Der Gerber schüttelte den Kopf und drückte ihr den Gürtel und das Geld in die Hand.

»O doch, du kannst, Harfnermädchen. Und damit ist der Handel abgeschlossen.« Und mit einem kräftigen Händedruck besiegelte er seine Worte.

»Noch etwas, Gerber Ligand . . .« Sebell trat näher, beugte sich über die Theke und fuhr leise fort: »Ich glaube, wir alle sollten diesen Zwischenfall so rasch wie möglich vergessen . . .«

»Ich verstehe, Harfner Sebell«, erwiderte der Gerber und nickte. »Auch wenn es mir schwerfallen wird, diese Geschichte für mich zu behalten . . . Nein, keine Sorge, Harfnermädchen! Du machst ein Gesicht wie eine Siebenspanne Schlechtwetter. Und wenn du Schuhe brauchst, die zu deinem neuen Gürtel passen sollen, dann gib mir nur Nachricht. Ich arbeite preisgünstig.« Er grinste Piemur an. »Auch wenn ich hin und wieder gern feilsche . . .«

Piemur setzte eine unschuldige Miene auf. Er wollte etwas entgegnen, aber Sebell brachte ihn mit einem scharfen Blick zum Schweigen. »Dir waschen wir jetzt erst mal das Gesicht, mein Junge.«

»Hinter meinem Stand befindet sich ein Wassertrog«, warf der Gerber ein. »Bedient euch — und hier habt ihr ein sauberes Tuch!« Er drückte Menolly einen Lappen in die Hand und tat ihren Dank mit einer lässigen Geste ab.

Kaum hatte sich Sebell, Menolly und Piemur zurückgezogen, drängten Kunden an den Gerberstand heran.

»Ha!« meinte Piemur, der einen Blick über die Schulter warf. »Gar nicht dumm von diesem Ligand, daß er dir den Gürtel geschenkt hat. Er macht jetzt bestimmt dreimal soviel Geschäfte wie vorher . . .«

»Du hältst jetzt den Mund!« befahl Sebell und rubbelte ihm das Gesicht sauber.

»He — ich . . .« Piemurs Proteste erstickten unter dem Lappen.

»Je weniger wir über diese Sache sprechen, Piemur, desto besser. Und was ich zu Ligand sagte, gilt erst recht für dich. Hier und in der Halle, verstanden? Es wird ohnehin genug Gerüchte geben.«

»Glauben Sie — ich — puh, das reicht doch — ich würde — etwas tun — das Menolly schadet?«

Sebell warf einen kritischen Blick auf sein Werk und ließ den sauberen Piemur los. »Nein, das glaube ich nicht. Du willst sicher auch weiterhin die Echsen füttern . . .«

»Also, das ist unfair!«

»Sebell, was mache ich nur, wenn sich meine Echsen auch in Zukunft so aufführen?« Menolly brachte es nicht länger fertig, ihre Ängste zu unterdrücken.

»Sie haben dich nur verteidigt . . .«, begann Piemur, aber er schwieg sofort, als Sebell mit dem Lappen drohte.

»Heute hatten sie, wie Piemur ganz recht bemerkte, Grund für ihre Angriffslust. Und der nächtliche Spuk vor kurzem war die Folge ungewöhnlicher Ereignisse, die sämtliche Drachen und Echsen von Pern beeinflußten.« Sebell drehte sich um und entdeckte, daß die Leute vor dem Harfnerstand ihr Gespräch unauffällig zu belauschen suchten. Er winkte die beiden Lehrlinge ein Stück hinter die Verkaufsbuden, wo sie besser vor den Blicken der Neugierigen geschützt waren. »Das alles . . .« — Sebells Geste umfaßte den Festplatz, die Harfnerhalle und die Burghöhe — »ist für sie genauso neu wie für dich. Sie sind jung wie du, auch wenn du schon eine Menge geleistet hast, Mädchen. Das alles ist wieder einmal eine Frage der Disziplin«, schloß er, aber in seiner Stimme war kein Tadel.

»Du hast recht, mir fehlte die Selbstbeherrschung«, gestand Menolly. Ihre Herausforderung an Pona hätte alles verderben können.

»He, das darfst du nicht sagen!« rief Piemur entrüstet. »Deine Rechte war einsame Spitze . . .« — er ahmte den Schlag nach —, »und nach allem, was Pona dir angetan hatte, war es nur recht und billig, eine Entschuldigung von ihr zu fordern . . .« Piemur schluckte, als er Sebells Interesse bemerkte, und sprach den Satz nicht zu Ende.

»Du hast eine Entschuldigung von Pona gefordert?« fragte der Harfnergeselle überrascht. »Du wußtest doch, daß Silvina diese Angelegenheit in Ordnung bringen wollte!«

»Sie nannte mich eine Diebin und hetzte Benis auf, mir die Zweiermarke wegzunehmen.«

»Die Zweiermarke, die ihr Meister Robinton für einen neuen Gürtel geschenkt hatte!« empörte sich Piemur.

»In diesem Fall mußtest du dich wehren«, sagte Sebell bedächtig. Er schaute Menolly lächelnd an. »Es ist sogar gut, zu wissen, daß du dich zu wehren verstehst. Nur — der Einsatz der Feuerechsen . . .«

»Ich habe sie nicht gerufen, Sebell, ehrlich nicht! Aber als Benis Piemur zu Boden stieß und mit den Füßen trat, bekam ich Angst. Der Kleine lag wie tot da.«

»Das Beste, was man machen kann, wenn der Gegner überlegen ist«, grinste Piemur.

»Dennoch kann ich es nicht billigen, daß Harfnerlehrlinge raufen — und schon gar nicht mit Angehörigen des Burgherrn . . .«

»Benis ist der schlimmste Radaubruder von Fort, Sebell, und Sie wissen genau, daß er ständig Stunk macht.«

»Jetzt reicht es aber, junger Mann«, erklärte Sebell mit einer Schärfe, die Menolly gar nicht an ihm kannte. »Allerdings hatte ich mit Disziplin nicht das gemeint, Menolly. Ich meinte die Fähigkeit, ein Projekt, eine Aufgabe zu Ende zu führen — so wie das Lied, das du gestern geschrieben hast . . . War es wirklich erst gestern?« Und er streichelte Kimi, die zusammengerollt in seiner Armbeuge schlief.

»Du hast ein *neues* Lied geschrieben?« Piemur strahlte. »Das weiß ich noch gar nicht. Wann kriegen wir es zu hören?«

»Wann ihr . . .« Menollys Stimme versagte.

»Was ist denn los, Mädchen?« Sebell nahm sie am Arm und schaute sie besorgt an.

»Es ist nur — alles so anders . . .«, stammelte sie, unfähig, den Aufruhr in ihrem Innern zu bekämpfen. »Wißt ihr . . . wißt ihr, was früher geschah, wenn ich ein Lied schrieb?» Sie versuchte die Worte zurückzuhalten, die aus ihr hervorbrachen, aber sie schaffte es nicht. Piemurs spitzes kleines Gesicht verriet tiefes Mitgefühl, und Sebell ermutigte sie weiterzusprechen. »Mein Vater *verprügelte* mich, wenn ich *herumspielte*, wie er es nannte. Und als ich mich beim Ausnehmen von Stachelschwänzen in die Hand schnitt . . .« — sie öffnete die Faust, damit die beiden die häßliche rote Narbe sehen konnten —, »da ließen sie die Wunde mit Absicht falsch zusammenwachsen, damit ich nie wieder ein Instrument greifen könnte. Sie verboten mir, abends im Großen Saal mitzusingen, weil sie Angst hatten, Harfner Elgion könnte herausbringen, wer die Kinder in der Burg nach dem Tode des alten Petiron unterrichtet hatte. Sie *schämten* sich für mich! Sie befürchteten, ich könnte die Burg in Verruf bringen. Deshalb bin ich weggelaufen. Ich wollte lieber in einem Sporenregen sterben, als noch eine Nacht in der Halbkreis-Bucht leben . . .«

Bittere Tränen über das Unrecht, das man ihr angetan hatte, liefen Menolly die Wangen entlang. Sie merkte, wie Piemur sie bat, nicht mehr zu weinen, weil doch jetzt alles gut sei, und sie spürte Sebells starken Arm um ihre Schultern. Aber erst Prinzessins erregtes Zirpen ermahnte sie, ihre Gefühle zu beherrschen. Meister Robinton und Baron Groghe freuten sich bestimmt nicht über einen zweiten Echsen-Aufruhr an diesem Nachmittag.

Sie wischte sich heftig die Wangen trocken und warf dann einen trotzigen Blick auf die verwirrten Gesichter von Piemur und Sebell.

»Und ich wollte, daß du mir zeigst, wie man Fische ausnimmt!« Sebell schüttelte seufzend den Kopf. »Ich wunderte mich schon über dein Zögern. Aber keine Sorge, ich frage jemand anderen, nun, da ich weiß, weshalb du diese Arbeit so haßt.«

»Nein, ich *will* dir diese Dinge beibringen, Sebell — das Ausnehmen von Fischen genauso wie das Segeln! Ich bin vielleicht nur ein Mädchen, aber ich möchte zu den besten Harfnern der ganzen Gilde gehören . . .«

»Langsam, Menolly«, lachte Sebell. »Ich glaube dir ja.«

»Ich auch«, sagte Piemur. Die Stimme des Jungen klang sehr nachdenklich. »Wir hatten keine Ahnung, daß es dir daheim in der Burg so schlecht ergangen war. Wollte denn gar niemand deine Balladen hören?«

»Doch, Petiron, aber als er starb . . .«

Sebell nahm ihre Hand. »Jetzt verstehe ich auch, weshalb es dir so schwerfällt, an dich selbst zu glauben. Aber versprich mir, Menolly, daß du von nun an mehr Selbstvertrauen zeigst! Deine Balladen sind sehr wichtig — für den Meisterharfner, die Gilde und mich. Siehst du, Domick schreibt herrliche Musik, aber nur wir Harfner begreifen sie. Deine Lieder wenden sich an alle Leute — Burgbewohner, Bauern, Seefahrer. Die Themen deiner Lieder rütteln die Menschen auf und helfen die starren Traditionen zu durchbrechen, denen du beinahe zum Opfer gefallen wärst.

Es ist falsch, wenn man seine eigenen Fähigkeiten geringschätzt, Mädchen. Gut, finde heraus, wo deine wahren Grenzen liegen, aber setz dir keine willkürlichen Schranken durch falsche Bescheidenheit.«

»Schau mich an«, warf Piemur altklug ein. »Ich tu das auch nicht.«

Menolly lachte los. Dann straffte sie die Schultern und atmete tief durch. Prinzessin rieb das Köpfchen gegen ihre Wange und zirpte zufrieden.

»Jetzt geht es besser, Menolly, nicht wahr?« fragte Piemur. »Dann aber nichts wie los ins Weinzelt! Du hast deinen Gürtel, und ich bin gewaschen — wir dürfen Meister Robinton und Baron Groghe nicht länger als unbedingt nötig warten lassen.«

Menolly zögerte einen Moment lang.

»Nun?« Sebell zog fragend die Augenbrauen hoch.

»Und wenn der Burgherr erfährt, daß ich Benis das blaue Auge geschlagen habe?«

»Nicht von Benis, das steht fest«, entgegnete Piemur und schnitt eine verächtliche Grimasse. »Außerdem hat er fünfzehn Söhne. Aber nur eine Feuerechse. Er will mit dir über Merga reden, nicht über Benis!«

10

Wie von selbst zuckt der Fuß und schnellt das Bein,
Dumpf pocht das Blut in den Ohren.
Ein Kressezweig fällt aus der angststarren Hand . . .
Ich fliehe entsetzt vor den Sporen.

Menollys »Fluchtgesang«

Zu Menollys gewaltiger Erleichterung wollte Baron Groghe in der Tat über Feuerechsen sprechen — und zwar ausschließlich über die seine. Zu viert — Robinton, Sebell, Baron Groghe und sie — saßen sie an einem Nebentisch, jeder eine Echse auf dem Arm oder auf der Schulter. Menolly kam es ein wenig seltsam vor, daß ausgerechnet sie, der Neuankömmling in der Harfner-Gilde, einen Platz in dieser vornehmen Runde fand. Mit dem Burgherrn kam sie trotz seines polternden Tonfalls und den finsteren Grimassen, die er schnitt, schnell ins Gespräch, nachdem sie ihre anfängliche Nervosität überwunden hatte. Sie erfuhr in allen Einzelheiten, wie die kleine Echse des Barons geschlüpft war und welche Ängste er dabei empfunden hatte.

»Ich wäre froh gewesen, dich an meiner Seite zu haben, Mädchen.«

»Sie vergessen, Baron, daß meine Freunde etwa zur gleichen Zeit schlüpften wie Merga. Ich hätte Ihnen damals kaum gute Ratschläge geben können.«

»Aber jetzt kannst du, Kind, jetzt kannst du. Wie bringe ich Merga nur bei, daß sie Gegenstände für mich befördert? Ich habe von der Sache mit der Panflöte gehört.«

»Sie hat vermutlich nicht die Kraft dazu. Sehen Sie, um die Flöte anzuschleppen, mußte sich mein ganzer Schwarm anstrengen.« Menolly spürte die Enttäuschung des Barons und dachte nach. »Ein Zettel mit einer Botschaft — das würde sie vielleicht schaffen. Aber Sie müßten ihr das Gefühl vermitteln, daß dieser Auftrag unbedingt notwendig ist. Bei mir . . . nun ja, meine Füße schmerzten ganz entsetzlich, und der Weg zur Pension war so weit . . .«

Seine Augen, von einem sonderbar hellen Braun, betrachteten Menolly aufmerksam. »Ah, unbedingt notwendig, sagst du? Hmmm. Ich wüßte nicht, was ich *so* notwendig brauche.« Er lachte, als er ihren Gesichtsausdruck bemerkte. »In der Jugend, Mädchen, da ist alles enorm wichtig. Wenn du erst mal so alt bist wie ich, dann hast du gelernt, dein Leben zu *planen.*« Er blinzelte ihr zu. »Werde mir den Ratschlag aber merken, denn meine Merga ist ein Bündel von Emotionen. Stimmt's, Kleine?« Er streichelte sie zärtlich mit dem klobigen Zeigefinger. »Gefühle, darauf reagieren sie also am ehesten. Und ein brennender Wunsch ist eine Art Gefühl, was? Wenn man etwas ganz notwendig braucht . . .« Er lachte wieder und schaute den Harfner an. »Nun haben Sie es gehört, Robinton. Gefühle vermitteln diese kleinen Geschöpfe, nicht Wissen. Wie kürzlich Brekkes Angst. Und heute . . .« Wieder wandte er den hellen Blick Menolly zu.

»Heute — war alles meine Schuld, Baron«, erklärte Menolly und benutzte die Ausrede, die Piemur ausgeklügelt hatte. »Mein kleiner Freund Piemur stolperte im Gedränge, und ich hatte solche Angst, er könne zertrampelt werden . . .«

»Ah, warum haben Sie mir das nicht eher erzählt, Robinton?« fragte Baron Groghe und hielt sein leeres Weinglas hoch. Der Harfner füllte es rasch.

»Ich wußte wirklich nicht«, fuhr Menolly mit echter Zerknirschung fort, »daß ich damit Sie, den Meisterharfner und Sebell auf den Plan rufen würde.«

»Ob Menschen- oder Echsenkinder — die Jugend macht viel Wirbel«, stellte der Harfner mit einem Lächeln fest. »Ich denke, solche Zwischenfälle werden sich nicht mehr ereignen, wenn die Echsen eine gewisse Reife besitzen.«

Wieder wandte sich der Baron an Menolly: »Glaubst du, daß unsere Kleinen noch ein Stück wachsen?« Er verglich Merga und Prinzessin mit kritischen Blicken.

»Mirrims drei Echsen im Benden-Weyr waren vom ersten Gelege, nicht wahr? Sie sind kaum einen Fingerbreit höher«, entgegnete Menolly, froh über den Themawechsel. »Dabei müßten sie um einige Siebenspannen älter sein.« Der Meisterharfner nickte zustimmend. »Und als ich F'nors Königin Grall zum erstenmal sah, hielt ich sie für Prinzessin.« Ihre Echse zirpte empört. »Nur einen Moment lang«, fügte Menolly hinzu und streichelte Prinzessin. »Und nur weil ich keine Ahnung hatte, daß es im Weyr überhaupt Feuerechsen gab.«

»Kannst du dir denken, wann die erste Paarung stattfindet?« Der Baron schaute sie hoffnungsvoll an.

»Nein, das weiß ich wirklich nicht, Baron. T'gellan, der Reiter von Monarth, will jedoch die Höhle im Auge behalten, in der meine Echsen schlüpften, um zu sehen, ob die alte Königin ihre Eier wieder dorthin bringt.«

»Höhle? Ich dachte, die Feuerechsen legten ihre Eier in Sandkuhlen am Strand?«

Meister Robinton gab ihr durch einen Wink zu verstehen, daß sie frei sprechen könne. Und so erzählte Menolly, wie sie den Paarungsflug der Feuerechsen nahe den Drachen-Steinen beobachtet hatte und später bei der Suche nach Spinnenklauen auf das Gelege der Königin gestoßen war. Sie berichtete von der drohenden Flut und der Verzweiflung der kleinen Echse, die ihr Nest in Gefahr sah. Und wie sie, Menolly, am Ende die Eier in eine Höhle der Uferklippen gebracht hatte, um sie vor dem Untergang zu retten.

»Dann hast *du* diese Ballade geschrieben, die jetzt alle Leute singen?« Baron Groghe nickte anerkennend. »Weshalb haben Sie mit keinem Wort erwähnt, daß dieses Lied von einem Mädchen stammt, Robinton?«

»Als das Lied in unsere Hände gelangte, wußten wir nichts von Menolly.«

»Hmm. Na ja, ist auch egal. Weiter, Mädchen! Geschah alles so, wie du es in der Ballade beschrieben hast?«

»Ja, Baron.«

»Und wie kamst du gerade in dem Moment, da die Jungen schlüpften, zu dieser Höhle?«

»Ich war bei der Suche nach Spinnenklauen zu weit die Küste entlanggelaufen. Ein Fädeneinfall stand bevor. Ich befand mich im Freien, als die graue Wand näherrückte, und die einzige Zuflucht, die mir einfiel, war die Höhle. Ich kam an — einen Sack voll Spinnenklauen in der Hand — gerade, als die ersten Eierschalen platzten. Und ich konnte die Kleinen doch nicht ins Freie fliegen lassen, wo gerade die Sporen fielen. Ich fütterte alle, die ich erwischen konnte, mit Spinnenklauen. Deshalb der große Schwarm, den ich jetzt besitze.«

Als hätte die Erwähnung von Futter ihren Hunger geweckt, begannen Kimi und Zair laut zu kreischen.

Robinton sprang auf. »Entschuldigen Sie, Baron, ich will nicht unhöflich sein, aber ich . . .«

»Unsinn! Sie bleiben. Und Sie auch, Sebell«, fügte der Burgherr hinzu, als der Geselle sich erheben wollte. »Die Kleinen fressen überall. Und sie sind nicht heikel. He, du . . .« — Baron Groghe schnippte mit den Fingern, und der Lehrling des Weinhändlers kam an den Tisch gerannt —, »hol uns von den Buden ein Tablett mit Fleischpasteten. Ein großes Tablett, hörst du? Es muß für zwei hungrige Echsen und ein paar Harfner reichen. Kenne nicht einen einzigen Harfner, der zu wenig Appetit entwickelt hätte. Bist du auch hungrig, Harfnermädchen?«

»Nein, danke, Baron.«

»Willst mich wohl Lügen strafen, was? He, Junge, bring auch ein paar Beerenkuchen mit!« schrie der Burgherr dem davoneilenden Lehrling nach. »Hoffentlich hat er das noch gehört. Du bist also die Tochter von Yanus in der Halbkreis-Bucht?«

Menolly nickte.

»War selbst noch nie dort. Aber die Fischer brüsten sich oft mit den großen Felsenhöhlen, in denen die Schiffe ankern. Stimmt es, daß die gesamte Fangflotte darin Platz findet?«

»Ja, Baron, das ist richtig. Selbst der größte Segler kann in die Höhle einlaufen, ohne die Masten zu kappen — außer der Wasserstand ist ungewöhnlich hoch. Außerdem gibt es im Innern einen Felsensockel für Reparaturen, eine kleine Schiffswerft und eine trockene Nebenhöhle, in der das Holz für neue Boote aufbewahrt wird.«

»Und der Wohntrakt liegt über dieser Dockhöhle?« Baron Groghe schien das anzuzweifeln.

»O nein, Baron. Die Burg hat ihren Namen nicht umsonst.« Menolly formte Daumen und Zeigefinger zu einem Halbkreis. »Hier, bei meinem Daumen, liegt die Dockhöhle. Und das da . . .« — sie deutete zur Fingerspitze — »ist die Burg, am längeren Ende des Halbkreises. Dazwischen erstreckt sich Sandstrand. Dort machen sie die Ruderboote fest. Und bei gutem Wetter nehmen sie Fische aus oder flicken und trocknen die Netze und Segel.«

»Sie?« Baron Groghe zog die buschigen Augenbrauen hoch.

»Ja, Baron, sie. Ich gehöre jetzt zu den Harfnern.«

»Ausgezeichnet, Menolly«, entgegnete Baron Groghe und schlug sich mit der flachen Hand auf den Schenkel, daß Merga erschrocken hochflatterte. »Mädchen oder nicht, Robinton, da haben Sie einen echten Gewinn für Ihre Gilde. Das gefällt mir. Das gefällt mir wirklich.«

»Danke, Baron Groghe. Ich war überzeugt davon, daß Sie es so sehen würden«, erwiderte der Meisterharfner mit einem schwachen Lächeln. Dann nickte er Menolly beruhigend zu.

»Dieser Gedanke von Ihnen, Robinton, die Zünfte, Gilden und Burgen näher zusammenzubringen, scheint Früchte zu tragen«, fuhr der Baron nachdenklich fort. »Vielleicht schicke ich den einen oder anderen meiner Söhne in eine Meeres-Burg.«

Der Gedanke, daß Benis unter der Fuchtel ihres Vaters arbeiten müßte, gefiel Menolly, obwohl sie natürlich nicht wußte, ob der Baron gerade ihn meinte.

In diesem Moment kam atemlos der Weinhändler-Lehrling zurück. Er schleppte zwei riesige Tabletts an und stellte sie vorsichtig auf den Tisch.

Während die kleinen Echsen gefüttert wurden, sah Menolly, daß immer mehr Leute auf das Karree zwischen den Buden und Zelten drängten. An einem Ende befand sich ein hölzernes Podium, auf dem nun eine Gruppe von Harfnern Platz nahm und die Instrumente stimmte. Sofort bildeten sich Tanzpaare. Ein hochgewachsener Harfnergeselle stellte sich in die Mitte, rief laut die Tanzfiguren aus und schlug auf einem Tamburin den Rhythmus.

Die Zuschauer an den Seitenlinien klatschten im Takt zur Musik und riefen den Tänzern aufmunternde Worte zu. Auch Baron Groghe begann zu klatschen und mit den Füßen zu stampfen.

Menolly sah die Farben aller Zünfte und Gilden; auch die Bauern aus der Nachbarschaft waren herbeigeströmt und standen jetzt herum, Weingläser in den klobigen Händen, die Stiefel für den festlichen Anlaß sauber gewichst. Als die Musik eine Pause machte, zogen einige der Pächter ihre Frauen auf den Platz.

Nach und nach ermüdeten die Tänzer, und die Musiker auf dem Podium machten Brudegan und einigen seiner älteren Lehrlinge Platz. Auf ein Zeichen von ihm hin sangen sie die Ballade, die Elgion bei seiner Ankunft in der Halbkreis-Bucht vorgetragen hatte: jenes Lied, das Menolly nie zu Ende gehört hatte. Sie beugte sich vor, eifrig darauf bedacht, jedes Wort und jede Note zu erhaschen. Prinzessin hob den Kopf, zirpte leise und schaute ihre Herrin fragend an.

»Laß sie mitsingen«, sagte Meister Robinton. Er beugte sich vor. »Aber es wäre besser, wenn die anderen auf ihren Dächern blieben.«

Menolly übermittelte ihren Freunden den Befehl, doch im gleichen Moment fiel Merga auf Baron Groghes Schulter in den Gesang ein.

Der Diskant der Echsen erhob sich über die Harfnerstimmen, und Menolly merkte, daß sie wieder einmal im Blickpunkt der Menge stand. Baron Groghe strahlte vor Stolz und trommelte den Rhythmus auf der Tischplatte mit.

Donnernder Beifall brandete auf, und Rufe wie: »Die Feuerechsen-Ballade!« »Das Lied der Königin!« wurden laut.

Brudegan winkte von seinem Podium Menolly gebieterisch zu sich.

»Los, Mädchen! Worauf wartest du noch?« Baron Groghe schnippte mit den Fingern. »Sing das Lied! Schließlich hast du es auch geschrieben. Habe noch nie im Leben einen Harfner gesehen, der sich zierte, wenn es ums Singen ging!«

Menolly warf Meister Robinton einen flehenden Blick zu, aber in den Augen des Harfners funkelte der Schalk, und er lächelte nur.

»Du hast Baron Groghes Worte gehört. Und es wird Zeit, Menolly, daß du dich als Harfnerin einführst.« Er erhob sich und reichte ihr den Arm. Ihr blieb keine andere Wahl, als auf den Platz zu gehen, wenn sie nicht die Gilde blamieren und Baron Groghe verärgern wollte.

»Ich begleite dich, wenn ich darf. Erinnerst du dich noch an die geänderten Stellen?« fragte Robinton, während er sie die Stufen hinaufgeleitete.

Sie nickte stumm. Brudegan grinste breit, als sie näher kam, und winkte zwei Gitarrenspieler herbei.

Menolly starrte in ein Meer von Gesichtern. Stille breitete sich aus, und der Meisterharfner summte die erste Zeile der Feuerechsen-Ballade. Meister Shonagars Worte durchzuckten Menolly: ›Halte dich gerade, Schultern zurück, Bauchatmung, Mund weit auf — *und sing!*‹

»Die Königin, klein und golden,
Droht schrill der weiten See.
Tod bringt die Flut
Der jungen Brut.
Sie schreit hinaus ihr Weh.«

Der Beifall, der nach der letzten Strophe der Ballade aufbrandete, war so ohrenbetäubend, daß Prinzessin mit Angstgekreisch davonstob. Erst als sich der Lärm legte, kehrte die kleine Echse zurück.

»Sing ein Lied aus der Halbkreis-Bucht«, flüsterte ihr der Meisterharfner ins Ohr, während er einige Übergangsakkorde spielte. »Etwas, das die Landbewohner vielleicht noch nicht kennen. Fang einfach an — wir begleiten dich dann.«

Menolly räusperte sich, und die Menge schwieg. Sie sang zur Einleitung den Refrain, um Meister Robinton den Einsatz zu erleichtern. Die Gitarren fielen prompt ein.

»O weite See, o sanfte See,
Mein einzig Liebchen du,
Deine weichen Arme umfangen mich,
Und wiegen mich zur Ruh' . . .«

»Gut gemacht«, lobte der Harfner, während von neuem Beifall losbrach. »Das Lied war ihnen neu.« Er verbeugte sich, und Menolly winkte schüchtern. Dann begann wieder eine Harfnergruppe zum Tanz aufzuspielen.

Robinton führte Menolly zurück an den Tisch, wo Baron Groghe immer noch begeistert klatschte, Sebell reichte dem Meisterharfner seine mehr als entrüstete kleine Bronze-Echse.

Menolly hätte sich gern für einen Moment hingesetzt und von ihrem ersten öffentlichen Auftritt erholt, aber Talmor wartete bereits auf sie.

»Komm, Menolly! Du hast jetzt deine Harfner-Pflicht erfüllt. Tanzt du mit mir?« Er warf Prinzessin einen skeptischen Blick zu. »Ob sie auf deiner Schulter sitzenbleibt?«

Die Musiker hatten einen temperamentvollen Galopp angestimmt.

»Sie kommt inzwischen zu mir«, meinte Sebell und streckte den Arm aus. »Zair war auch einigermaßen brav . . .«

Prinzessin schimpfte zwar ärgerlich, aber sie ließ sich am Ende doch überreden. Talmor legte einen Arm um Menollys Taille und wirbelte sie geschickt über die Tanzfläche.

Danach fand Menolly kaum noch Zeit, einen Schluck Wein zu trinken oder Prinzessin ein paar beruhigende Worte zu sagen. Viderian holte sie zu einem Gruppentanz, bei dem Audiva Tal-

mor zum Partner hatte. Dann kam Brudegan und zu ihrer großen Verblüffung auch Meister Domick. Piemur meinte beleidigt, daß er besser tanze als jeder Geselle und schließlich ihr bester Freund sei, oder? Also tanzte sie auch mit ihm.

Gesangsquartette wechselten mit der Tanzmusik ab. Die beiden Lieder, die Petiron an den Meisterharfner geschickt hatte, wurden immer wieder verlangt. Sebell spürte Menollys Verlegenheit und blinzelte ihr lachend zu.

Mit dem Einbruch der Dunkelheit ließ der Trubel ein wenig nach, denn diejenigen, die einen weiten Heimweg hatten, mußten allmählich an den Aufbruch denken. Die Buden wurden abgebaut, die Zugtiere eingespannt und die Renner gesattelt. Der Weinhändler hatte seine Fässer zum Glück in den Kellern des Burgbergs gelagert und bediente bereitwillig auch noch die späten Zecher.

Prinzessin zwickte Menolly ungeduldig in die Wange und erinnerte sie daran, daß der Echsenschwarm lange genug auf sein Abendessen gewartet hatte. Erschrocken über ihre Gedankenlosigkeit, eilte Menolly zur Harfnerhalle zurück. Auf den Stufen zum Innenhof stand Camo mit verzweifelter Miene, im Arm eine riesige Schüssel mit Fleischabfällen. Kaum hatte er Menolly und ihre Schar erspäht, da begann er zu strahlen.

»Schöne Kleine hungrig? Schöne Kleine *sehr* hungrig! Camo warten. Camo auch hungrig!«

Aus dem Nichts tauchte Piemur auf.

»Siehst du, Camo, ich habe dir *gesagt,* daß sie noch kommt. Und daß sie sich freut, wenn wir ihr beim Füttern helfen!«

Piemur unterbrach ihre atemlosen Entschuldigungen, indem er eine Handvoll Fleischbrocken packte und sein Trio zu füttern begann.

»So ein Fest macht Spaß, nicht wahr? War auch höchste Zeit, daß du mal was erlebst. Und wie du gesungen hast — einsame Spitze! Du solltest die Feuerechsen-Ballade öfter bringen. Das gefällt den Leuten. Und woher kommt es, daß wir die Meeres-Balladen nicht kennen? Ein ganz merkwürdiger Rhythmus.«

»Ich weiß nicht — es ist ein uraltes Lied . . .«

»*Ich* habe es jedenfalls noch nie gehört!«

Menolly mußte lachen, weil Piemur sich benahm wie ein rechthaberischer Greis.

»Hoffentlich weißt du noch mehr von der Sorte, denn die anderen kenne ich alle schon auswendig ... He, du hast eben was gekriegt, Faulpelz! Jetzt ist Spiegel dran — *schsch!* Benimm dich gefälligst!«

Die hungrigen Echsen hatten Camos Schüssel im Nu geleert. Dann beugte sich Ranly aus dem Fenster des Speisesaals und rief, sie sollten sich beeilen, weil das Essen gleich abgeräumt würde. Der Saal war halbleer. Piemur hatte mit seiner Behauptung, daß es an einem Festtag nur schmale Kost in der Halle gab, recht behalten. Aber mehr als Brot und ein wenig Käse schaffte Menolly ohnehin nicht.

Als der Lehrlings-Älteste die Jungen in den Schlafsaal schickte, ging auch Menolly nach oben in ihr Zimmer. Vom Festplatz drangen leise Melodien an ihr Ohr. Sie hatte ihren ersten Auftritt als Harfnerin gehabt, und alles war gutgegangen. Zum erstenmal fühlte sie, daß sie hierhergehörte. Begleitet von der Musik und dem fernen Lachen schlief sie ein, die warmen kleinen Körper der Echsen neben sich.

Am nächsten Morgen erinnerte nur das niedergetrampelte Gras an das Fest. Bauern waren unterwegs zu den Feldern, Hirten trieben ihre Tiere auf die Weiden, und Lehrlinge liefen mit geschäftigen Mienen zwischen den Gebäuden hin und her. Eine Gruppe von Rennern stob den schrägen Weg von der Burg herunter und verschwand in einer Staubwolke auf der langen Straße nach Osten.

Menolly hörte Geschrei aus dem Schlafsaal der Jungen und ein leiseres, aber eindringliches Zirpen. Sie zog sich hastig an und lief die Treppe hinunter.

»Ich dachte mir schon, daß du kommen würdest, Menolly«, meinte Silvina und drückte ihr ein vollbeladenes Tablett in die Hand. »Bring das dem Meisterharfner nach oben, ja? Camo plündert inzwischen die Vorratskammer für deinen Echsenschwarm.«

Auf Menollys schüchternes Klopfen kam sofort ein »Herein!«. Meister Robinton hatte sich in seine Schlafdecke gewickelt und bemühte sich verzweifelt, Zair zu beruhigen.

»Wie hast du das gewußt?« fragte er erleichtert. »Ein Glück, daß du gekommen bist! Ich kann schließlich nicht splitternackt in der Küche erscheinen. Da, du verfressenes Biest! Du kriegst ja dein Futter, keine Sorge! Wie lange hält dieser Heißhunger nur an, Menolly?«

Sie stellte das Tablett auf dem Sandtisch ab und lockte die kleine Bronze-Echse mit ein paar Fleischbrocken zu sich, damit Meister Robinton einen Schluck heißen *Klah* trinken konnte. Der Harfner scheuchte sie mit einer Handbewegung auf.

»Das schaffe ich jetzt schon. Sieh zu, daß du selbst dein Frühstück bekommst! Und vergiß nicht, an diesem neuen Lied zu arbeiten. Ich brauche noch heute vormittag eine fertige Kopie.«

Sie nickte und ging. Auf dem Weg nach unten überlegte sie, ob Sebell vielleicht auch ihre Hilfe benötigte, aber der Geselle saß bereits im Speisesaal, Kimi auf dem Arm, und hatte mehr als einen freiwilligen Helfer um sich geschart.

Ihre Echsen warteten geduldig mit Camo und Piemur an den Treppenstufen. Sobald ihre Freunde gefüttert waren, genehmigte sie sich einen Becher *Klah.* Allerdings wurde sie dabei von Meister Domick gestört.

»Menolly«, begann er mit ärgerlich gerunzelter Stirn. »Ich weiß zwar, daß du für Meister Robinton dieses Lied fertigschreiben sollst, aber dauert das den ganzen Vormittag? Ich wollte noch einmal dieses Quartett mit euch durchspielen. Meister Morshal unterrichtet die Mädchen nämlich heute in Theorie, und da hat Talmor frei. Wir schaffen das Stück nie bis zum Konzert, wenn wir es nicht gründlich proben.«

»Gut, ich fange gleich an, nur . . .«

»Nur was!«

»Ich habe noch kein Schreibzeug.«

»Ist das alles? Trink schnell aus! Ich zeige dir Arnors Höhle.« Domick eilte voraus, quer über den großen Hof. »Ganz gut, wenn ich dich begleite. Meister Robinton legt sicher Wert darauf, daß du dieses Lied auf die neuen Holzfaserblätter schreibst, und *die* gibt Arnor keinem Lehrling.«

Meister Arnor, der Archivar der Gildehalle, hatte sein Reich in einem geräumigen Saal am Ende des Hauptgebäudes. In den Ekken und im Zentrum strahlten große Leuchtkörbe, und von der Decke hingen kleinere Ampeln bis fast auf die schrägen Schreibpulte herab, an denen Lehrlinge und Gesellen saßen und verblichene alte Pergamente kopierten. Meister Arnor war ein Pedant. Er wollte ganz genau wissen, wozu Menolly Holzfaserblätter brauchte: Lehrlinge hatten gefälligst auf alten Häuten zu üben, ehe man ihnen das kostbare Material anvertraute. Und warum die Eile? Überhaupt, weshalb hatte Meister Robinton *ihm* nicht Bescheid gesagt, wenn die Sache so wichtig war? Und ausgerechnet ein Mädchen! Ja, sicher, er hatte von Menolly gehört. Und sie gesehen, im Speisesaal, zusammen mit diesen lauten Lehrlingen und den Gastschülerinnen. Also schön, sie bekam ausnahmsweise Schreibzeug und Tinte, aber sie sollte sparsam damit umgehen, denn es kostete ungeheure Mühe, das alles herzustellen, und die Lehrlinge richteten oft genug Unfug an, wenn sie die Lösung einkochten, und dann verblaßte die Schrift so leicht, und das würde eines Tages noch zur Katastrophe führen . . .

Ein Geselle hatte inzwischen wortlos die Sachen hergerichtet und drückte sie Menolly mit einem Blinzeln in die Hand. Sie beschloß, in Zukunft gleich zu ihm zu gehen, wenn sie etwas benötigte.

Domick gelang es schließlich, sie dem keifenden Alten zu entführen. Während sie über den Hof eilten, schärfte er ihr nochmals ein, nicht den ganzen Vormittag mit Schreiben zu verplempern, sonst schafften sie das Quartett nie mehr rechtzeitig. Als er die Tür zur Haupthalle öffnete, vernahm Menolly die Stimme des Meisterharfners und eilte nach oben.

Während sie in ihrem Zimmer arbeitete, hörte sie gelegentlich die Stimmer der Meister aus dem Großen Saal. Zu ihrer Überraschung schien sich auch Silvina an der Diskussion zu beteiligen. Da es jedoch darum ging, wie man die neuen Gesellen über das Land verteilen sollte, achtete sie nicht weiter auf das Gespräch.

Sie schrieb eben die letzte Zeile einer dritten, sehr spielerischen Version, als jemand hart an der Tür klopfte. Um ein Haar hätte sie die Feder fallen lassen. Auf ihr Herein öffnete Meister Domick die Tür.

»Bist du noch nicht fertig?«

Sie deutete auf die Blätter, die zum Trocknen ausgebreitet waren. Stirnrunzelnd trat er näher und nahm eines davon in die Hand.

»Hmm. Saubere Schrift. Daran kann nicht einmal Arnor viel aussetzen. Ah ja . . .« Er überflog die anderen Seiten. »Die Form der traditionellen Ballade bleibt gewahrt — nicht schlecht, wirklich nicht schlecht.« Er nickte beifällig. »Ein wenig dünn in den Akkorden vielleicht, aber das Thema benötigt keine musikalischen Schnörkel. Komm, komm, schreib fertig!« Er deutete auf das Blatt, das vor ihr lag. »Ach so, du hast es schon geschafft.

Wunderbar.« Er blies vorsichtig über die feuchten Stellen. »Das reicht. Ich bringe die Kopien gleich weg. Du nimmst jetzt dein Instrument mit ins Studio und siehst dir die Musik an, die ich aufgelegt habe! Dein Part ist die zweite Gitarre. Achte besonders auf die Dynamik der zweiten Variation!«

Damit hastete er aus dem Zimmer. Ihre rechte Hand schmerzte von der ungewohnten Schreibarbeit, und sie knetete die Finger eine Zeitlang durch, um die Verkrampfung zu lockern.

»Fassen wir zusammen!« hörte sie die Stimme des Meisterharfners aus dem Großen Saal. »Alle Voraussetzungen bis auf eine sind erfüllt. Zugegeben, die hier verbrachte Spanne war sehr kurz, aber eine Lehrzeit unter einem tüchtigen Gesellen ist immer noch anerkannt worden, auch wenn sie außerhalb der Gildehalle erfolgte. Und wer wollte an den Fähigkeiten dieses Lehrmeisters zweifeln?« Es entstand eine kurze Pause. »Das wäre also geregelt. Ah, vielen Dank, Domick. Nun, Meister Arnor . . .« Menolly hörte nicht mehr, was Robinton sagte, denn er schien sich vom Fenster zu entfernen.

Ihr kam zu Bewußtsein, daß sie erstens gelauscht und zweitens Meister Domicks Befehl mißachtet hatte — nicht mit Absicht, denn das Zusammenspiel mit Talmor, Sebell und Domick machte ihr Spaß. Und sie glaubte den Worten Meister Domicks entnehmen zu können, daß sie dabeisein sollte, wenn sein Werk uraufgeführt wurde. Nach ihrem Auftritt am Vortag hatte sie jedoch keine Angst mehr vor einem öffentlichen Konzert. Es gehörte zu ihrem neuen Leben, einem breiten Publikum die Musik näherzubringen.

Als Menolly Domicks Studio betrat, diskutierten Talmor und Sebell bereits über das Stück. Kimi saß auf Sebells Schulter und schien nicht gerade erfreut über diesen Platzwechsel. Die beiden begrüßten Menolly gut gelaunt und fragten, wie ihr das Fest gefallen habe. Sie lachten über ihre begeisterte Antwort.

»Nach einem gelungenen Fest sind alle besser gelaunt«, meinte Talmor.

»Alle bis auf Morshal«, grinste Sebell und blinzelte Talmor zu, als teilten die beiden ein Geheimnis.

»Fangen wir zu spielen an!« sagte Talmor knapp. »Fertig, Menolly?«

Während Menolly ihre Gitarre stimmte, blätterte Talmor die Noten auf dem Ständer durch. »Wo sollen wir anfangen?«

»Meister Domick hat gesagt, ich müßte mir die Dynamik der zweiten Variation besonders gut einprägen«, warf Menolly schüchtern ein.

»Na schön, wenn er das sagt.« Talmor suchte die Stelle heraus. »Beim Großen Ei ... jetzt hat er den Text zum drittenmal geändert! Was verlangt er denn noch alles von uns?«

»Ist das Stück schwer?« fragte Menolly ängstlich.

»Nicht schwer — nur durch und durch Domick«, seufzte Talmor. Aber er klopfte den Rhythmus auf das Holz seiner Gitarre, und sie fingen an. Ein einzigesmal konnten sie die Variation durchspielen, ehe Domick ins Studio gehetzt kam. Er nickte ihnen zu und nahm seinen Platz ein.

»Beginnen wir gleich mit der zweiten Variation! Ihr hattet ja Zeit genug zum Üben.«

Sie arbeiteten das Stück gründlich durch und verweilten immer wieder an den schwierigen Passagen. Der Gong zum Mittagessen unterstrich das Finale. Talmor und Sebell legten ihre Instrumente mit einem erleichterten Seufzer weg. Nur Menolly spielte noch einmal leise die drei Schlußakkorde.

»Schmerzt deine Hand sehr?« erkundigte sich Domick mit ungewohnter Rücksichtnahme.

»Nein. Ich wollte nur hören, ob das weich genug klingt.«

»Wenn dich ein Mißton gestört hat, dann sicher mein Magenknurren«, erklärte Talmor.

»Gestern zuviel gefeiert?« fragte Sebell spöttisch.

»Nein, heute zu wenig gefrühstückt«, erklärte Talmor und schnitt eine Grimasse, als er den Raum verließ. Sebell folgte ihm lachend.

»Mußt du heute nachmittag zu Meister Shonagar?« fragte Domick, während er an Menollys Seite aus dem Studio ging.

»Ja.«

»Nun, da läßt sich wohl nichts ändern.« Menolly spürte, daß er es lieber gesehen hätte, wenn sie sein Stück übte, aber Meister Robinton hatte ihr strikte Anweisung erteilt: vormittags Meister Domick und nachmittags Meister Shonagar.

Als sie den Speisesaal betraten, waren die meisten Tische bereits besetzt. Domick ging nach rechts zu den Meistern. Menolly erhaschte einen bitterbösen Blick von Meister Morshal, und sie schaute rasch weg, denn sie wollte sich von dem grämlichen alten Mann die Laune nicht verderben lassen.

»Pona ist fort!« Piemur stand plötzlich neben ihr, und seine Miene strahlte tiefe Befriedigung aus. »Also kann ich jetzt wieder in deiner Nähe sitzen. Audiva hat gesagt, daß nur Pona sich beschwerte. Und sie *bittet* dich, daß du den Platz neben ihr einnimmst.«

»Pona ist fort?« Menolly war erstaunt und beunruhigt zugleich. Sie ließ sich von Piemur zu dem Tisch am Kamin ziehen. Links und rechts von Audiva war je ein Platz frei, und das hochgewachsene Mädchen deutete mit einem schüchternen Lächeln auf den Eckplatz neben sich.

»Siehst du — Pona fehlt«, wisperte Piemur. »Ein Drachenreiter hat sie heimgebracht.«

Der ehrenvolle Abgang seiner Widersacherin schien ihm weniger zu gefallen.

»Wegen gestern?« Menolly spürte einen kalten Klumpen im Magen. Pona in Duncas Pension, eingeschränkt durch die Vorschriften der Harfner-Gilde, das ging gerade noch. In der Burg ihres Großvaters konnte sie jedoch ungehindert auf Rache sinnen.

»Nein, nicht *nur* wegen gestern«, erklärte Piemur mit Nachdruck. »Du brauchst dir also keine Sorgen zu machen. Gestern, das hat allerdings den Ausschlag gegeben — eine Verleumdung in aller Öffentlichkeit. Und Dunca bekam von Silvina einiges zu hören . . .«

Timiny belegte drei Plätze gegenüber Audiva und winkte ihnen ungeduldig.

»Setz du dich zu Timiny, Piemur! Ich gehe zu Audiva. Sieht so aus, als versuchten die anderen Mädchen sie zu schneiden.«

Als sie neben Audiva Platz nahm, fing sie einen erstaunten, feindseligen Blick von Briala auf. Das dunkelhaarige Mädchen stieß ihre Nachbarin Amania an, die empört den Kopf schüttelte. Menolly lächelte Audiva beruhigend zu und spürte unter der Bank einen dankbaren Händedruck. Audivas Augen wirkten rot und verschwollen.

Die Mahlzeit begann. Menolly war zu verwirrt und Audiva zu erregt zum Plaudern, aber Piemur fühlte sich frei von Hemmungen, und er erzählte munter, auf welche Weise er seine Marken vermehrt hatte.

»Du bewahrst sie doch nicht im Schlafsaal auf, oder?« fragte Timiny beunruhigt.

»Pah! Ich habe Silvina gebeten, sie in sichere Verwahrung zu nehmen. Ich bin doch nicht blöd, Mann.«

Briala schien zwar das Gegenteil zu finden, wie ihre Miene ausdrückte, aber das störte Piemur nicht. Er erzählte die Geschichte mit den Pasteten, bis Menolly ihn mit einem Tritt gegen das Schienbein zum Schweigen brachte.

Aber lange konnte der Kleine den Mund nicht halten. Er beugte sich mit geheimnisvoller Miene über den Tisch und sagte: »Die Gesellen bekommen heute neue Aufgaben zugeteilt.«

»So?« Menolly wußte nicht allzuviel mit dieser Nachricht anzufangen.

»Hast du denn nichts Genaueres gehört? Die Fenster im Großen Saal standen weit offen, und du wohnst doch genau darüber!«

»Ich hatte wichtigere Dinge zu tun, als Gespräche zu belauschen, die mich nichts angehen«, entgegnete Menolly streng. »So etwas gehört sich nicht.«

Piemur rollte die Augen zur Decke. »Mit gutem Benehmen setzt du dich in der Harfner-Gilde nie durch, Menolly! Du mußt den Meistern und den Burgherren immer eine Nasenlänge voraus sein. Von einem Harfner erwartet man, daß er sich soviel Wissen wie möglich aneignet . . .«

»Aber nicht durch Lauschen!« widersprach Menolly.

»Außerdem bist du noch kein Harfner, Piemur«, fügte Audiva hinzu.

»Ein Lehrling *wird* zum Harfner, wenn er seinen Meister genau beobachtet, oder?« fragte Piemur. »Außerdem muß ich jetzt schon an die Zukunft denken. Meine Stimme bleibt nicht ewig so hell. Habt ihr gewußt, daß nur ein Knabensopran von hundert später eine Sängerstimme kriegt? Wenn ich also zu den neunundneunzig Pechvögeln gehöre, muß ich mich auf anderen Gebieten nützlich machen, um nicht aus der Gilde rauszufliegen. Ich stelle mir vor, daß ich später wie Sebell von Burg zu Burg wandere und wichtige Botschaften verteile. Eine Feuerechse würde mir diese Arbeit natürlich enorm erleichtern . . .« Piemur schluckte, als er merkte, daß er zuviel verraten hatte.

Menolly mußte gegen ihren Willen lachen. Timiny, der Piemurs Zukunftspläne offenbar schon kannte, preßte sich entsetzt die Hand auf den Mund.

»Ich mag deine Echsen *echt,* Menolly, das mußt du mir glauben!« beteuerte Piemur in dem Versuch, seinen Schnitzer wiedergutzumachen.

Sie beschloß, ihn ein wenig zu bestrafen, und tat, als sei er Luft für sie, aber sein flehender Blick zwang sie in die Knie.

»Piemur, du warst mein erster und bester Freund in der Gildehalle. Und ich habe das Gefühl, daß auch meine Echsen dich mögen, sonst würden sich Spiegel, Rocky und Taucher nicht von dir füttern lassen. Ich kann dir vermutlich nicht helfen, aber *falls* ich je ein Mitspracherecht haben sollte, werde ich dafür sorgen, daß du ein Ei aus einem von Prinzessins Gelegen bekommst.«

Piemurs übertriebener Seufzer weckte die Aufmerksamkeit der anderen Mädchen, die bis dahin so getan hatten, als existierte das andere Ende des Tisches nicht. Während mit Geklapper große Fleisch- und Gemüseplatten aufgetragen wurden, nutzte Menolly die Gelegenheit und fragte Audiva leise, wie es ihr ginge.

»Danke, ganz gut, nachdem sich der erste Sturm gelegt hat. Ich stehe rangmäßig über den anderen, auch wenn das angeblich in der Harfner-Gilde keine Rolle spielt.«

»Du spielst auch weit besser als sie«, meinte Menolly in dem Versuch, das Mädchen aufzuheitern. Die Stimme Audivas klang sehr bedrückt, und offensichtlich hatte sie lange geweint.

»Findest du das wirklich?« fragte Audiva überrascht und erfreut.

»Ja — soweit ich das in der einen Stunde beurteilen konnte. Die anderen Mädchen sind hoffnungslos. Weißt du, vielleicht treffen wir uns manchmal in unserer Freizeit und üben gemeinsam.«

»Ich? Mit dir üben? Oh, Menolly, meinst du das im Ernst? Ich möchte so gern mehr lernen, aber die anderen reden bloß dauernd über die Pflegesöhne des Barons und ihre Kleider und welchen reichen Bräutigam ihnen ihre Väter ausgesucht haben . . .«

Menolly streckte ihr die Hand hin, und Audiva schlug mit einem strahlenden Lächeln ein.

»Warte nur, bis ich dir erzähle, was in der Pension los war«, wisperte sie. Menolly sah, wie Piemurs Kopf immer näherrückte, und sie verscheuchte ihn mit einer Handbewegung. »Silvina hat es dieser Dunca richtig gezeigt!« Audiva kicherte.

»Aber wird es nicht Schwierigkeiten geben, wenn Pona in ihre

Burg zurückkehrt? Ihr Großvater ist der Baron von Boll, einer der mächtigsten Männer von ganz Pern.«

Audivas Miene umwölkte sich kurz. »Der Harfner hat das Recht, Gastschüler aus der Gilde zu verweisen«, entgegnete sie trotzig. »Er besitzt den gleichen Rang wie ein Baron, der sich seine Pfleglinge auch auswählen kann. Außerdem bist du ja die Tochter eines Barons.«

»Das spielt keine Rolle. Hier in der Gilde habe ich nur Lehrlingsrechte.«

»Oho, du bist immerhin Lehrling des Meisterharfners«, mischte sich Piemur ein. Der Kleine besaß in der Tat ein scharfes Gehör, wenn er das leise geführte Gespräch verstand. »Und darauf kannst du dir etwas einbilden.« Er warf einen Blick auf Briala, die auch versucht hatte, Menolly und Audiva zu belauschen. »Ja, merk dir das ruhig, Briala!« setzte er hinzu und schnitt dem dunkelhaarigen Mädchen eine Grimasse.

»Du kannst dich gern für etwas Besonderes halten, Menolly«, meinte Briala hochmütig, »aber im Grunde hast du als Lehrling überhaupt nichts zu melden. Und Pona ist der Liebling ihres Großvaters. Wenn sie ihm erzählt, daß *du* hinter ihrer Rückkehr steckst, wird er schon dafür sorgen, daß du von hier verschwindest.« Sie schnippte verächtlich mit den Fingern.

»Ach, sei doch still, Briala! Du redest den ganzen Tag nur dummes Zeug«, meinte Audiva, aber Menolly spürte eine leise Unsicherheit in ihrer Stimme.

»Dummes Zeug? Na, dann warte mal ab, bis Benis mit deinem Viderian fertig ist!«

Sie alle wurden von ihrem Streitgespräch abgelenkt, als Piemur plötzlich die Augen verdrehte und stöhnte. »Mann, wenn Pona fort ist, muß *ich* ihren Part singen! Das hat mir gerade noch gefehlt.« Seine übertriebenen Grimassen brachten die anderen zum Lachen und lenkten die Aufmerksamkeit auf das bevorstehende Frühlings-Konzert.

Piemur schwärmte Menolly vor, daß ein Fest noch gar nichts gegen das Frühlings-Konzert sei. Zwei Tage lang rückten im gesamten Burgbereich die Bewohner zusammen, weil man Herbergen für die Besucher brauchte, die aus dem ganzen Land herbeigeströmt kamen. Drachenreiter fanden sich ein, Harfner, Angehörige aller Zünfte und Gilden, dazu die großen und kleinen Landpächter. Beim Frühlings-Konzert wurden die neuen Meister vorgestellt und Lehrlinge in die Gilden aufgenommen. Piemur strahlte bei seiner Schilderung und vergaß ganz, daß er Ponas Rolle spielen mußte.

Der Gong erscholl, und ein Geselle verlas die Nachmittagspflichten. Die meisten Gruppen mußten beim Säubern des Festplatzes mithelfen oder die von Reittieren zertrampelte Erde auflockern. Piemur machte ein finsteres Gesicht, weil man ihn mit zu den Feldarbeiten abkommandiert hatte. Briala lächelte boshaft, und er wollte sich eben mit einem geflüsterten Schimpfwort rächen, als ihm Menolly gegen das Schienbein trat. Piemur warf ihr einen empörten Blick zu, aber als sie auf ihre Schulter deutete, benahm er sich gleich wieder zahm und gesittet. Er wollte die Chance, eines Tages eine Feuerechse zu bekommen, nicht leichtfertig verspielen.

Menolly mußte sich bei Meister Oldive einfinden. Er untersuchte ihre Sohlen, nickte zufrieden und schlug ihr vor, in Zukunft wieder feste Stiefel zu tragen. Auch ihre Hand hatte sich gebessert, aber der Heiler warnte sie vor Überanstrengung, da das Narbengewebe zu Rissen neigte.

Als sie über den Hof zu Meister Shonagar ging, tauchte unvermittelt ihr Echsenschwarm in der Luft auf. Prinzessin landete auf ihrer Schulter und übermittelte Eindrücke von einem herrlichen Badeteich und Sonnenschein auf warmen Felsen. Merga hatte offenbar den Ausflug mitgemacht, denn Menolly erkannte deutlich eine zweite kleine Goldechse in Prinzessins Gedanken-Bildern.

Meister Shonagar schien sich seit ihrem letzten Fortgehen nicht vom Platz gerührt zu haben. Eine Faust stützte den schweren Kopf, die andere lag auf dem Schenkel. Im ersten Moment glaubte Menolly, der Meister sei eingeschlafen.

»Ah, du suchst mich doch noch auf? Nachdem du beim Fest *gesungen* hast?«

»War das falsch?« Menolly hatte ihre Schritte verlangsamt, als sie den Tadel in seiner Stimme hörte, und Prinzessin zirpte aufgeregt.

»Du sollst *niemals* ohne meine ausdrückliche Erlaubnis singen!« Die mächtige Faust hieb auf die Tischkante.

»Aber der Meisterharfner . . .«

»Wer bildet deine Stimme aus? Ich oder der Meisterharfner?« Sein Baß grollte von den Wänden wider.

»Sie, Meister. Ich dachte nur . . .«

»Du *dachtest* nur? Solange du meine Schülerin bist, junge Dame, so lange denke *ich* . . . und du wirst noch eine ganze Weile meine Schülerin bleiben, bis deine Stimme einer Harfnerin würdig ist! Habe ich mich klar genug ausgedrückt?«

»Ja, Meister. Es tut mir leid. Ich wußte nicht, daß ich etwas Verbotenes tat . . .«

»Nun . . .« Sein Tonfall änderte sich so abrupt, daß ihn Menolly wiederum ungläubig anstarrte. »Ich hatte wohl auch nicht erwähnt, daß es noch zu früh für öffentliche Auftritte ist. Deshalb nehme ich deine Entschuldigung an.«

Menolly schluckte erleichtert.

»Und alles in allem war dein Vortrag gestern abend gar nicht so schlecht«, fuhr er fort.

»Haben Sie mich denn singen gehört?«

»Was sonst?« Wieder landete die Faust auf dem Tisch, wenn auch diesmal mit halber Kraft. »Ich höre jede Singstimme in dieser Halle. Die Phrasierung hat absolut nichts getaugt. Ich schätze, wir gehen das Lied noch einmal zusammen durch, damit du deine Komposition entsprechend abändern kannst.« Er seufzte in tiefer Resignation. »Man wird zweifellos verlangen, daß du diese Ballade noch öfter singst; immerhin hast du sie geschrieben, und sie scheint recht beliebt zu sein. Dann lern sie aber gleich *richtig* singen! So — und nun fangen wir mit den Atemübungen an. Aber die schaffen wir nie . . .« — wieder sauste seine Hand auf den Tisch —, »wenn du in der hintersten Ecke des Zimmers stehst und zitterst. Ich fresse dich nicht, Mädchen«, fügte er ganz leise hinzu. Ein Lächeln huschte über seine Züge. »Ich will dir nur beibringen, das Beste aus deiner Stimme zu machen.«

Trotz des unerwarteten Empfangs verließ Menolly den Meister mit dem Gefühl, ein gutes Stück vorangekommen zu sein. Sie waren die Feuerechsen-Ballade Zeile um Zeile gemeinsam durchgegangen, manchmal begleitet von Prinzessins Summen. Am Ende der Lektion hatte Meister Shonagar jede nur mögliche Nuance der Melodie aufgespürt und unterstrichen und damit den Gesamteindruck ungeheuer verstärkt. Menollys Bewunderung für ihn stieg ins Grenzenlose.

»Morgen«, sagte Meister Shonagar, als er sie entließ, »bringst du mir eine Kopie deiner neuesten Komposition. Dieses Lied über Brekke. Wenigstens besitzt du Verstand genug, Musik zu schreiben, die für deine Stimme gut geeignet ist. Machst du das eigentlich mit Absicht? Nein, nein, das war eine gehässige Frage. Trifft auf dich nicht zu. So, fort jetzt mit dir — ich bin entsetzlich müde!«

Er stützte die Faust unter das Kinn, und ehe Menolly ihm danken konnte, schnarchte er bereits.

Prinzessin flog ihr auf die Schulter und zirpte zufrieden, und Menolly, die sich ebenfalls erschöpft fühlte, hielt geistesabwesend nach dem übrigen Schwarm Ausschau. Die Echsen saßen wie gewohnt auf den Dächern und sonnten sich.

Menolly betrat die Haupthalle und überlegte, ob sie zu Silvina gehen und um neue Stiefel bitten sollte, aber aus der Küche drang Lärm und Hektik, und sie beschloß, noch ein wenig zu warten. So ging sie auf ihr Zimmer. Die Tür war nur angelehnt, und zu ihrer Überraschung entdeckte sie Audiva, die ihr schüchtern entgegenlächelte.

»Ich habe dich beim Wort genommen, Menolly. Ehrlich gestanden — ich hielt es keinen Moment mehr in dieser vergifteten Atmosphäre aus . . .«

»Um so besser, daß du gekommen bist.«

»Du siehst müde aus. Meister Shonagars Unterricht strengt an. Wir haben nur eine Stunde in der Woche, aber du mußt jeden Tag hin! Wie oft ist heute seine Faust auf den Tisch gekracht?« Audiva kicherte.

Auch Menolly mußte lachen. »Ich habe nicht mitgezählt. Er war wütend, weil ich gestern beim Fest ohne seine ausdrückliche Erlaubnis sang.«

»Ach, du Schreck!« Audivas Miene verriet Besorgnis. »Aber weshalb hat er sich beschwert? Dieses Lied vom Meer war wunderbar vorgetragen. Viderian kennt es, und er sagte, so schön habe es noch nie jemand gesungen. Du hast einen neuen Freund in Viderian gewonnen, falls dir das ein Trost ist. Wie oft hatte er sich gewünscht, jemand würde diesen arroganten Lümmel Benis zurechtstutzen . . .«

»Audiva, könnte Baron Sangel von Boll Meister Robinton wirklich zwingen . . .?«

»Du läßt dir doch von dieser rachsüchtigen Wherhenne Briala keine Angst einjagen?«

»Aber wäre es möglich, daß man einen Lehrling . . .«

»Einen gewöhnlichen Lehrling vielleicht«, seufzte Audiva. »Weil Lehrlinge auf der niedrigsten Stufe stehen, die es überhaupt gibt. Bei Gesellen ist das etwas anderes. Sie besitzen schon Rang und Macht. Aber, wie Piemur ganz richtig erwähnte, du bist Meister Robintons Schützling, und der Harfner läßt sich von keinem noch so einflußreichen Baron umstimmen, wenn er sich einmal etwas in den Kopf gesetzt hat. Außerdem war es nicht deine Schuld. Pona hat dich verleumdet. Ich bitte dich, Menolly, laß dich doch von diesen neidischen Mädchen nicht aus der Ruhe bringen! Schau, Baron Groghe braucht dich zum Abrichten seiner Echse.« Audiva lächelte. »Und da ist dein neues Lied. Talmor hat es uns vorgespielt, und ich war begeistert! *›Stößt euch etwas zu, geh ich in den Tod! Laßt mich nicht allein in Schmerzen und Not!‹*« Audiva hatte eine weiche Altstimme, die besonders in den tiefen Lagen voll zum Tragen kam. »Ich hätte am liebsten losgeheult, aber ich kam mir albern vor.«

»Unsinn, du bist doch nicht albern, Audiva. Ich fand es gestern ungeheuer mutig von dir, daß du mich in aller Öffentlichkeit gegen Pona verteidigt hast.«

Audiva biß sich auf die Unterlippe. »Leider hatte ich beim erstenmal geschwiegen ...« Sie zögerte einen Moment lang und machte ein zerknirschtes Gesicht. »Ich wußte von Meister Domicks Botschaft wie alle anderen. Und ich wußte auch, daß sie sich abgesprochen hatten, dich hinauszuekeln — wegen deiner Feuerechsen ...«

»Aber du hast Meister Domick erklärt, daß mir niemand die Nachricht ausrichtete.«

»Was recht ist, muß recht bleiben.«

»Siehst du, das gilt auch umgekehrt. Ohne deine Hilfe hätte ich gestern ernste Probleme bekommen. Aber ich schlage vor, wir lassen das Vergangene ruhen.« Menolly lächelte schüchtern. »Ich hatte mir immer schon eine Freundin gewünscht, weil ich so allein war.«

Audiva schüttelte verständnislos den Kopf. »Hat man dich denn nie in Pflege auf eine andere Burg gegeben?«

»Nein. Als jüngste Tochter hatte ich zuallerletzt Anspruch darauf. Und die Halbkreis-Bucht liegt so weit ab, daß man unterwegs immer mit Fädeneinfall rechnen mußte. Außerdem besorgt im allgemeinen der Burg-Harfner die Pflegestellen, und Petiron sprach das Thema nie an ...«

»Nun, so wie die Dinge stehen, war es ein Glück, daß der alte Petiron dich behielt, nicht wahr?« Audiva lachte. »Und ab heute *hast* du eine Freundin!«

Sie streckte Menolly die Hand entgegen.

»Habt ihr wirklich mein Lied geübt?« fragte Menolly nach einer Weile.

»Ja, und du kannst dir denken, mit welchem Widerwillen das geschah!« kicherte Audiva. Talmor ließ nämlich keinen Zweifel daran, wer es geschrieben hatte. Sag mal, könntest du mir eine einfachere Begleitung beibringen als die im Original? Meine Finger sind einfach zu klobig . . .«

»Das bildest du dir nur ein. Komm!« Menolly drückte Audiva ihre Gitarre in die Hand. »Du fängst mit einem einfachen E-Akkord an. Los!«

Menolly merkte bald, daß sie nicht genug Geduld mit Audiva hatte, obwohl das Mädchen jetzt ihre Freundin war und sich wirklich die allergrößte Mühe gab, ihre Anweisungen zu befolgen. Aber sie waren beide erleichtert, als Prinzessins Hungergeschrei die Übung unterbrach. Audiva erklärte, sie müsse noch rasch in die Pension und sich zum Abendessen umziehen. Sie verabschiedete sich mit einem herzlichen Händedruck von Menolly und rannte die Treppe hinunter.

Camo und Piemur erwarteten Menolly bereits auf den Küchenstufen. Während sie die hungrigen Echsen fütterten, kam Menolly in den Sinn, daß sie erst eine Siebenspanne in der Harfner-Gilde weilte. Sie konnte das kaum glauben, denn so viel war inzwischen geschehen. Und doch hatten sich die Feuerechsen eingewöhnt, als wären sie von Geburt an in der Harfnerhalle gewesen. Sie selbst besaß einen festen Arbeitsplan, und der Unterricht machte ihr Spaß. Vor allem aber hatte sie das Recht, das herrliche Recht — nein, es war sogar der *ausdrückliche Befehl* des Meisterharfners —, die Lieder zu schreiben, die man ihr einst strikt verboten hatte.

Als sie sieben Tage zuvor erstmals in diesem Hof gestanden hatte, war sie den Tränen nahe gewesen. Was hatte T'gellan gesagt? Daß sie sich rasch eingewöhnen würde. Und er hatte recht behalten, auch wenn ihr damals Zweifel gekommen waren. Er hatte auch gesagt, daß sie nichts von den Harfners zu befürchten hatte. Nun, ihr war Neid begegnet — und sie hatte ihn zu einem gewissen Grad besiegt. Sie hatte Freunde gewonnen, und die

Leute in der Gildehalle, die ihre Zukunft mitbestimmten, respektierten sie. Es gab nicht nur eine, sondern gleich mehrere Aufgaben für sie bei den Harfnern: Man brauchte ihre Lieder, ihre Feuerechsen und — was sie zuallerletzt vermutet hätte — ihr Wissen über das Meer und seine Bewohner.

Nur ein kleiner, nagender Zweifel blieb: Was geschah, wenn es Pona wirklich gelang, ihren Großvater gegen ein einfaches Harfnermädchen aufzuhetzen? Nicht alle Barone waren so tolerant wie Groghe. Nicht alle von ihnen besaßen Feuerechsen. Menolly vermochte ihre Angst nicht ganz zu unterdrücken — und ihr graute vor einer Rückkehr in den tristen Alltag der Halbkreis-Bucht.

11

O, preist die starken Drachenschwingen,
Die Mut und neue Hoffnung bringen!

Domick hielt sie am nächsten Morgen zurück, als sie den Speisesaal verlassen wollte.

»Erinnerst du dich noch an diese Meeres-Ballade, die du beim Fest gesungen hast? Glaubst du, es dauert lange, sie niederzuschreiben? Ich kenne sie nämlich nicht.« Das klang beinahe gekränkt. »Und Meister Robinton legt Wert darauf, daß wir auf dem Festland die Lieder der Meere verbreiten und umgekehrt . . .« Meister Domicks Tonfall verriet Mißbilligung, doch als er Menollys Miene sah, fügte er hastig hinzu: »Oh, ich bin ja nicht grundsätzlich dagegen, mich stört nur, daß er die Noten *sofort* will. Heute werden nämlich die Gesellen auf Wanderschaft geschickt, und sie sollen die Balladen gleich mitnehmen. Das erspart spätere Reisen . . .«

»Wenn Sie möchten, schreibe ich gleich mehrere Kopien«, bot sie ihm an.

Domick schlug sich gegen die Stirn. »Natürlich, ich hatte völlig vergessen, daß du eine gute Handschrift besitzt. Das mußte sogar Arnor eingestehen.« Domick lachte. »Also schön, verschwenden wir keine Zeit mehr! Du bist so nett und fertigst einige Kopien der Meeres-Ballade an. Wenn dir noch Zeit bleibt, kannst du auch dein Feuerechsen-Lied abschreiben. Ich weiß nicht genau, wie viele Abschriften Arnor geschafft hat — und du hast seine Laune ja gestern kennengelernt. Geh übrigens in Zukunft zu Dermently, dem Archiv-Gesellen, wenn du Schreibmaterial brauchst!«

Damit ließ er sie stehen und schlenderte leise pfeifend auf die geschlossene Tür des Großen Saales zu.

Meeresballaden auf dem Festland und Festlandslieder an der Küste, dachte Menolly, während sie die Treppe zu ihrem Zimmer hinaufging. Was mochte wohl ihr Vater dazu sagen? Und angenommen, Harfner Elgion trug eines Tages ein Lied vor, das sie, Menolly, geschrieben hatte? Eine Schande für die Burg — *pah*!

Sie spielte mit dem Gedanken, an Mavi, ihre Mutter, oder an ihre Schwester zu schreiben und ganz nebenbei zu erwähnen, daß sie nun der Schützling des Meisterharfners von Pern war. Daß alle sie verkannt hatten . . .

Nein, sie würde weder ihren Eltern noch ihrer Schwester Nachricht geben. Aber vielleicht richtete sie ein paar Zeilen an ihren Bruder Alemi. Er hatte als einziger ihren Gesang geschätzt und ihr seine Anteilnahme gezeigt. Und er würde die Neuigkeit für sich behalten.

Sie verdrängte diese Gedanken und machte sich an die Arbeit. Bis der Mittagsgong ertönte, hatte sie sechs Kopien der Meeres-Ballade zum Trocknen ausgelegt.

Domick stand im Korridor, in ein ernstes Gespräch mit Jerint vertieft, der über irgend etwas verärgert schien. Der Meister kam erleichtert auf sie zugeschossen.

»Sechs . . .«, sagte er strahlend, »und jede sauber ausgeführt. Ich danke dir, Menolly. Könntest du . . .? Nein, nachmittags mußt du mit Meister Shonagar arbeiten, ich weiß.«

»Ich brauche vermutlich neues Papier, Meister Domick, aber ich kann sicher noch vor dem Abendessen ein oder zwei Blätter schaffen.«

Domick ließ die Blicke über den Speisesaal schweifen, der sich langsam füllte. »Hmm – mit zwei oder drei Kopien deiner Feuerechsen-Ballade wäre mir sehr geholfen. Komm! Arnor hat seine Höhle inzwischen sicher verlassen, und von Dermently kriegen wir soviel Papier, wie wir wollen. Zumindest heute.«

Sie machten kehrt und eilten zum Archiv.

»Glaub nicht, daß ich es mir zur Gewohnheit machen will, dich für solche Arbeiten auszunutzen, Menolly. Es ist viel wichtiger, wenn du komponierst. Abschreiben kann jeder Lehrling. Aber im Moment verlassen uns eine Menge Gesellen . . . Deshalb war Jerint auch so verärgert. Und warte nur, bis Arnor die Neuigkeit erfährt!«

»Die Gesellen *verlassen* die Gilde?«

»Du hast doch nicht geglaubt, daß sie hierbleiben, bis sie verschimmeln?«

Bedauern überkam Menolly, als sie an Talmor und Sebell dachte; Sebell hatte ja bereits angedeutet, daß er auf Wanderschaft gehen mußte.

»Mach dir keine Sorgen wegen unseres Quartetts«, meinte Domick, der ihr Schweigen richtig deutete. »Die wirklich tüchtigen Leute kommen wieder. Und wir bilden ja immer neue aus.

Die Hauptaufgabe der Harfner-Gilde besteht darin, Wissen zu verbreiten.« Domicks Armbewegung schien ganz Pern zu umfassen. »Wir dürfen es nicht in Archiven zusammenraffen. Das war unser größter Fehler in der Vergangenheit. Deshalb hat sich unsere Welt nicht weiterentwickelt. Das Wissen wurde gehütet und verwaltet von Kleingeistern, die wichtig und unwichtig nicht unterscheiden konnten, sich gegen das Neue sperrten, nicht aus Erfahrungen lernen wollten . . .« Domick lächelte. »Aus dem gleichen Grunde weiß ich, daß *deine* Lieder für die Gilde und für Pern genauso wichtig sind wie meine Kompositionen. Sie bringen neue Themen, frische Ansichten unter das Volk — mit Hilfe von Melodien, die einfach jeder mitsummen muß!«

»Würden *Sie* die Gildehalle je verlassen?« fragte Menolly in einem Anflug von Neugier.

»Ich?« fragte Domick verwirrt und runzelte die Stirn. »Vielleicht, aber das hätte wenig Sinn. Würde höchstens mir guttun.« Dann schüttelte er den Kopf und tat die Idee mit einer Handbewegung ab. »Ich komme hin und wieder auf eine der großen Burgen, wenn ein Konzert stattfindet — und eine Gegenüberstellung möchte ich auch einmal erleben . . . Aber im Grunde braucht man mein Talent außerhalb der Gilde nicht.« Domick stellte das ganz ruhig fest, ohne jede Arroganz.

»Bleiben Meister immer in der Gildehalle?«

»Beim Ei, nein. Viele leben auf den großen Burgen. Das wirst du schon noch merken, wenn . . . oh, Dermently, einen Augenblick . . .« Und Domick winkte den Gesellen, den er am Ende des langen Korridors erspäht hatte, zu sich.

Menolly fand gerade noch Zeit, den Papierstoß in ihr Zimmer zu bringen und zurück in den Speisesaal zu hasten, ehe die Mahlzeit begann. Nun, da sie darauf achtete, erkannte sie, daß Meister Jerint und Meister Arnor in der Tat äußerst gereizt wirkten. Sie überlegte, wer wohl auf die Wanderschaft geschickt wurde. Aber ihr blieb wenig Zeit zu Spekulationen. Nach dem Mittagessen mußte sie sofort weiter zum Unterricht.

Kaum hatte Meister Shonagar sie entlassen, da eilte sie zurück an die Schreibarbeit. Anfangs kam es ihr komisch vor, die eigenen Melodien zu kopieren, bald aber begann ihr die Sache Spaß zu machen. Ihre Lieder würden landeinwärts wandern und von den Feuerechsen künden, die man bis vor kurzem für Märchengeschöpfe gehalten hatte. Und die Lieder vom Meer, die sie sang, seit sie erstmals mit Musik in Berührung gekommen war, vermittelten den Festlandbewohnern vielleicht einen ganz neuen Eindruck von den Seeleuten und den rauhen Küsten des Kontinents.

Auch Domicks Einstellung gegenüber ihrer Musik war ein Trost gewesen. Das Gefühl, daß er ihre Melodien nicht verachtete, sondern sogar wichtig fand, erleichterte sie. Ja, allmählich wuchs sie hinein in das Leben und die Arbeit der Harfner-Gilde. Robinton und T'gellan hatten recht behalten. Sie gehörte hierher.

Die Zeit verging im Flug. Ehe sie es merkte, war der Abend hereingebrochen. Sie räumte vorsichtig ihr Schreibzeug und das kostbare Papier auf die Seite, brachte die fertigen Kopien zu Meister Domicks Studio und ging nach draußen, um ihre Freunde zu füttern.

Prinzessin und die Bronze-Echsen umdrängten sie, aber mitten im Fressen schauten sie plötzlich zum Himmel. Die kleine Königin stieß einen kehligen Laut aus, und Rocky und Taucher stimmten ein. Sekunden später wandten sie sich wieder ihrem Futter zu.

»Was sollte das denn?« erkundigte sich Piemur.

Menolly hob die Schultern.

»Nun sieh dir das an!« rief Piemur aufgeregt und deutete zum Himmel, wo drei, nein, vier Drachen auftauchten und langsam in die Tiefe kreisten. »Und deine Feuerechsen haben es gewußt! Ist dir das klar, Menolly? Deine Feuerechsen haben *gewußt,* daß die Drachen gleich aus dem *Dazwischen* kommen würden!«

»Was tun die denn hier?« fragte Menolly, und die kalte Furcht in ihrem Innern wuchs, obwohl sie sich kaum vorstellen konnte, daß Baron Sangel Drachenreiter ausschicken würde, um ein einfaches Harfnermädchen fortzuholen. »Es steht doch kein Sporenregen bevor?«

»Menolly, du paßt aber wirklich nicht auf!« Piemur schüttelte den Kopf über soviel Unwissen. »Die Meister hatten gestern und heute lange Debatten, wohin sie welche Gesellen schicken sollten. Na ja, und die Drachenreiter bringen die Leute eben zu den jeweiligen Burgen. Zwei Blaue, ein Grüner und — Mann! — ein Bronze-Drache!« Er bekam große, runde Augen. »Für wen der wohl bestimmt ist?«

Nun schmetterte der Wach-Drache von der Burg seinen Willkommensgruß, und die vier Neuankömmlinge erwiderten ihn. Prinzessin und ihr Schwarm zirpten aufgeregt.

»O nein!« stöhnte Piemur. »Sie landen auf dem Feld, und das haben wir heute erst in Ordnung gebracht!«

»Drachen sind keine Zugtiere«, wies Menolly ihn zurecht. »Und stopf die Echsen nicht so voll, sonst ersticken sie noch! Du siehst die Drachenreiter früh genug, wenn sie die Gesellen abholen.«

Piemur war nicht der einzige Lehrling mit scharfen Augen. Bald drängten sich auf dem Hof Gruppen von neugierigen Jungen. Die Drachenreiter traten aus dem Schatten des Torbogens, und Menolly erkannte die Farben von Istan, Igen, Telgar und Benden auf den weiten Umhängen der Männer. Keiner von ihnen kam aus Boll. Dann sah sie, daß der Reiter vom Benden-Weyr T'gellan war.

»Menolly!« rief er und schwenkte ein unförmiges Bündel über dem Kopf. »Ich habe etwas für dich!« Während seine Gefährten auf die Stufen der Halle zugingen, wo Domick, Talmor und Sebell sie empfingen, lief T'gellan ihr entgegen. Menolly erkannte, daß er ein Paar Stiefel an den Bändern hochhielt: hellblaue Harfnerstiefel mit Stulpen aus dunkelblau eingefärbtem Wildwherleder. »Hier, Menolly. Felena machte sich schon Sorgen, daß du barfuß laufen müßtest. Na, wenn ich deine Pantoffeln so anschaue — viel hat nicht mehr gefehlt. Die lassen dich wohl ganz schön rumrennen, was? Aber gut siehst du aus. Und deine Feuerechsen wachsen.« Er strahlte Menolly an und winkte dann Piemur und Camo zu, deren Blicke wie gebannt an dem Bronze-Reiter hingen. »Ein Glück, daß du so tüchtige Helfer hast.«

»Das hier sind Piemur und Camo, und ich wüßte wirklich nicht, was ich ohne sie anfangen würde.«

»Mit anderen Worten — der Kleine hier bekommt eines Tages eine junge Echse von dir, was?« T'gellan blinzelte Menolly zu.

»Deshalb hilft er ja so eifrig.« Menolly konnte es sich nicht verkneifen, Piemur ein wenig zu necken.

»Menolly!« Piemur wurde rot, schlug die Augen nieder und machte ein so tieftrauriges Gesicht, daß Menolly ihre Worte sofort leid taten.

»Nein, im Ernst, T'gellan, Piemur hat mir das Eingewöhnen sehr erleichtert. Ohne ihn und Camo wäre ich mit meiner Schar kaum fertig geworden.«

»Camo schöne Kleine füttern. Camo gut füttern. Viel füttern.«

T'gellan warf Menolly einen erstaunten Blick zu, aber dann klopfte er dem Schwachsinnigen freundlich auf die Schulter. »Du bist ein tüchtiger Kerl, Camo. Hilf Menolly nur weiter beim Füttern!«

»Schöne Kleine noch hungrig?« Camo horchte auf.

»Nein, jetzt nicht mehr, Camo«, sagte Menolly hastig. »Die Kleinen sind satt.«

»Kannst du Camo wieder entbehren, Menolly?« Abuna erschien an der Küchentür. »Oh . . .« Sie war überrascht, in welcher vornehmen Gesellschaft sich der Knecht befand.

»Camo, hilf jetzt Abuna! Die Kleinen sind satt, Camo. Du sollst Abuna helfen, verstehst du?« Menolly drehte ihn herum und schob ihn zur Küche.

»Komm, Menolly, setz dich auf die Stufen«, drängte T'gellan, »und probier die Stiefel an! Felena bat mich ausdrücklich, darauf zu achten, daß sie auch passen.«

»Das müßten sie eigentlich, denn der Gerber von Benden hatte eigens Maß genommen.« Menolly streifte die zerrissenen Pantoffeln ab und schlüpfte in die Stiefel. »Da, sie passen! Wie angegossen! Und innen sind sie mit einem ganz weichen, dünnen Leder gefüttert!«

»Du kannst den doppelten Schutz gebrauchen, Menolly«, sagte T'gellan grinsend. »Vor allem, wenn du in nächster Zeit wieder einen Wettlauf beabsichtigst . . .«

»Bestimmt nicht«, versicherte Menolly und schob den Gedanken an Baron Sangel und Pona ganz weit von sich. »Richte Felena und Manora meinen Dank aus und grüße Mirrim und die anderen . . .«

»He, Moment! Ich bin doch eben erst angekommen. Wir sehen uns sicher noch im Laufe des Abends.«

»Ein Drachenreiter . . .«, flüsterte Piemur ehrfürchtig, als T'gellan sich zum Gehen gewandt hatte. »Ein *Bronze*-Reiter bringt dir blaue Stiefel . . .«

»Na ja, erst sollte ich doch im Weyr bleiben«, erklärte Menolly. »Und da das Leder schon mal zugeschnitten war, wollten sie es sicher nicht verschwenden.«

Dennoch war auch sie tief gerührt von dem Geschenk. Sie strich über das feine Leder. Und ausgerechnet Blau, die Farbe der Harfner!

Der Gong zum Abendessen ertönte, und die Trauben neugieriger Lehrlinge lösten sich auf. Als Menolly mit Piemur zum Speisesaal ging, sah sie im Korridor Gepäck und Instrumentenkästen liegen.

»Da!« Piemur stieß sie in die Rippen. »Heute abend erhalten die Gesellen ihre neuen Arbeitsplätze. Am ovalen Tisch werden morgen einige Lücken sein.«

Menolly nickte und dachte an die Meister, die noch grimmiger als sonst herumlaufen würden, weil ihnen die Arbeitskräfte fehlten.

T'gellan saß am Rundtisch, aber die anderen Drachenreiter hatten sich bei den Gesellen niedergelassen. Menolly ging zu ihrem Platz zwischen Audiva und Piemur.

Statt der gewohnten Suppe gab es Platten mit kaltem Fleisch, Fisch und scharfgewürztem Käse und danach Beerenkuchen. Piemur schimpfte, weil der Kuchen kalt war, aber Menolly meinte, er solle froh sein, wenn er so kurz nach dem Fest schon wieder eine solche Leckerei bekam.

Im Speisesaal herrschte knisternde Spannung, besonders am Tisch der Gesellen. Aber auch die Lehrlinge steckten die Köpfe zusammen und tuschelten unentwegt.

»Sie haben nur erfahren, daß sie die Gilde verlassen müssen«, erklärte Piemur. »Wohin die Reise geht, wissen sie nicht. Acht machen sich diesmal auf die Wanderschaft, wenn ich das Gepäck richtig gezählt habe. Der Meisterharfner meint es ernst mit seinem Vorsatz, das Wissen möglichst breit zu fächern.«

»Wie meinst du das?« fragte Timiny verblüfft.

»Mann, kriegst du denn gar nichts mit?« Piemur schüttelte den Kopf. »Wetten, daß kein einziger Geselle in die Burg oder Zunft zurückkehrt, aus der er stammt? Früher war das üblich, aber Meister Robinton möchte, daß sie in der ganzen Welt herumkommen. Austausch von Wissen. Und sie nehmen alle deine Lieder mit, Menolly, habe ich recht?«

Und dann kam der Moment, dem sie alle entgegengefiebert hatten. Der Gong ertönte, und noch ehe das metallische Dröhnen verklungen war, herrschte im Saal vollkommene Stille. Alle Augen waren auf den Meisterharfner gerichtet, der sich vom Tisch erhoben hatte.

»Nun, meine Freunde, damit die Spannung nicht ins Unerträgliche wächst und unsere Lehrlinge wieder richtig Luft holen können, will ich die neuen Arbeitsgebiete unserer scheidenden Gesellen verkünden.« Er machte eine Pause, lächelte und fuhr fort:

»Geselle Farnor, Sie gehen nach Gar in Ista. Geselle Sefran, Ihnen vertraue ich Balen auf Telgar an. Campiol, auch Sie werden zu Telgar gehören und unter Facenden in der Bergwerks-Zunft arbeiten. Vielleicht gelingt es, eine Metallegierung zu entwikkeln, die sich besser als das bisherige Material für unsere Blasinstrumente eignet. Geselle Dermently, Sie sollen Wansor, den Schmiedemeister von Telgar, unterstützen.« Ein erstauntes Murmeln erhob sich. »Sie besitzen ein besonderes Zeichentalent. Es tut mir leid, daß ich Meister Arnor seinen besten Mann wegnehmen muß, aber wenn Wansors Erfindungen Früchte tragen sollen, muß sie jemand in Wort und Skizze festhalten.

Geselle Strud, es gibt eine kleine Siedlung im Delta des Igen-Flusses; Ihre Toleranz und Ruhe wird Ihnen dort eine große Hilfe sein. Außerdem möchte ich Sie bitten, an den Stränden nach Echsen-Gelegen Ausschau zu halten. Melden Sie Funde jedoch nicht mir, sondern dem Baron.« Das leise Bedauern in der Stimme des Meisterharfners löste ein Schmunzeln unter den Zuhörern aus. »Auch Geselle Deece geht nach Igen, und zwar auf die Stammburg. Harfner Bantur benötigt dringend einen jungen Assistenten. Sie werden dort die vielfältigen Aufgaben eines Meisters kennenlernen. Und er wartet schon auf die neuen Balladen, die Sie ihm mitbringen. Petillo, ich weiß, Sie haben eine schwere Aufgabe. Aber ich verlasse mich auf Ihren Takt und Ihre Geduld bei der Arbeit auf Bitra unter Harfner Fransman.

Geselle Rammany, Baron Asgenar von Lemos hat um einen Mann aus Meister Jerints Werkstatt gebeten. Sie sollen in der Hauptsache Benelek bei der Auswahl der Hölzer beraten, die sich für den Instrumentenbau am besten eignen. Bestimmt eine angenehme Arbeit bei dem Wälderreichtum von Telgar.

Darf ich später die Gesellen zu einem Abschiedstrunk in den Großen Saal bitten? Ein Faß Benden-Wein steht bereit. Doch zuvor habe ich noch eine erfreuliche Mitteilung zu machen:

Ein guter Harfner benötigt, wie Sie alle wissen, eine ganze Reihe von Talenten und Fähigkeiten.« Meister Robinton warf einen Blick auf die jüngeren Lehrlinge, die verlegen kicherten. »Nicht alle davon werden in der Gildehalle entwickelt. Im Gegenteil, viele unserer wertvollsten Erfahrungen machen wir durch eine harte Lehre in der Fremde.« Nun schaute er die Gesellen an, die zustimmend nickten. »Wenn die Voraussetzungen unseres Standes erfüllt sind, soll jedoch keinem der Rang vorenthalten werden, der ihm gebührt, auch wenn er sein Wissen nicht hier bei uns erworben hat. Dies gilt um so mehr, wenn es sich, wie in diesem Falle, um ein seltenes Talent handelt. Sebell, Talmor, da keiner von euch zugunsten des anderen verzichten wollte . . .«

Eine Stille, nur unterbrochen von Piemurs erstauntem Ausruf, machte sich im Saal breit, als Sebell und Talmor sich vom Tisch der Gesellen erhoben und feierlich durch den Mittelgang zum Kamin gingen. Sie blieben vor Menolly stehen, die hilflos von einem zum anderen schaute. Sebell lächelte schüchtern, und Talmor nickte ihr aufmunternd zu.

Sie begriff nicht, was die Zeremonie zu bedeuten hatte, obwohl sie Audivas Freudenschrei hörte und das starre Staunen auf den Gesichtern von Briala und Timiny bemerkte. Sie warf Meister Robinton einen Blick zu. Der strahlte und gab ihr durch einen Wink zu verstehen, daß sie sich erheben sollte. Aber erst Piemurs Tritt gegen das Schienbein löste sie aus der Erstarrung.

»Du rückst zum Gesellentisch auf, Menolly!« zischte der Kleine ihr zu. »Los, steh doch auf! Du bist jetzt Gesellin. Mädchen, du hast es geschafft!«

»Menolly ist Gesellin! Menolly ist Gesellin!« riefen die anderen Lehrlinge und klatschten im Takt dazu. »Menolly ist Gesellin! Geh, Menolly, geh! Geh, Menolly, geh!«

Sebell und Talmor faßten sie an den Ellbogen und zogen sie hoch.

»Ich habe noch nie einen Lehrling erlebt, der sich so gegen das Aufrücken sträubte!« flüsterte Talmor Sebell zu.

»Wir können sie ja notfalls tragen«, entgegnete Sebell ebenso leise.

»Danke, ich kann selbst gehen.« Menolly schüttelte die Hände der beiden ab. »Ich besitze sogar Harfner-Stiefel. Von heute an gehe ich überallhin!«

Der letzte Rest von Furcht verließ Menolly. Als Gesellin, in Harfner-Blau gekleidet, besaß sie Rang und Status. Sie mußte sich nie mehr verstecken, nie mehr die Flucht ergreifen. Sie hatte eine Aufgabe zu erfüllen, sie ganz allein. Sie war in dieser kurzen Siebenspanne einen weiten, weiten Weg gegangen. Eine Melodie schoß ihr durch den Kopf. Später. Später konnte sie die Noten niederschreiben. Jetzt ging sie hocherhobenen Hauptes an den Tisch der Gesellen, begleitet von Talmor und Sebell und den Feuerechsen, die durch die offenen Fenster in den Saal schossen und sie jubelnd umkreisten.